JE TE VEUX !
PRÈS DE MOI...

DU MÊME AUTEUR

Saga « *Je te veux !* »
3/6 tomes

1 - Loin de moi…
1ère édition : Reines-beaux - 2015 / Réédition en 2018 : autoédition

2 - Près de moi…
1ère édition : Reines-beaux - 2016 / Réédition en 2018: autoédition

3 - Contre moi…
1ère édition : Reines-beaux - 2016 / Réédition en 2018: autoédition

4 - Avec moi…
Sortie PROCHAINEMENT : autoédition

Saga « *À votre service !* »
2 tomes
2018-2019

Je te veux !
2 - Près de moi...

JORDANE CASSIDY

AUTOÉDITION
2ème édition

Le Code de la propriété intellectuelle interdit les copies ou reproductions destinées à une utilisation collective. Toute représentation ou reproduction intégrale ou partielle faite par quelque procédé que ce soit, sans le consentement de l'Auteur ou de ses ayants cause est illicite et constitue une contrefaçon sanctionnée par les articles L335-2 et suivants du Code de la propriété intellectuelle.

Ce livre est une œuvre de fiction. Les personnages et les situations de ce récit étant purement fictifs, toute ressemblance avec des personnes ou des situations existantes ne saurait être que fortuite et indépendante de la volonté de l'auteur.

L'auteur reconnaît que les marques déposées mentionnées dans la présente œuvre de fiction appartiennent à leurs propriétaires respectifs.

Avertissement sur le contenu : cette œuvre dépeint des scènes d'intimité explicites entre deux personnes et un langage adulte. Elle vise donc un public averti et ne convient pas aux mineurs. L'auteur décline toute responsabilité pour le cas où le texte serait lu par un public trop jeune.

Cette édition est une réédition.
L'histoire n'a pas été modifiée. Seules des corrections et une modification de la couverture et de la mise en page ont été apportées.

SECONDE ÉDITION – Disponible en numérique et papier.
ISBN : 978-2-9564491-7-1
Autoédition – AOÛT 2018 -Tous droits réservés.
Guiraud Audrey, 368 Chemin de la Verchère, 71850 Charnay-lès-Mâcon
© 2018 Jordane Cassidy, pour le texte et l'édition.
© 2018 Nuance Web, pour la couverture.

Kaya a accepté de signer le contrat d'Ethan, stipulant qu'elle doit jouer le rôle de sa petite amie jusqu'à ce que Monsieur Laurens accepte d'investir dans Abberline Cosmetics. Mais apprendre à vivre avec un connard n'est pas chose aisée, en particulier quand celui-ci la pousse à revoir ses convictions sur Adam et sa vie précaire, et ne se révèle pas si détestable qu'il y paraît. Quant à Ethan, jouer la comédie pour tout et n'importe quoi commence à avoir raison de ses objectifs.

Et si le fait de simuler une vie de couple devenait une réalité trop plaisante, mais difficile à accepter par chacun ? Et si l'autre répondait à un besoin évident de tendresse ?

Découvrez la suite de la princesse qui a rencontré un connard en train de tomber amoureux !

1
À découvert !

Kaya attendait l'arrivée d'Ethan. Il l'avait déposée devant chez elle trois heures plus tôt, prétextant qu'il devait faire certaines choses pour le boulot, et lui avait suggéré de façon presque dictatoriale de faire ses bagages en attendant qu'il vienne la récupérer. Elle s'était alors contentée de lui claquer la porte de la voiture au nez dans un grognement de soumission forcée et de rentrer chez elle sans attendre. Il était parti aussi sec, faisant crisser les pneus de sa voiture au passage. Au-delà du froid qui l'incommodait, elle voulait surtout retrouver un terrain familier où elle pouvait reprendre ses marques et se reposer. Passer ces quelques heures en sa compagnie avait été éprouvant. Même s'ils avaient trouvé un terrain d'entente provisoire, rien n'était joué et tout pouvait encore arriver. Pire que cela, il s'était produit ce qu'elle craignait le plus : un nouveau contact physique avec lui. Il l'avait embrassée.

Outre le fait que cela la gênait vis-à-vis d'Adam, elle se sentait acculée comme au bord d'un précipice où on lui disait : « marche avec moi ou crève ». Autrement dit, elle n'avait d'autres options que de marcher malgré le prix que cela lui coûterait. Elle avait ouvert la porte de son nid douillet, avait respiré un grand coup en fermant les yeux, mais se rendit vite compte que ce dont elle avait le plus besoin pour se rassurer n'était pas son appartement. Du moins, ce n'était pas suffisant pour calmer son angoisse. Elle devait le voir, le plus vite possible ! Elle referma la porte d'entrée promptement, tourna la clé dans la serrure et courut vers le premier arrêt de bus en bas de la rue. Elle fit le trajet jusqu'au cimetière en quinze minutes et sentit déjà son cœur battre davantage.

C'était souvent comme ça. Un mélange d'excitation de le retrouver et de tristesse de l'avoir perdu. Toutes les semaines, elle nettoyait sa tombe, lui racontait ses dernières aventures. Elle n'avait d'ailleurs pas oublié de mentionner ses premières mésaventures avec Monsieur Connard. Le jardinier du cimetière la regardait souvent faire de loin, pour ne pas briser son moment d'intimité. Il la voyait s'exprimer avec de grands gestes, ponctués d'un dialogue qu'il devinait emporté et passionné. Ensuite, elle passait un bon quart d'heure couchée sur la stèle, le visage caché dans ses bras et enfin repartait. Le jardinier en profitait alors pour prendre de ses nouvelles. C'était une femme qu'il estimait, car elle respectait le cimetière et ceux qui y reposaient, n'hésitant pas à arroser une fleur qui mourait de soif au passage ou à ramasser un pot tombé à cause du vent.

Une nouvelle fois, il la vit courir vers la tombe de son fiancé, comme si sa survie en dépendait. Il ferma les yeux et poussa un soupir triste. Aujourd'hui avait encore dû être une journée difficile. Elle s'écroula sur la tombe et posa sa tête dans ses bras. Elle commença à lui bredouiller sa confession de la journée avec angoisse. Lui annoncer qu'elle devait être la petite amie d'un autre en échange d'argent la rendait minable et elle se doutait qu'Adam désapprouverait. Pourtant, tout se dire était un pacte qu'ils avaient passé, parmi tant d'autres. Ne rien se cacher. La boule dans son ventre se resserrait un peu plus à chaque fois qu'un nouvel aveu sortait de sa bouche. Elle lui avait caché leur petite incartade des vestiaires et ne pouvait ne pas lui dire qu'il l'avait une nouvelle fois embrassée. Elle se releva, les larmes aux yeux, lui affirmant que malgré tout ça, son cœur restait et resterait à tout jamais à lui. Elle lui implora de lui pardonner. Que même si Ethan lui prenait de nombreuses fois ses lèvres à l'avenir, il n'aurait pas son cœur. Que c'était juste l'affaire d'un mois et qu'elle pourrait relever la tête un petit moment. Elle n'avait pas d'autre solution pour le moment, ayant perdu toutes sources de revenu. Elle lui promit de revenir à la même fréquence, même si elle n'habitait plus aussi près du cimetière pendant un mois. Puis les yeux fixés sur le marbre de la stèle, elle caressa la pierre comme un acte de tendresse qu'Adam pouvait ressentir, un instant à eux seuls. Elle se leva les yeux pleins de larmes et rentra faire ses bagages.

Ethan arriva finalement plus tard que prévu, ce qui agaça énormément la jeune femme. Il lui avait dit qu'il viendrait vers quinze heures, il était dix-sept heures.

Évidemment, un connard ne peut connaître la ponctualité ! En digne connard qu'il est, il aime se faire désirer ! Il m'énerve !

Elle tournait en rond autour de ses bagages, cherchant un truc à faire, quand enfin elle entendit le moteur ronflant si typique de la corvette C7 Stingray. Elle attrapa son sac de sport, son vanity et son sac à dos et sortit en trombe de l'appartement. Elle put le voir fermer sa voiture d'un « bip » de clé et se tourner en direction de l'escalier menant à son étage. Quand il leva soudain la tête et la vit, il lui décocha un grand sourire qui la surprit sur le coup, ce qui l'irrita davantage. Elle ferma à clé l'appartement en attendant qu'il vienne à sa hauteur.

— Bon timing, Princesse !

Kaya le regarda un instant avec colère.

— Parce que Monsieur Connard connaît le mot « timing » ?

— Évidemment, je parle anglais couramment.

— Évidemment, je parle anglais couramment ! le singea-t-elle encore plus agacée par sa démonstration de logique indiscutable.

Il est dix-sept heures ! Pas quinze heures ! Vous n'êtes donc pas dans un bon « timing » pour reprendre vos paroles, Monsieur je-sais-tout-et-je-suis-le-plus-fort !

Ethan sourit une nouvelle fois.
— Bien heureux de voir que vous me définissez comme celui qui sait tout et qui est le plus fort ! Enfin, j'ai droit à un compliment ! Waouh !

Kaya croisa les bras sur sa poitrine, le visage sévère. Visiblement, la touche d'humour qu'il venait de tenter ne passait pas et elle était partisane de la ponctualité.

Ou alors c'est juste parce que c'est moi ?

— Je n'avais pas de moyen pour vous joindre, désolé. J'ai dû bloquer la date du gala de présentation de ma nouvelle gamme de maquillage à samedi de toute urgence. Un imprévu qui peut m'arriver assez souvent à vrai dire.

Kaya ne flancha pas devant son explication. Sa façon désinvolte de raconter son excuse ne l'aiderait pas à pardonner. Comme si elle allait devoir s'y faire.

— Je ne suis pas votre toutou qui attend sagement que son maître s'intéresse à lui, je vous préviens.

— Non, c'est vrai... ou bien j'ai un pitbull à la maison qui ne m'épargnera pas le moindre faux pas... comme maintenant !

Kaya lâcha un « oh » d'effroi et lui colla son poing sur le bras. Ethan pouffa en voyant que cette fois-ci, il avait fait mouche, ce qui lui valut un second coup à l'épaule.

— Ma parole, mais ma petite amie est vraiment une violente ! Pire qu'un pitbull ! Un kangourou qui aime boxer !

Kaya se mordit la lèvre et leva les poings au ciel pour recommencer à le frapper, mais laissa finalement tomber ses bras dans le vide, vaincue par son impuissance face à ce type si *exaspérant*. Ethan avait mis son avant-bras en bouclier pour tenter de contrer une nouvelle attaque qui ne vint pas. Il jeta alors un œil par-dessus sa protection de fortune et la vit prendre son sac à dos en ruminant, et se diriger vers les escaliers.

— OK, pas de soucis, princesse ! lui cria-t-il de l'étage. Comme tout bon serviteur, je porte vos bagages ! Tsss !

Ethan ouvrit le coffre de la corvette pendant que Kaya s'installa sur le siège passager.

Il la rejoignit rapidement à l'intérieur de l'habitacle.

— On peut repasser au tutoiement maintenant que l'instant de colère est passé ? J'ai demandé à Abbigail qu'elle se procure un téléphone rapidement pour toi. Je pourrai ainsi te contacter facilement et tu pourras en faire autant... mais tu n'es pas obligée de me harceler non plus ! Attention !

Les prunelles vertes de Kaya fusillèrent une nouvelle fois Ethan qui sourit.

Je ne peux pas me permettre d'avoir un téléphone portable..., ça coûte trop cher.

Kaya laissa retomber sa colère dans un soupir, soulignant une évidence qui justifiait aussi leur problème de communication.

— Je prends en charge l'abonnement. Ne t'inquiète pas pour ça. Vu comme tu me ruines déjà avec notre contrat, je ne suis plus à un forfait téléphonique près !

Il démarra la voiture dans un sourire ironique qui, finalement, fit tordre la bouche de Kaya dans un sourire qu'elle voulait dissimuler.

— Je suis épaté. Je crois que c'est la première fois que je vois une femme avec si peu de bagages quand elle voyage. BB a toujours trois valises énormes quand on part en voyage d'affaires. Et le pire, c'est que cela lui semble vraiment impossible de devoir faire moins.

— Je n'ai pas autant de choix de vêtements qu'elle... répondit la

Je te veux ! T2 – Chapitre 1

jeune femme, préférant regarder par sa fenêtre pour masquer une nouvelle fois sa gêne et ne pas avoir à justifier sa réponse.

Ethan jeta un coup d'œil vers elle et visa son jogging et ses baskets sous son gros manteau. Elle n'avait évidemment pas l'élégance de BB. Est-ce son niveau de vie qui faisait qu'elle rejetait toute forme de féminité, par manque de moyens, ou était-ce vraiment sa façon d'être ?

Ils arrivèrent bientôt au domicile d'Ethan, un bâtiment à la façade classée historiquement, dans les beaux quartiers de Paris. Il gara sa voiture dans un parking privé et sortit les bagages de Kaya du coffre. Ils prirent l'ascenseur pour se rendre au dernier étage de l'immeuble puis arrivèrent devant la porte d'entrée de son appartement. Kaya put constater son malaise au moment de chercher les clés dans ses poches. Avait-il peur de montrer son appartement à une femme ou était-ce seulement le fait de savoir qu'il allait devoir partager ses habitudes avec elle ? Elle aussi n'était finalement plus si sûre de leur choix. Il tourna la clé dans la serrure et ouvrit le passage à Kaya.

La jeune femme se figea dans l'entrée. Elle s'attendait à tout sauf à ça. Elle avait imaginé un appartement de grand standing avec des meubles ultra design au style épuré, un endroit hyper spacieux où elle aurait dû faire des kilomètres pour aller d'une pièce à une autre. Il n'en était rien. Elle avait également imaginé la garçonnière typique en chantier, où vêtements sales et magazines jonchaient le sol avec sur les tables de la nourriture dans des boîtes de restaurations rapides, de la vaisselle débordant dans l'évier de la cuisine et une odeur de renfermé, mais ce n'était pas ce qu'elle avait sous les yeux non plus.

L'appartement d'Ethan n'était ni trop grand, ni trop petit et d'une grande propreté. Une console était dans l'entrée, où du courrier et trois bricoles trônaient sur une petite assiette. Le salon était grand, mais formait un seul bloc avec la salle à manger et la cuisine. La partie home cinéma, dans les teintes bleu chiné, était contre la fenêtre menant sur un balcon qui reflétait très bien le jour dans la pièce. Il était, avec le sofa de couleur bleu chiné, en tissu doux sur un niveau de plancher inférieur au reste du salon. Une sorte d'espace délimité par une marche donnait un côté cosy très sympa. Un plaid blanc au tissu visiblement doux et chaud était étalé sur le sofa. Outre le grand écran plat, elle fut surprise par toutes les consoles de jeux, juchées sur l'étagère en dessous. La cuisine était juste derrière l'espace cinéma, coupée par un comptoir et des tabourets. Des éléments de cuisine rouges occupaient deux pans de mur. Une grande table à manger rectangulaire se trouvait sur la droite, en prolongement de l'entrée de la cuisine, avec de grandes chaises. Autour, plusieurs pièces accessibles par des portes. Elle fit un pas à l'intérieur et en silence, du bout des doigts, entama sa visite seule, touchant meubles, murs et portes, sous le regard à la fois intéressé et angoissé d'Ethan.

Kaya commença par une première porte, sur la droite sur le même mur que celle de l'entrée. Elle l'ouvrit sans même demander une autorisation. À quoi bon ? Elle allait vivre ici. La pièce s'ouvrit sur un bureau et une grande bibliothèque. Le bureau était noir, des dossiers empilés, un ordinateur, des choses on ne peut plus classiques. La bibliothèque prenait tout un mur, du sol au plafond. Elle pouvait deviner qu'Ethan était vraiment un homme cultivé et intelligent. Tranquillement, elle referma la porte puis ouvrit la suivante : les WC. Sans y voir grand-chose d'intéressant, elle continua son expédition avec la salle de bain, qui était sur le mur de droite du salon avec les WC. La salle de bain était grande. Grande dans tout ce qu'elle voyait : grande douche aux parois vitrées, grande baignoire dont elle pouvait percevoir des jets, deux grands lavabos sous un grand miroir. La pièce était dans les tons roses, finalement très féminine. Assez surprenante pour

Je te veux ! T2 – Chapitre 1

l'appartement d'un homme et pourtant, répondant bien à son métier qui révélait son attrait pour l'esthétisme féminin. Kaya adorait déjà cette salle de bain. Était-ce son côté femme, justement, qui répondait à son plaisir des yeux ? Il y avait dans cette salle de bain quelque chose qui donnait envie de s'y plaire et complaire, se faire belle, prendre du temps pour soi. Ethan arriva derrière elle, curieux de voir pourquoi elle restait si longtemps dans cette pièce. Son sourire jusqu'aux oreilles lui donna un début de réponse. Il haussa les sourcils d'étonnement, espérant un mot de sa part expliquant ce sourire, mais il n'obtint pas plus ; elle le bouscula pour sortir de la pièce et continuer sa visite. Elle ouvrit une nouvelle porte sur le fond de l'appartement et y découvrit une chambre, la chambre d'Ethan. Quelques vêtements trônaient sur une chaise non loin du lit. Elle était dans les tons gris, bleu et blanc. Sobre, mais très masculine et moderne. Une couette dans les mêmes couleurs sur le lit, un tableau au-dessus. Pas de fenêtres, concédant un côté très intimiste avec des appliques aux murs. Ethan s'appuya sur le chambranle de la porte avec un air amusé tandis qu'elle regardait les photos d'un cadre sur la table de chevet. Finalement, son angoisse première se dissipa en voyant les yeux pétillants de Kaya, comme si elle découvrait une série de mystères. Elle ne disait rien, ne posait aucune question, mais déposait son regard sur tout. Il aurait pu laisser traîner des choses compromettantes qu'elle se serait jetée dessus sans souci, à son grand désarroi. Sa curiosité, loin d'être agressive, était amusante. Il aurait tellement aimé être dans sa tête pour savoir ce qu'elle pensait à chaque chose qu'elle voyait. Elle était en train de décortiquer sa vie avec des vêtements, des objets, des souvenirs ou des photos, jugeant ses goûts et ses passions. Une petite porte latérale à moitié ouverte capta l'attention de Kaya qui, avant de la pousser, regarda Ethan pour lui demander en silence si elle pouvait l'ouvrir. Ethan leva son visage au ciel, simulant une hésitation

pouvant faire croire qu'un grand secret se trouvait derrière. Puis, le sourire mi-amusé de ce dernier, mi-stupéfait par son côté sans-gêne eut raison de son envie et elle l'ouvrit. Un grand dressing se trouvait derrière. Elle tourna la tête à nouveau vers Ethan qui rigola, alors qu'elle ouvrit sa bouche de surprise et d'admiration.
— Nul doute ! Tu es bien une femme ! Un dressing et une salle de bain et voilà Princesse aux anges !

Kaya haussa les épaules pour seule réponse et sortit de la chambre pour aller vers celle d'à côté, donnant derrière la cuisine. Elle y découvrit une chambre dans des tons vert pastel, plus lumineuse, puisqu'une fenêtre se trouvait sur le mur de gauche, mur longeant celui de la cuisine et du salon et ayant pignon sur rue. Une petite commode, une table de chevet et une psyché blanche y laissaient une atmosphère de paix qui lui plaisait.

— Ma chambre ? demanda-t-elle en se tournant vers Ethan qu'elle savait non loin derrière, sur le pas de la porte.
— Tu préférerais dormir avec moi ?
— Plutôt mourir !
— Pas aussi désespéré non plus ! Oui, c'est ta chambre. Si ça ne te plaît pas, il te reste le canapé au pire.

Kaya lui montra un sourire ravi tandis qu'elle testa le matelas.
— Non, je prends ! J'aime beaucoup ton appartement ! Je pensais trouver un appartement en bordel. Je dois t'avouer que je suis étonnée par ce que je vois. Tout est bien rangé et je le trouve très chaleureux.

Ethan fit une grimace de surprise.
— Chaleureux ?
— Oui, il humanise un peu le connard en toi !

Kaya attrapa alors l'oreiller de son lit et le lui jeta à la figure. Ethan l'esquiva malgré cet acte inattendu et la regarda, ébahi. Lui qui se savait assez distant avec les sentiments venait de prendre une petite claque en découvrant que son appartement était

Je te veux ! T2 – Chapitre 1

« chaleureux ». Il avait pourtant tant de choses à cacher. Tout était tellement superficiel par rapport à ce qu'il ressentait au plus profond de lui.

Il attrapa l'oreiller au sol, le fixa un instant et sourit.

— J'en déduis que tu n'as pas besoin de cet oreiller pour dormir ? OK, je le garde avec moi ! Pas de problèmes.

— Qu... quoi ! Non ! Je dors avec un oreiller !

Ethan sortit du champ de vision de Kaya avec un sourire malicieux, l'oreiller sous le bras.

— Eh ! Reviens !

Le silence d'Ethan obligea Kaya à sortir en trombe de sa chambre pour se rendre compte que son voleur d'oreiller avait disparu. Elle se précipita dans celle d'à côté, se doutant qu'il y était et entra brusquement. Elle sentit alors une ombre derrière elle, mais n'eut pas le temps de réagir : elle vit son coussin se plaquer contre son visage. Prise en sandwich entre Ethan et son oreiller, elle poussa un cri de panique qui fit éclater de rire Ethan.

— Ben alors, Princesse, je croyais qu'on voulait jouer avec des coussins ? !

— Je n'ai pas dit que je voulais mourir étouffée, connard ! répondit-elle, ses mots entravés par l'oreiller.

Kaya tenta de se débattre, mais elle dut reconnaître qu'il était fort.

— J'arrive plus à respirer ! hurla-t-elle alors qu'elle tirait de toutes ses forces sur l'oreiller. Ethaaannnn !

Ethan relâcha sa proie et jeta l'oreiller sur son lit. Kaya posa ses mains sur ses genoux pour reprendre sa respiration, puis soudain se précipita, folle de rage sur Ethan. Elle commença à le taper sur le torse. Celui-ci lui attrapa alors ses poignets pour la stopper.

— On a dit pas le torse, Kaya ! gronda-t-il.

— Et je te frappe où alors, pour me venger ?

Il n'eut le temps de répondre qu'il vit le pied de Kaya s'écraser sur le sien. La douleur lui fit lâcher prise et il s'attrapa le pied dans un juron. Kaya se saisit du coussin et alla chercher ses bagages à l'entrée. Elle repassa alors devant lui sans un mot et alla s'enfermer dans sa chambre. Ethan s'allongea sur son lit et soupira.

— Je sens que ce mois va être terrible...

Kaya sortit de sa grotte une heure plus tard. Elle avait pris le temps de ranger ses quelques affaires, fouiller partout, puis tourner en rond en réfléchissant à la manière dont elle allait pouvoir gérer la situation. Elle était contente, car elle avait un bon lit et une super salle de bain. Le seul hic dans son nouvel environnement était M. Connard finalement. Elle devait bien admettre que leur relation s'était nettement améliorée. Ils étaient passés au stade du « je te déteste, mais j'arrive à essayer de te supporter ». Bien mieux que le « Je te déteste et je te veux le plus loin possible de moi ! ». Mais tout n'était pas résolu et le pire pouvait arriver. Elle sentait qu'il essayait de prendre sur lui et faire des efforts, mais sa méfiance envers lui était au niveau le plus haut et elle n'arrivait pas à repousser et oublier leurs antécédents chaotiques pour le moment. Il l'avait fait virer deux fois et elle ne serait pas dans cet appartement si chacun avait mis de l'eau dans son vin bien avant. Elle ne savait pas vraiment comment se comporter. Jouer les rivales, pas de soucis, mais les amis, voire amants, ce n'était pas si simple quand on se détestait.

Elle ouvrit tout doucement la porte de sa chambre et y laissa un interstice suffisant pour qu'elle puisse repérer le danger numéro un : Ethan. Sécuriser le périmètre était la première partie de sa stratégie. La seconde étant de foncer dans la salle de bain pour s'offrir une vraie douche. Pas d'Ethan Abberline dans les parages. Pas de bruits de télévision. Il devait bosser dans son bureau.

Allez Kaya ! Go, go, GOOOO !

Ni une, ni deux, elle se précipita vers la salle de bain. Elle avait

Je te veux ! T2 – Chapitre 1

analysé le chemin le plus rapide et sans obstacle. Aucun piège ne l'arrêterait pour arriver à son objectif. Elle fonça, avec un léger dérapage dans un virage à 90 degrés pour éviter la table à manger et les chaises autour, et ferma la porte de la salle de bain aussi vite qu'elle l'avait ouverte. Elle ferma les yeux un instant pour se remettre de ses émotions et soupira un grand coup, soulagée de ne pas s'être fait surprendre. Quand elle les ouvrit à nouveau, son regard resta figé sur un point bien précis : Ethan.

Ce dernier, avec pour seul vêtement une serviette autour de la taille, était en train de se couper les ongles des orteils au-dessus du lavabo. Une jambe levée sur le meuble, un coupe-ongles dans les mains, celui-ci fit des yeux ronds quand il aperçut Kaya arriver avec fracas dans sa salle de bain. Immédiatement, comme par réflexe typiquement féminin et après avoir vu l'aspect général, elle reluqua Ethan plus en détail en commençant par les pieds, du moins, par le pied au sol. Ethan était athlétique, sans nul doute. Des jambes musclées et poilues : mollets fermes, cuisses proéminentes. La position d'Ethan, avec sa jambe en l'air, faisait relever sa serviette aux portes de son intimité. De quoi deviner beaucoup de choses sans en voir le moindre morceau. Ni fesses, ni sexe. Pourtant, Kaya ne put s'empêcher de déglutir et elle savait bien que ce n'était pas parce qu'il était juste face à elle. Elle remonta son regard sur son torse et Ethan put constater son trouble. Le tout s'était passé en l'espace de quelques secondes et pourtant, il posa son autre pied au sol très rapidement. Son étonnement fit place à la panique puis à la colère. Il se précipita sur elle, le regard noir, et la plaqua violemment par les épaules contre la porte.

— Vous dites un mot sur ce que vous venez de voir et je vous tue. Osez me poser une question à ce sujet et je vous tue également. Vous n'avez rien vu. Est-ce clair ?

Le ton sérieux, sec, caverneux d'Ethan coupa toute volonté de paroles à la jeune femme. Il la fixait avec le même regard qu'elle avait pu voir au Silky Club face à la bande qui lui avait fait du mal. Ce regard si sombre, si vide de sentiments et en même temps avec cette impression de tristesse immense, de néant, de désespoir et de fatalité profonde. Elle pouvait sentir ses mains faire de plus en plus pression sur ses épaules comme pour accentuer sa menace. Elle n'osait le quitter du regard, pourtant la curiosité était trop ancrée en elle pour en faire abstraction et son regard dévia plus bas. Vu de plus près, le résultat était encore plus terrifiant. Comment avait-il pu en arriver là ? Elles étaient immenses. Parler de cicatrices était un euphémisme tant elles étaient affreuses. Deux énormes balafres coupaient son torse de façon plus ou moins parallèle, de gauche à droite. Une légèrement au-dessus de sa poitrine, l'autre au-dessous. Il était facile de deviner à quelle profondeur l'entaille qui les avait précédées était. Combien il avait pu souffrir. Pourquoi son torse était une partie qu'il réfutait et sur laquelle il refusait ne serait-ce que le contact.

—Kaya ! cria-t-il encore plus durement, ce qui la fit sursauter.

Elle regarda son visage à nouveau, plongée dans une réflexion qui déplut à Ethan. Il pouvait lire dans ses yeux tout ce qu'il craignait : la peur, le doute, la pitié, le questionnement, la tristesse. Il ne voulait pas voir ce regard. Il l'avait déjà vu. Le même effroi dans les yeux quand il avait accepté de montrer son torse à Charles, puis à Cindy et même à sa sœur. Il avait dû faire un long travail sur lui-même pour affronter cette expression typique des gens voyant l'horreur qu'il portait tel un fardeau, mais qui pourtant, lui rappelait la plus élémentaire des règles de survie. Elles étaient sa honte, elles étaient son dogme. Douloureuses, profondes, mais ancrées dans une réalité sans doutes, sans artifices. Un rappel de la vie qu'il devait mener pour ne plus souffrir. Plus jamais.

Il s'en rappelait comme si c'était hier...

« Je vais te donner ta première et dernière leçon paternelle, à défaut d'avoir un père. Souviens-toi toute ta

vie d'une chose avec les femmes : la gentillesse apporte la douleur, l'amour mène à la souffrance. Tu as voulu être gentil, prouver ton amour... Regarde à quoi cela t'a mené. Regarde-la. Elle pleure, mais tu crois qu'elle souffre, elle ? Non ! Tout n'est que cinéma. Elle t'aurait vraiment aimé, elle ne t'aurait pas traité comme un objet dont elle se sert pour vivre, se consoler ou s'amuser. Les femmes sont toutes pareilles... »

Ce ton sec, tranchant. Cette voix rauque. Ses mains robustes. Ce regard incisif. Et puis ces pleurs à côté de lui. Ces cris, ses cris. La douleur. Des mots encore. Et puis le trou noir. Le black-out complet.

Ethan continua à serrer Kaya qui se mit à gesticuler de douleur. Ses yeux marron devenus aussi noirs que l'onyx dévoilaient un homme tellement différent. C'était pire que la goujaterie habituelle. C'était différent. C'était de la haine et de la rancœur à l'état pur.

— Tu refuses de répondre... lui dit-il toujours cassant. Très bien. Je vais t'aider à oublier.

Kaya écarquilla les yeux.

Vite ! Une parade ! Kaya ! Joue la détachée à fond ! Trouve un truc pour renverser la vapeur ! Il pète sa goupille !

Elle chercha dans sa tête une solution. Lui dire qu'elle avait oublié serait mentir.

— Ça va ! On se calme ! J'étais juste surprise par... tes abdominaux ! fit-elle en baissant les yeux, ultra gênée de sortir un gros mensonge, mais pas si gros que ça en fait. Tu es vachement musclé et ça m'a surprise. Tu as dû en baver pour arriver à un tel résultat, non ?

Ethan desserra légèrement son étreinte, surpris par sa réponse au goût de révélation, mais aussi par cette sensation de relâche de la tension ambiante.

— Bah quoi?! C'est vrai.... fit-elle d'une toute petite voix et regardant un coin de la salle de bain. Tu es un homme et... je reste une femme... Ce n'est pas un crime non plus que de mater les muscles d'un homme....

Ethan la contempla un instant, analysant le vrai du faux dans ses propos. Il relâcha complètement ses épaules.

— Mademoiselle Adam-chéri va me faire croire qu'elle reluque un autre homme ?

Il croisa alors les bras et Kaya put voir le changement d'humeur dans ses yeux. Ils pétillaient de malice. Lui et son fichu sourire taquin étaient de retour. Elle ne put s'empêcher de sourire devant la diversion qui se retournait contre elle. Cela fonctionnait.

— Tu sais te battre d'après ce que j'ai vu... Tu pratiques quoi comme sport ?

— Je n'en reviens pas ! Princesse s'incruste dans ma salle de bain, me reluque et en plus se croit en position de force pour poser des questions sur mes abdos. Tu veux peut-être voir aussi sous la serviette pour t'assurer si c'est musclé ? Tu veux tâter ? Après tout, tu restes une femme, non ?

Kaya se mordit la lèvre.

Retournement de situation réussi, mais à quel prix ?!

— Rhaaa ! J'ai compris, je sors !... Je te déteste ! Tu m'énerves ! On ne peut vraiment pas parler avec toi ! Garde tes abdos secrets et tout le reste avec ! Je m'en fous ! Connard !

Elle s'empressa de tourner la poignée de la porte et de sortir sans en dire davantage. Ethan ferma sa porte à clé et posa son front contre.

— Mes abdos... Charmante excuse. Si seulement tu ne pouvais voir que ça...

2
Pédagogue

Ethan sortit de la salle de bain dix minutes plus tard. Il ne mit pas longtemps à repérer Kaya qui zappait les chaînes de la télévision avec un émerveillement qu'il avait du mal à comprendre. Elle choisit alors un film catastrophe. Il s'assit alors à côté d'elle sur le sofa et l'observa. Très vite, celle-ci posa la télécommande et se tourna vers lui, les bras croisés et attendant la remarque, la sentence ou autre chose du même genre, en réponse à leur altercation dans la salle de bain.

— Tu peux y aller. La place est libre... se contenta-t-il de lui dire.

D'abord surprise, elle se sentit soulagée finalement de ne pas le voir insister et décida de paraître détachée.

— Super.

Elle se leva alors pour aller vers la salle de bain sans attendre autre chose de sa part, mais Ethan lui attrapa le poignet au passage.

— J'étais sérieux tout à l'heure... lui dit-il sans la regarder. Je compte sur ton silence.

Kaya soupira, mais ne le regarda pas.

Ne jamais croire certaines choses comme acquises et révolues...

— J'avoue que cette façon de se couper les ongles des orteils est assez cocasse. Je dirai presque que ça casse l'image du beau gosse PDG, mais je ne dirai rien. Promis. Je préfère savourer ce genre de choses en solo en me disant que Monsieur Connard aura beau se la jouer devant moi, j'aurai toujours cette vision ridicule à l'esprit pour me rappeler à quel point tu peux parfois être pathétique.

Elle osa jeter un coup d'œil vers lui et soudain pouffa de rire. Ethan, étonné par le sujet de leur conversation dans un premier temps, marmonna finalement pour la forme et la laissa partir. Elle avait le chic pour retourner la situation à son avantage et à chaque fois, il finissait par en sourire. Il se frotta les cheveux et la regarda arriver devant la porte de la salle de bain.

— Attends-moi ! Dans dix minutes, j'arrive en trombe pour me foutre aussi de ta gueule ! lui cria-t-il.

— Désolée, Monsieur QI 132, mais moi je ferme la porte de la salle de bain à clé ! lui répondit-elle avant qu'il n'entende le cliquetis de la serrure.

— C'est 150 ! 150 mon QI !

Ethan attrapa la télécommande sans conviction et commença à zapper.

Elle m'énerve ! Elle m'énerve ! Elle m'énerve ! Même BB ne me chambre pas comme ça !

Kaya se frotta les mains. Elle s'imaginait déjà, comme dans un manga, avec des étoiles dans les yeux, les joues rosies de bonheur, des papillons et des petits cœurs autour d'elle, à l'idée de ce qui l'attendait. Faire un choix entre la douche et la baignoire était déjà un luxe qu'elle ne se serait même pas imaginé il y a une semaine, mais devant la manière dont elle allait pouvoir se détendre et savourer ce bonheur ultime qu'est l'eau chaude, son choix fut vite fait.

Qu'il ose me dire quelque chose et je le fais chanter avec ses cicatrices, na ! Après tout, j'ai bien mérité un bon bain après la frousse qu'il m'a fichue !

Ethan n'avait pas l'habitude de vivre avec quelqu'un et encore

moins avec une femme et il s'imaginait déjà dans quel état allait ressortir sa salle de bain. Il avait entendu l'eau de la baignoire couler. Tout de suite, il s'était fait le genre de réflexion un peu pingre : « Elle n'est pas chiée d'utiliser autant d'eau chaude sans me demander avant ! » puis son cerveau divagua sur la façon dont elle pouvait se détendre dans sa baignoire. Il tenta de se concentrer sur ce qui se disait à la télévision, mais son attention revenait toujours vers la porte de la salle de bain. Était-elle en train de se savonner ? Se prélasser ? Se caresser ?
Putain, merde ! Ressaisis-toi, Ethan ! Tu es censé la détester !
Une heure s'était écoulée et il ne l'avait pas entendue depuis un moment. Il se leva, se dirigea vers la porte sur la pointe des pieds et posa son oreille pour tenter d'entendre un indice lui indiquant que tout allait bien.
Et si elle s'était évanouie dans la baignoire ? Je ne veux pas d'une noyée dans ma salle de bain ! Je devrais peut-être vérifier que... non ! Va te rasseoir, crétin ! Et arrête de te focaliser sur elle.
Il alla se jeter sur son sofa, la tête dans un coussin.
Elle a raison... Plus pathétique, tu meurs ! C'est quoi ton problème avec cette nana ? Ignore-la et fais ta vie... Montre que tu es intelligent, M. QI 150 !
Il regarda un instant l'écran de la télévision et soupira.
Un mois... Un mois à la supporter... Un mois à la tenir à distance... Un jeu d'enfant !

La porte de la salle de bain s'ouvrit et Ethan fit un bond du sofa. Kaya se trouvait debout, nue, mais entourée d'une serviette et le visage rouge comme une tomate.
— Tourne ta tête immédiatement ! lui ordonna-t-elle en levant l'index vers la télévision. Regarde l'écran ! Vite !
— Et pourquoi ça ?

Je te veux ! T2 – Chapitre 2

— Ne me regarde pas ! Tourne ta tête !

Voyant qu'Ethan ne lui obéissait pas, elle fonça dans sa chambre en le traitant de connard et en tentant de baisser au maximum sa serviette sur ses cuisses à découvert. Ethan s'esclaffa, mais ne put s'empêcher de pencher sa tête au maximum pour voir ce que pouvait cacher le tissu-éponge. Kaya ressortit deux minutes plus tard en jean, gros pull, ses cheveux mouillés et lâchés le long de ses épaules, et se précipita vers lui. Elle attrapa le coussin qui se trouvait sur le sofa et lui jeta à la figure, devant les yeux stupéfaits d'Ethan.

— Sale pervers ! Tu t'es bien amusé, hein ? Tu t'es bien rincé l'œil ?

— Eh ! Deux secondes ! protesta-t-il alors. Je n'ai rien fait ! De un, tu n'as qu'à pas te balader dans le salon dans cette tenue et de deux, tu veux que je mate quoi ? Il n'y a rien à voir !

Kaya lui asséna un second coup de coussin et Ethan se mit à rire.

— Je te déteste ! Va en enfer !

— Mais oui, c'est ça ! Mauvaise joueuse !

Elle se laissa alors tomber sur le sofa et croisa ses jambes et ses bras, signe qu'elle était vraiment fâchée.

— En tout cas, je constate que tu n'es vraiment pas l'amie des coussins ! Quelle brute ! fit-il en tapant légèrement sur celui dont elle s'était servie pour le frapper, afin de lui rendre son apparence d'origine.

— La ferme !

— Ooooh ! Ma petite amie boude ?

Le ton moqueur d'Ethan fit encore plus râler Kaya. Il se pencha alors sur elle pour lui tirer la joue.

— La pauvre petite princesse veut un câlin de réconciliation de son connard de petit ami ?

Il commença alors à lui frotter la tête et à se coller à elle tout en

gloussant.
— Ne me touche pas ! lui cria-t-elle alors qu'il rigolait toujours plus. Va chez les Grecs !
— Va chez les Grecs ? C'est quoi cette menace ringarde ? Faut sortir de temps en temps, Princesse !
— Tu as raison. Tu en as besoin ! Va faire un tour dehors pour voir si j'y suis !
— Aucun intérêt puisque tu es là.

Kaya le fusilla du regard tandis qu'il se mit à rigoler à s'en tordre presque le ventre. Elle attrapa un autre coussin qu'elle lui balança à la figure. Il l'évita sans difficulté d'un revers du bras.
— Allons manger, va ! Vilaine Princesse, tortionnaire de coussins !

Kaya fit une grimace, mais était heureuse de cette initiative. Elle avait très faim et n'osait demander quoi que ce soit, au risque de passer vraiment pour une profiteuse. La sonnerie de l'appartement retentit à ce moment-là. Ils se regardèrent, surpris.
— Bah quoi ? Ne me regarde pas comme ça ! Ce n'est pas chez moi ici donc ça ne peut être que pour toi !

Ethan se leva et alla ouvrir.
— Dis-moi que c'est une blague ! Dis-moi que c'est une blague, Ethan ! Tu n'as pas pu te lancer dans une telle histoire ! ?
— Bonsoir Simon...

L'air blasé d'Ethan n'affecta en rien la détermination de Simon.
— Elle est là ? Je veux la voir ! Sam dit qu'elle est trop canon !

Simon entra sans demander son reste, bousculant au passage son ami. Son regard balaya le salon et il la vit. Un grand sourire se dessina sur son visage et il se tourna vers l'entrée.
— Barney ! Sam disait vrai ! Il y a bien une femme chez lui !

Ethan se tourna vers Barney qui haussa les épaules, comme si finalement, il compatissait, ayant lui aussi à subir quotidiennement

la tornade Simon. Il entra alors sans un mot, suivi d'Oliver et Sam.
— Désolé mec ! dit Sam aussi blasé qu'Ethan. À partir du moment où il a su, il n'a pas voulu en démordre : il devait la voir, lui aussi.
— Tu le connais, continua Oliver, avec sa sempiternelle remarque du « je suis toujours le dernier au courant ». Il avait besoin de rattraper son retard.
— Je vois au moins que vous n'êtes pas venus les mains vides... constata Ethan avec fatalisme.
— On ne savait pas trop quoi ramener, commenta Barney, alors on a pris des bières, du chinois et du japonais.
— Et bien Barney, je crois que tu vas faire une heureuse...

Tous s'approchèrent du coin cinéma où Kaya se tenait. L'excitation de Simon était à son comble. Il ne disait rien, mais commença à détailler la jeune femme, tournant autour de celle-ci pour scruter les moindres défauts ou peut-être comprendre comment son ami en était arrivé là avec elle. Kaya n'osa dire un mot, très gênée par l'attitude inquisitrice de Simon.
— Simon...
Kaya vit Ethan s'attraper le visage de sa main, aussi consterné que ses amis. Elle pouffa alors de rire. Simon se positionna devant elle avec un large sourire.
— Toi et moi, je sens qu'on va être de vrais amis ! Simon, ami d'Ethan ! lui dit-il en lui tendant la main qu'elle saisit pour le saluer. Et lui, le grand avec la bouffe et les bières, c'est mon chéri. Barney. On tient un bar discothèque dont Ethan est actionnaire.
— Ravie de vous connaître !
— Je vous préviens, ce soir, elle est à moi ! Ce sera mon binôme ! fit Simon, heureux.
— Quoi ?! s'offusqua Sam. Certainement pas ! C'est ma copine ! Donc, je fais équipe avec elle !

— Vous ne croyez pas que celui qui devrait être en binôme avec elle, c' est Ethan ? lança Oliver, fatigué à l'avance de ce qui allait arriver.
— On a l'habitude de se retrouver certains jours pour une soirée jeux vidéo où l'on joue souvent en binôme... souffla discrètement Ethan à l'oreille de Kaya, pour expliquer le but de ce débat.
— Il l'a quand il veut ! Il peut bien partager ! rétorqua Simon.
— Tout à fait. En plus, ce n'est pas vraiment sa petite amie, donc on n'est pas obligé de tout le temps la lui laisser ! ajouta Sam.
— Vous nous saoulez. J'ai faim. À table.

Barney avait clos la discussion en posant les sachets de victuailles sur la table à manger. Il avait ce don de remettre les choses à leur place avec un calme qui forçait le respect. Il était grand et fin, pas spécialement impressionnant physiquement, mais il était toujours serein, réfléchi. Il ne parlait jamais sans raison, pour le plaisir. Tout le contraire de Simon qui n'était pas très grand, les cheveux mi-longs bouclés, châtains, tout ébouriffés et la tchatche facile. Aucun des deux n'affichait un style efféminé. Simon était simplement plus volubile et éparpillé que Barney. Ethan était persuadé que si tous les deux s'étaient trouvés, c'était bien parce qu'ils étaient complémentaires. Ils remplissaient chacun la part manquante de l'autre. Il regarda un instant Kaya qui souriait devant Sam et Simon, en train de négocier les chaises autour d'elle. Il se demanda alors si son Adam était vraiment l'opposé de Kaya ou pas. Étaient-ils tous deux différents ou semblables ? En était-il ainsi systématiquement de tous les couples ? Faut-il être différent pour s'accorder ?
— Bon sang Ethan, dis quelque chose ! supplia Oliver qui sentait sa patience s'effriter.
— Que veux-tu que je dise ? Ils ont raison, ce n'est pas réellement ma petite amie. Et puis de toute façon, si je venais à

broncher, tu serais le premier à trouver ça suspect et à me charrier.

Il attrapa un paquet avec nonchalance et commença à sortir les nems et les sushis. Kaya fit des yeux ronds et le lui reprit des mains, se jetant presque par-dessus la table. Un sourire gigantesque se dessina sur son visage en scrutant l'intérieur des paquets.

— Des sushis... Je peux ?

Ethan se mit à sourire et replaça les mèches rebelles de ses cheveux, de dépit.

Cette fille sait s'imposer, pas de doutes !

— Bon les gars, les sushis sont en priorité pour Kaya ! Question de vie ou de mort pour vous !

— Une fan de sushis ?! Comme moi ! lança Simon. Je te dis qu'on est fait pour être super copains !

Kaya se contenta de garder ce sourire étincelant qui s'était ancré sur son visage en réponse. Oliver l'observa quelques secondes pour tenter de comprendre son ami et son choix. Apprendre à la connaître lui semblait nécessaire pour comprendre pourquoi son ami lui portait tant d'attention, lui si distant d'ordinaire avec les femmes.

— Bon Kaya, parlons sérieusement... commença Simon en lui parlant doucement, comme investi d'une mission. Je vais t'en dire un maximum sur Ethan pour réussir la signature de son contrat. Je ne suis pas l'expert ès-Ethan ; c'est Oliver. Mais il est pire qu'une tombe à son sujet. Je pense qu'on peut dire que c'est une qualité, mais pour moi, c'est chiant. Ils m'énervent tous les deux avec leurs secrets.

— Tu vas me dire qu'il faisait pipi au lit jusqu'à ses huit ans ? lui demanda-t-elle avec un petit clin d'œil de connivence.

Simon la regarda un instant, puis se mit à rire. Il lui mit sous le nez un nem au crabe.

— Malheureusement, je ne sais pas ce qu'il faisait à cet âge-là et il ne parle pas de son enfance. Par contre, il est tellement buté !

Il n'y a pas plus têtu que lui, au point qu'il peut être parfois un vrai connard pour obtenir ce qu'il veut.

Kaya le fixa un instant et lui offrit un autre énorme sourire. Elle poussa un cri et se jeta à son cou. Tous sursautèrent, se demandant ce que tous les deux tramaient. Simon fut le plus surpris par cet élan affectueux.

— Waouh ! Quel enthousiasme ! Ethan, elle n'a pas le look de tes conquêtes habituelles, donc sur le coup, ça m'a fait un peu bizarre, mais je comprends maintenant.

— Et tu comprends quoi exactement ? lui demanda-t-il, la bouche pleine.

— Oooh... Pourquoi Sam et Oliver étaient si perplexes, tout simplement !

— Euhhh.... Kaya, tu devrais lâcher Simon, tu sais.... lui souffla Sam à l'oreille. Barney peut être jaloux, même d'une femme...

— Oh ! Désolée !

Elle se détacha de Simon et lui réajusta le col avec un sourire gêné.

— On peut savoir pourquoi tu lui sautes au cou, demanda Ethan, méfiant. Tu ne le connais que depuis dix minutes !

— Tu es jaloux, Ethan ? lança Sam avec un sourire moqueur.

— Non, mais pour qu'elle fasse un tel geste, je serais curieux de savoir ce qu'il a bien pu lui dire pour qu'il entre dans ses bonnes grâces.

— Rien de bien méchant, répondit Kaya de façon neutre.

Kaya le fixa, posant ses deux mains sous son menton, les coudes sur la table.

— Il a juste dit que tu pouvais être un véritable connard par moments. Par conséquent, c'est forcément mon ami !

Sam se leva d'un bond.

— Oui Ethan, tu es un trou du cul de connard ! Maintenant Kaya : dans mes bras !

Tous se mirent à rire, sauf Ethan et Sam. L'un parce qu'à cause de Kaya, il était officiellement étiqueté « connard » ; l'autre, car il était on ne peut plus sérieux sur ses mots. Kaya joua toutefois le jeu et alla dans les bras de Sam qui lâcha un « yes ! » ravi et tira la langue à Simon.

— Je ne lâche pas l'affaire si facilement, Man ! fit Sam fièrement.

— Pfff ! M'en fous, par expérience, les femmes préfèrent les gays !

— Et bien moi je ne fais pas de préférences ! conclut Kaya fermement. J'aime tous ceux qui le voient comme un connard, c'est tout !

Kaya attrapa un sushi et le mit dans sa bouche.

— Mais avant vous, j'aime les sushis... Mmmh ! Celui avec le saumon, une tuerie !

— Si ce n'est pas de l'amour, ça ! rigola gentiment Oliver. Ethan, devancé par ses potes et des sushis ! J'aurais presque pitié pour toi.

— Une femme et la bouffe, on ne rivalise pas ! répondit Ethan tout en mangeant son nem. C'est connu. Tiens, mange au lieu de t'inquiéter pour moi.

— Ah ah ! Ce n'est pas plutôt avec toi que la bouffe ne rivalise pas, goinfre !

— Kaya, pourquoi tu le traites de connard ? demanda alors Barney, interloqué par ses propos.

— Parce que c'en est un ! Je le déteste, depuis le premier jour.

— Alors pourquoi as-tu accepté d'être la petite amie d'un type que tu ne peux pas voir en photo ? interféra Simon, en postillonnant du riz cantonais.

— Parce qu'à cause de lui, je n'ai plus de salaire. Sa proposition d'argent est la seule chose qui me motive.

— Il ne te plaît pas un peu ? lança presque innocemment Sam.

Aussitôt, Ethan lui envoya un beignet de crevettes dans la figure.

— Quoi ? Je m'informe !

— Tu t'informes mal ! lança Ethan. Il y a des évidences qui ne méritent pas d'être mises en avant : on se déteste, donc on ne va pas se plaire !

— Allons Ethan, on sait que tu plais à toutes les filles que tu croises...

Simon avait dit cela comme un fait sans débats possibles.

— Il n'y a qu'un seul homme qui me plaît et ce n'est pas celui qui est devant nous... répondit Kaya sans trop de gêne.

— Et on peut savoir qui c'est ? demanda Sam encore plus curieux du nouvel ennemi qui se profilait devant eux.

— Mon fiancé, Adam !

— Tu... tu es fiancée ?

Simon posa la question que tous redoutèrent d'avoir bien comprise.

— Et... il n'a rien dit pour ton contrat avec Ethan ? lança Barney, encore plus sceptique.

— Il est mort.

La voix tranchante d'Ethan laissa un froid autour de la table. Tous rivèrent leur regard vers Kaya.

— Merde...

Le mot sortit tout seul de la bouche de Sam qui se posa alors plein de questions sur Kaya.

— Rassurez-vous ! leur dit-elle avec un petit sourire. L'amour va au-delà de la mort. Pas vrai, Simon ?

Simon acquiesça silencieusement, mais aussi de façon hébétée.

— J'ai beau aimer Simon de toutes mes forces, je refuserais qu'il sacrifie le reste de sa vie à m'aimer si je ne peux lui rendre cet amour... déclara Barney d'un ton assez catégorique. L'amour se vit, il n'est rien sans actes pour l'animer. C'est un travail du quotidien, qui s'entretient à deux. Quand l'un meurt, on ne peut l'entretenir seul.

Kaya regarda la table avec tristesse. Elle commença à faire des ronds du bout de l'index. Les mots de Barney lui firent mal et pourtant, elle se contenta de sourire.

— Je ne te souhaite pas de perdre un jour Simon, Barney. Car quand la personne que tu aimes meurt, tout le reste n'a plus d'importance. Tout ton monde meurt avec. Tout s'effondre et te paraît vide, sans saveur, fade. Tu ne calcules plus rien. Tout t'indiffère. Ton quotidien n'a plus lieu d'être puisqu'il se vivait avec ta moitié. Tout est détruit et tu ne demandes qu'à mourir, toi aussi. Comment envisager la vie avec un autre quand, toi-même, tu n'as plus vraiment l'impression d'être présent dans ce monde ? Tu n'as plus de but, plus de projets. Il n'y a que cet amour que tu lui portes qui te raccroche à la vie, qui demeure intact. Lui reste, même au-delà de toute action d'affection. Il est là, au fond de mon cœur, ancré, imprimé dans la chair, et le fait battre. Ma vie dépend de cet amour que je lui porte encore aujourd'hui. Cet amour est ma promesse de vie loin de lui. Ce n'est pas un choix que de continuer à l'aimer, juste une évidence, un état de fait, une complémentarité. C'est cet amour qui me fait survivre, qui me maintient debout.

Barney regarda Kaya avec stupéfaction. Sam et Oliver étaient gênés. Simon attrapa la main de Barney pour lui rappeler qu'il était toujours là. Ce fut Ethan qui rompit le silence en se mettant à rire.

— Ridicule ! L'amour, l'amour, toujours l'amour ! Vous me faites bien rire tous les trois avec vos beaux discours. Ce que je vois, c'est surtout une belle connerie qui vous conforte dans vos beaux sentiments et qui finalement vous entraîne dans une souffrance tôt ou tard. Kaya, on dirait que cet amour est devenu finalement une fatalité plutôt qu'une richesse. Bien heureux est celui qui ne tombe pas amoureux ! Santé !

Ethan leva sa bière et but cul sec le fond de sa bouteille. Oliver baissa son regard vers son assiette avec un sourire amer. Toujours cette fermeté face aux sentiments, toujours cette rengaine face à l'amour. Sam l'observa un instant puis fixa Ethan. Un tel discours venant de sa part ne l'étonnait finalement pas, pourtant, il ne l'approuvait pas. Ils avaient certes tous deux fait le choix du célibat assumé et des conquêtes d'un soir, mais il reconnaissait que le sentiment amoureux était une excitation des sens merveilleux. Mais pour Ethan, c'était différent. Il croyait dur comme fer ce qu'il disait et il savait qu'Oliver aussi le savait, à la différence qu'il connaissait les origines de cette attitude.

— Bon, assez jacassés ! Passons aux choses sérieuses ! Aux manettes ! lança Sam pour alléger l'ambiance trop plombée à son goût. Un petit Mario Kart avant d'attaquer les hostilités avec des jeux d'équipe ?

Oliver prit cette initiative de Sam comme une brise fraîche. Faire diversion pour ne pas appesantir davantage l'ambiance et risquer que cette discussion ne tourne au vinaigre était la meilleure chose à faire. Il se leva et alla allumer la télévision.

— Oui ! Bonne idée ! lança Simon complètement chamboulé par le discours de Kaya à la fois bouleversant, plein de sincérité et surtout de regrets.

— Je suis désolée. Je n'ai jamais joué à un jeu vidéo de ma vie alors j'ai bien peur d'être une piètre joueuse ! déclara Kaya, timidement.

— Jamais ?! s'étonna Simon. Mais d'où sors-tu ?

Kaya fit un sourire gêné.

— Pas grave de gagner ou de perdre, on joue, répondit Barney. Ce n'est pas une affaire d'état. Il n'y a qu'Ethan qui voit ça comme un perpétuel défi ; il pourrait tuer sur-le-champ un ami pour gagner.

Elle regarda alors Ethan qui l'observait.

— Il n'y a pas de gentillesse et de compassion quand on joue.

Je te veux ! T2 – Chapitre 2

Chacun pour soi. Je ne vois pas pourquoi on doit faire preuve de compassion. C'est le principe du jeu et de la concurrence : au final, il n'en reste qu'un. Le meilleur. Principe même de tous les jeux : trouver un seul gagnant.

— Sauf que pour toi, tout est un jeu... commenta Sam, blasé. Même le boulot !

— Simon, tu veux bien m'apprendre à jouer ? demanda alors Kaya avec un petit sourire embêté.

— Avec plaisir, ma chérie !

Simon lui ouvrit les bras avec un grand sourire.

— Kaya, si tu veux être sûre de perdre, je te conseille effectivement Simon ! tacla alors Oliver en lançant le jeu sur la télé.

— Oh.

— Ce n'est pas vrai ! Je suis juste souvent en déveine ! se défendit Simon avec une moue boudeuse.

— Qui est bon instructeur alors ? demanda-t-elle alors, résignée.

Tous les regards se tournèrent vers Ethan, déjà concentré sur la télé, sur les starting-blocks. Ethan tourna alors la tête de l'écran, comprenant qu'on attendait son aide.

— Certainement pas ! dit-il en se levant.

— Tu es le plus pédagogue de nous tous ! lança Sam comme argument de poids.

— M'en fiche ! Je n'ai pas envie.

— Tu pourrais faire ça quand même. Après tout, c'est ta petite amie... commenta Barney avec un regard en coin qui voulait tout dire.

— Ce n'est pas ma petite amie.

— C'est toi le petit génie ! Avec toi, elle apprendra plus vite qu'avec moi... déclara Simon avec une mine triste, mais résolue.

— Elle n'a même pas le permis ! Autant apprendre à un éléphant à conduire ! Elle ne sait rien faire. Tout juste tenir un volant ! Kaya se raidit en faisant un « oh » muet.

— C'est vrai que Monseigneur QI 120 a tout d'inné chez lui. On ne lui a rien appris ! lui déclara-t-elle alors avec véhémence.

— C'est 150 ! Bordel de merde ! 150 ! Même ça, tu n'es pas capable de le retenir !

— Je le sais ! lui dit-elle en se rapprochant au plus près de lui pour lui faire face. Mais pour moi, tu as l'intelligence d'un moineau ! Tu es nul ! Zéro ! Nada ! Tu ne vaux rien avec tes idées préconçues et tes remarques désobligeantes. D'ici un mois, tu auras 110 de QI !

La voix penaude de Simon retentit alors.

— Euh les gars, j'ai un QI de 110 donc j'ai une intelligence plus petite qu'un moineau ?

Kaya se retourna alors et se mordit la lèvre.

— Je ne suis pas fute-fute pour certaines choses, mais là, c'est un peu vache.

Kaya voulut faire un geste de pardon vers lui, mais Barney lui posa le bras autour de son cou et lui chuchota :

— Pas grave. Tu as toutefois un cœur énorme.

Il lui fit un clin d'œil qui rassura immédiatement Simon et fit sourire Kaya.

— Je te consacre dix minutes. Pas une de plus !

Kaya se retourna à nouveau vers Ethan qui grimaça et se rassit.

— Et dépêche-toi, avant que je ne change d'avis !

— Moi, je vais fumer sur le balcon.

Barney sortit son paquet de cigarettes de sa poche de jean.

— Je viens avec toi, Barney ! lança Oliver.

— Je croyais que tu avais arrêté de fumer avec moi ! s'indigna Ethan.

— Tu me gonfles alors il faut que je décompresse.

Ethan grommela.

Je te veux ! T2 – Chapitre 2

— Je reviens ! lança Sam. Brigitte vient de m'envoyer un message. Son repas de famille s'est écourté, comme d'habitude. Elle a dû encore se prendre la tête avec elle. Je vais la chercher. J'en ai pour dix minutes, un quart d'heure grand max.

Simon regarda Kaya et Ethan, un peu gêné, puis finalement comprit qu'il était peut-être de trop.

— Bah moi, je vais.... aller faire la grosse commission...

Il se précipita alors vers les toilettes tandis qu'Ethan l'affubla d'un « crétin » doucement. Il regarda Kaya un instant puis soupira.

— Je te préviens, tu as intérêt à bien écouter. Je ne répéterai pas deux fois.

— Je sais.

— Je serai intransigeant, sans pitié. C'est le revers de mon apprentissage.

— Comme d'habitude quoi !

— Bon... donc ne te plains pas.

— Comme si j'avais l'habitude de me taire.

Kaya se retint de rigoler. Ethan la fixa de façon agacée.

Toujours aussi désinvolte !

Il écarta les jambes et les bras.

— Assis toi devant moi.

Kaya hésita.

— Ne va pas te faire des idées, Princesse perverse !

— Ne crois pas que tout tourne autour de choses perverses chez moi, connard !

Elle s'assit alors sans ménagement devant lui, entre ses jambes. Il referma ses bras sur elle et tendit le volant devant eux.

— Attrape le volant. Le but pour l'instant n'est pas de gagner, mais de comprendre le fonctionnement et la sensibilité de la manette, OK ?

— OK.

Il posa alors ses mains sur les siennes et démarra la partie. Il rapprocha sa tête de son épaule droite et fixa l'écran tout en lui expliquant chaque bouton doucement dans son oreille et la sensibilisant sur la conduite de sa voiture. Son torse toucha le dos de Kaya, mais il ne s'en trouva pas gêné ; elle ne pouvait lui faire de mal dans cette position.

— On se fout de la vitesse et des concurrents. Contente-toi d'avancer et d'appréhender la route et les obstacles.

— OK, OK ! lança-t-elle, chargée d'adrénaline alors qu'il était d'un calme olympien. Oh bon sang, c'est trop bizarre !

— Regarde ta route au lieu de parler ! lui dit-il alors en lui redressant le volant vers la gauche.

— Je fais quoi ? Je fais quoi là ! La carapace ! Je vais la percuter ! Elle arrive droit sur moiii !

— Le bouton ! Appuie sur le bouton !

— Quel bouton ?! cria-t-elle presque, prise de panique.

— Tu n'as rien écouté de ce que je t'ai dit au début sur chaque bouton ?! lui répondit-il énervé.

Kaya poussa un cri catastrophé et ferma les yeux. La musique du jeu continua l'espace de quelques secondes avant qu'Ethan ne parle.

— Putain, mais rouvre tes yeux ! Tu es toujours dans la course !

— Quoi !? Quoi !

— Je te l'ai fait éviter !

— C'est vrai ? fit-elle avec un grand sourire de reconnaissance en le regardant.

— Regarde ta route, crétine !

— Oui ! Pardon.

— Si je n'étais pas là, tu serais déjà dans le décor.

— Oui et bien je fais ce que je peux !

— Redresse ! Redresse ! Tu vas tomber !

— Redresse quoi ?! Tomber où ?

Un « Game over » retentit, accompagné d'une musique signalant le glas, le trépas.

— Bah ! Je suis tombée dans l'eau ?!

— Évidemment quand on conduit les yeux fermés ou qu'on regarde ailleurs !

Il lui asséna une tape sur la tête.

— Non, mais ça ne va pas ?! Ça fait mal ! pesta-t-elle alors.

— Je t'ai dit que je serai sans pitié. Recommence.

Tous deux se remirent en position, les bras d'Ethan entourant Kaya et ses mains sur les siennes, posées sur le volant.

— On déstresse. On se concentre et on ressent la route. Il faut anticiper les virages en regardant la route à l'horizon.

— Comme ça ?

Ethan lâcha tout doucement ses mains pour la laisser gérer seule.

— Qu'est-ce que tu fais ?! demanda-t-elle de nouveau, prise de panique. Ne me lâche pas !

— Concentre-toi sur la route. C'est bien. Je suis là.

— Non, tu m'as abandonnée !

— Ne panique pas ! Regarde les obstacles. N'oublie pas qu'on est dans la même voiture. Je suis là. Je suis ton passager.

— Un passager est à côté ! Pas derrière !

— Tu es mon chauffeur et je suis Prince. Ça te va ?

— Dans ce cas, je peux me planter dans le décor !

— Fais ça et tu prends une calotte plus forte que la première. À toi de voir...

— Connard !

— Tais-toi et concentre-toi. Prends l'étoile avec le bouton des accessoires. Tu iras plus vite et tu peux dégommer ce que tu veux.

— Youhou ! Trop génial ! Tu as vu, j'ai rattrapé une voiture et je l'ai envoyée valser !

Kaya se mit à rire. Ethan la regarda un instant, concentrée sur son jeu. Il pouvait humer l'odeur de shampooing qui se dégageait de ses cheveux. Il avait envie de les caresser, passer ses doigts entre, pour les coiffer, les discipliner. Kaya sentait bon la pêche ou l'abricot. C'était la première fois qu'il la voyait avec ses cheveux détachés. Ils étaient longs et soyeux, arrivant à mi-dos. Il avait envie de la taquiner encore en passant son index dans le creux de son cou pour qu'elle se torde sous la chatouille. Mais il s'abstint.

— Oh bon sang ! J'y suis arrivée ! J'ai fini le parcours !

Kaya fit alors un bond du canapé, complètement euphorique, avant de lui ressauter dessus et se mettre à califourchon sur lui pour le serrer dans ses bras. Ethan resta tétanisé. Pris entre la surprise, sa joie communicative et le côté incongru de la situation, il referma toutefois ses bras.

— Bravo. Mais il y a encore du travail avant que tu sois mon binôme dans d'autres jeux.

Kaya se redressa pour lui demander à quel jeu ils pouvaient être en binôme, mais Barney et Oliver rentrèrent du balcon.

— Et bien je vois que les choses arrivent vite dans l'apprentissage ! déclara Oliver avec un regard complice à Barney.

Kaya se releva aussitôt, rouge de honte, en réalisant sa position équivoque. Ethan se contenta de sourire.

— Vous l'avez dit vous-même : je suis un bon pédagogue.

Kaya attrapa une nouvelle fois le coussin pour lui balancer dans la figure.

— Faisons une partie l'un contre l'autre que je t'explose ta face de bon pédagogue pédant, Prince connard !

— Effectivement, lança Barney. Les choses s'améliorent !

3
Embellissant

Ethan, allongé sur le canapé de son salon, essayait de se concentrer sur un de ses dossiers, mais son attention n'y était pas. Elle était portée sur la porte de la chambre qui jouxtait la cuisine : celle de Kaya. Il était neuf heures trente et elle dormait toujours.
Quelle feignasse !
Il soupira un coup, puis finalement balança son dossier sur la petite table et se leva, l'air déterminé. Il alla se poster devant la porte puis, d'un geste sec, l'ouvrit.
— Debout là-dedans ! Allez, feignasse !
Il attrapa la couette qui recouvrait la jeune femme et la tira afin de la sortir de son cocon douillet. La surprise qu'il comptait lui infliger en laissant passer l'air frais sur son corps lui revint en pleine face, tel un boomerang. Il reposa aussi vite la couverture sur Kaya, pris par une énorme gêne devant ce qu'il venait de voir : Kaya était en petite culotte, les jambes nues.
Elle a enlevé son pantalon pendant la nuit ?
Kaya grommela, se cachant sous son oreiller. Ethan la regarda un instant, ne sachant quoi faire. Il était partagé entre son malaise qui ne semblait pas avoir affecté Kaya plus que ça, l'envie de lui gueuler dessus, mais aussi de rire devant son côté mignon, à se renfrogner. Il se donna une petite tape sur la joue pour se ressaisir et décida d'ouvrir les volets pour laisser le soleil entrer. Kaya râla à nouveau, son sommeil perturbé par la lumière aveuglante du

matin. Elle n'avait pas dormi comme ça depuis longtemps.

— Éteins la lumière ! marmonna-t-elle alors qu'il s'attaquait maintenant à son coussin.

— Debout ! Il est neuf heures et demie. Tu as assez dormi. Je ne paie pas une larve qui bave sur mon lit !

— Je ne bave pas ! Fous-moi la paix ! gémit-elle en tentant de le frapper d'une main, en vain.

— Lève-toi ! On a des choses à faire.

Ethan lui attrapa sa main vengeresse et la bloqua.

— Pas envie ! lui déclara-t-elle sèchement tout en se recroquevillant un peu plus dans ses draps.

Il plissa des yeux, peu enclin à accepter un refus.

— Kaya Lévy, Princesse feignasse, ne m'obligez pas à employer les grands moyens.

Kaya ne répondit rien, à son grand étonnement, ni même ne rigola devant sa menace comme elle avait l'habitude de le faire. Il fut accueilli par un geste allant finalement au-delà de toute provocation : elle leva sa seconde main puis dressa son majeur comme seule réponse à sa requête. Ethan baissa la tête et sourit, sidéré par l'aplomb de la jeune femme qui allait toujours plus loin dans l'opposition.

Évidemment, je ne l'ai pas encore eu celui-là, cela ne pouvait qu'arriver ! Plus percutant qu'un gloussement ou qu'un haussement d'épaules, forcément... On va toujours crescendo avec elle !

— OK, Princesse impolie. J'ai des projets et je ne suis pas d'humeur donc...

Kaya ouvrit un œil pour voir quelle serait la suite du « donc » et ne fut pas au bout de ses surprises. Ethan s'assit sur le lit, un grand sourire vengeur sur le visage, et commença à l'enrouler dans sa couette si bien que ses membres se retrouvèrent coincés dedans. Ce fut l'élément décisif qui l'obligea à sortir de sa semi-léthargie et à ouvrir les deux yeux complètement. Elle tenta de s'extirper de son emprise, mais la force et la détermination dont faisait preuve Ethan furent plus convaincantes. Il la souleva, coincée dans sa couverture, puis la porta jusqu'à la salle de bain en tentant de garder son air grave et non de rigoler, alors qu'elle hurlait des « repose-moi ! Je me lève ! C'est bon ! Je me lève ! ». Il ouvrit le robinet de la douche et la glissa sous le pommeau. Kaya hurla à nouveau, cette fois-ci parce que l'eau gelée s'immisçait sous la couette et à travers son sweet. Ethan s'en donna à cœur joie. Plus elle criait « je te déteste ! », plus il poussait le vice en baissant la température de l'eau. Bientôt, elle se retrouva complètement trempée et ne put que se résoudre à encaisser la sentence du connard en puissance qu'était son pseudo petit ami.

Ethan coupa l'arrivée d'eau au bout de quelques minutes. Il avait aussi été à moitié mouillé par l'agitation de Kaya, mais il s'en fichait. Il tenait enfin sa vengeance. Une vengeance à laquelle elle n'avait pu répondre. Une vraie vengeance ! Il secoua ses mains pour faire tomber les gouttelettes récalcitrantes, un sourire éclatant sur son visage, en parfait contraste devant l'absence de joie de son ennemie. Elle ne disait rien, mais le fusillait du regard. La couverture se desserra alors et Kaya put s'en défaire. Elle tomba à ses pieds et se retrouva à nouveau en petite culotte devant Ethan. Elle s'en contrefichait. Elle était surtout gelée et ne souhaitait qu'une chose : se réchauffer. Elle retira son pull, mais garda son tee-shirt, puis ralluma la douche pour mieux ressentir l'eau brûlante sur le corps. Ethan la regarda faire. Il ne pouvait s'en empêcher.

Il fixait sa petite culotte en dentelle bleu clair tout à fait mignonne. Kaya lui tourna le dos pour mieux apprécier la chaleur qui sortait du pommeau de douche. Son t-shirt collait contre sa poitrine. Elle avança ses deux mains devant elle pour accueillir l'eau qui tombait tandis qu'il baissait de côté sa tête pour mater ses fesses que la dentelle caressait de façon légère. Les gémissements de soulagement qu'elle émettait à retrouver un peu de chaleur faisaient écho à ceux de désir qui restaient coincés dans la gorge d'Ethan. Elle se tourna vers lui à nouveau, obligeant Ethan à quitter des yeux son objet de convoitise pour ne pas passer pour un pervers. Il put alors observer par transparence sa poitrine. Il repensa instantanément à la soirée du Silky Club et à ses mains sur son téton. Il déglutit en s'imaginant recommencer. Elle stoppa la douche et se posta juste à côté de lui, sans dire un mot. Elle attrapa sa serviette et se sécha du mieux qu'elle put.

— C'est bon ?! Je peux aller me recoucher maintenant que Monsieur a fait sa mauvaise plaisanterie ? lui dit-elle finalement sur un ton sarcastique.

Ethan se trouva instantanément face à la réalité. Si lui était à dix lieues de ce réveil forcé, Kaya, elle, était loin de l'avoir oublié.

— Ah ah ! Très drôle ! Ose pour voir ! Tu l'as cherché ! Ce n'est que justice après ce que tu m'as fait subir depuis hier.

Elle le regarda, surprise.

— Qu'est-ce que j'ai fait de mal hier ?

— Tu oses me dire ça !? lui dit-il estomaqué. Ah oui ! C'est vrai ! Mademoiselle ne se souvient pas ! Suis-je bête ? Comment pouvait-elle se rappeler quoi que ce soit vu qu'elle s'est endormie sur moi !

Kaya écarquilla les yeux. Elle essaya de se souvenir de la fin de soirée, mais dut se rendre à l'évidence : c'était le trou noir. Elle se mordit la lèvre et pesta contre elle-même.

— J'ai.... vraiment fait ça ? fit-elle alors d'une petite voix, honteuse.

— Et comment ! J'ai eu le droit à des sourires de connivence de tout le monde jusqu'à ce qu'ils partent ! Que je te garde dans mes bras, c'est une chose ; on n'avait pas de place pour jouer tous en même temps près de la télé. Mais de là à ce que tu t'assoupisses !

Faut le faire !

Kaya tortilla ses doigts dans sa serviette, pleine de remords. Elle se souvenait de l'arrivée de Brigitte, du problème concernant le nombre de manettes par rapport au nombre de participants. Elle se rappela qu'elle avait laissé les autres jouer, qu'Ethan en avait fait de même et après, plus rien.

— Désolée, lui dit-elle, penaude.

— Tu peux l'être ! Les gars m'ont chambré jusqu'à la dernière minute. Je ne pouvais même pas bouger pour les raccompagner jusqu'à la porte ! Et le pire dans tout ça, c'est que malgré le connard que je suis, j'ai été assez gentleman pour te porter jusqu'à ton lit sans te réveiller.

— Oh.

— Un merci serait mieux qu'un « oh » !

Ethan ferma les yeux un instant et soupira.

— Et puis, je ne me suis pas fait un tour de rein à titre indicatif... *Mince ! On aurait vu enfin quelque chose de drôle !*

— Va t'habiller, on va à Abberline Cosmetics.

— Pour quoi faire ?

— Pour changer certaines choses ! J'ai vu une horreur ce matin en allant dans la salle de bains. Un truc qui m'a bousillé les yeux.

Kaya le regarda sans comprendre. Il attrapa alors sa trousse de maquillage et en sortit les bouts de crayons et le mascara séché.

— Tu te prétends être la petite amie du roi du maquillage et tu te balades avec ces....

Il observa avec dégoût les rognures de maquillage.

— Tu es vraiment le diable. Me dévaloriser de la sorte. On ne pouvait pas faire pire !

Il jeta sa trousse dans la poubelle et sortit de la salle de bain en grommelant un « et après on s'étonne que je sois de mauvaise humeur... ».

Je te veux ! T2 – Chapitre 3

Kaya et Ethan débarquèrent une heure plus tard dans l'entreprise. Il ne l'emmena pas dans son bureau, ni même dans tous les autres bureaux. Il la conduisit à la boutique officielle où les clients peuvent tester et acheter le maquillage. Ethan tenait la main de Kaya fermement. Il était encore d'humeur boudeuse et elle pouvait sentir son agacement rien qu'à la manière dont il la tira à droite et à gauche à travers les rayons. Toutes les vendeuses se précipitèrent vers lui. Elles semblaient toutes ravies de le voir. Leur professionnalisme avait soudainement fait place à une sorte d'admiration qui fit rire jaune la jeune femme.

Encore des groupies aveugles !

— Monsieur Abberline, bonjour. Ravie de vous accueillir ici. En quoi puis-je vous être utile ?

Celle qui sembla être la chef du magasin lui lança un regard mielleux qui écœura presque Kaya. Elle lui mangeait dans la main. C'était son patron, elle pouvait comprendre sa ferveur. Mais elle affichait aussi un air affectueux un peu trop déplacé à son goût.

Elle a couché avec lui ou quoi ?

Ethan fit un rapide tour du magasin des yeux pour voir l'état général du point vente puis, sans rien dire, se dirigea vers l'atelier maquillage. Sans même un mot, ni même un regard bienveillant envers ses employées, il posa ses mains sur les épaules de Kaya et exerça une pression vers le bas pour qu'elle s'assoie sur le tabouret. Puis il commença à arpenter seul les rayons. Kaya le regarda faire avec suspicion.

À quoi est-ce qu'il joue ?

Les employées n'osèrent faire quoi que ce soit qui aurait pu le contrarier. Elles étaient dans l'attente d'une éventuelle réprimande sur leur travail. Pourtant, quand Ethan commença à choisir certains fards à paupières, crayons, eye-liner, la chef se détendit et alla le rejoindre. Elle se posta à côté de lui et le regarda faire avec admiration. Il prenait le temps de bien examiner chaque couleur, chaque teinte. Il levait la tête de temps en temps pour laisser son regard dans le vague, montrant qu'il était en pleine réflexion. Puis, il traversait à nouveau les rayons, reposant certains accessoires, en prenant d'autres. Son manège intrigua les vendeuses qui n'osèrent bouger. La chef le suivait en silence dans ses avancées, mais Kaya put observer que l'admiration qu'elle avait vue au début avait légèrement changé. Elle l'admirait non plus pour son physique, mais pour son œil de professionnel. Elle souriait même ! Un sourire ravi, comme si elle était devant quelque chose d'exceptionnel. Kaya observa à nouveau Ethan qui regardait les mascaras. Elle ne doutait pas de son talent d'homme d'affaires, mais ne comprenait pas pourquoi il ne demandait pas conseil à la chef, tout simplement.

— Préparez-moi cette jeune femme, Élisabeth, s'il vous plaît.

La chef se pencha légèrement.

— Tout de suite, Monsieur.

Cette dernière rejoignit Kaya et l'exhorta à retirer son manteau, puis à mettre un tablier, comme chez le coiffeur. Elle s'assura ensuite que son visage était à découvert, qu'aucune mèche ne pourrait gêner le travail.

— Élisabeth, que voulez-vous que l'on fasse pendant que vous la maquillez ? demanda une des vendeuses.

— Rien du tout, Sarah. Je vais faire comme vous et regarder avec attention. Ce que vous allez voir est à noter sur votre calendrier d'une croix rouge, tant vous ne le verrez pas souvent.

Elle leur sourit avec bienveillance et ravissement. Les deux vendeuses furent perplexes devant les propos de leur chef. Ethan arriva, un petit panier à la main, rempli de maquillages en tout genre. Kaya loucha sur le contenu de ce dernier avec circonspection. N'ayant jamais eu autant de produits de maquillage en sa possession, elle se demandait à quoi servaient la plupart d'entre eux. Ethan retira son manteau et sa veste de costume puis s'assit face à Kaya. Il ne la regarda pas une seule fois, apparemment très concentré à enlever l'opercule de plastique couvrant chaque accessoire.

— Tu sais, je n'ai pas besoin de tous ces... trucs ! lui dit-elle vraiment gênée et hésitante sur le comportement à adopter.

— Tais-toi et ne bouge pas...

— Pourquoi ?

Elle n'eut pas de réponse. Il lui attrapa son menton de sa main gauche et commença à lui nettoyer le visage avec une lotion et un coton qui se trouvait sur l'établi de maquillage. Kaya fut surprise.

— Que... qu'est-ce que tu fais ?

Ethan ne lui répondit pas. Il examinait minutieusement chaque parcelle de peau qu'il nettoyait.

— Ethan ! Je peux le faire ! Je n'ai pas besoin d'un chaperon !

Elle repoussa sa main, l'air un peu fâché.

— Je n'ai peut-être pas un maquillage clinquant dans ma trousse, mais je sais encore me maquiller ! Je ne suis pas une gamine.

Ethan fronça les sourcils.

— Tu doutes du résultat que je peux apporter à ton visage ? lui demanda-t-il de but en blanc.

Kaya fut étonnée.

— Évidemment ! Tu vas me faire un visage de clown ! Je commence à connaître l'homme en face de moi !

Élisabeth toussota pour interférer.

— Mademoiselle, sans vouloir vous offenser, vous êtes entre de bonnes mains. Je dirai même que vous ne vous rendez pas compte de votre privilège.

Kaya jaugea la chef un instant. Elle ne comprenait pas ses propos.

— Un privilège ?
Depuis quand un connard accorde des privilèges ?
Elle voulut rigoler, mais le regard noir que lui jeta Ethan l'obligea à étouffer son rire dans sa gorge. Elle était sa petite amie et elle avait tendance à oublier de jouer son rôle. Elle soupira.
— OK, OK ! Je n'ai rien dit ! Fais-moi tes peintures de guerre sur le visage !
Ethan croisa les bras, visiblement encore plus agacé par son manque de reconnaissance.
— Je veux bien être volontaire si vous le souhaitez, Monsieur ! dit alors la seconde vendeuse, heureuse de servir de cobaye.
Élisabeth étouffa dans l'œuf toute envie à Julie de pouvoir se rapprocher de son patron.

— Julie, Monsieur Abberline n'a pas besoin de toi. Il ne maquille pas n'importe qui. Il ne maquille plus depuis longtemps, je dirais même. S'il décide de s'occuper de cette jeune femme, ce n'est pas anodin. Tais-toi et regarde plutôt son style. Il a été maquilleur pour des personnes célèbres avant de monter Abberline Cosmetics. Ton patron sait tout sur la façon d'embellir une femme. Si aujourd'hui, tu as cette chance de le voir faire, alors profites-en. Ne commente surtout pas !
Julie recula d'un pas et acquiesça silencieusement tandis que Kaya regarda maintenant Ethan comme une bête curieuse.
— Tu as été maquilleur professionnel ? répéta-t-elle avec stupeur pour s'assurer qu'elle avait bien entendu.
— Oui. On peut reprendre ?
— Longtemps ?
— Qu'est-ce que ça peut faire ?
— Monsieur Abberline a été le maquilleur de nombreux mannequins, chanteuses et actrices pendant trois ans ! déclara avec fierté Sarah.

Je te veux ! T2 – Chapitre 3

Ethan jeta un regard empli de colère à Sarah, qui venait de le trahir. Celle-ci comprit que son enthousiasme venait de lui portait préjudice. Elle se recroquevilla sur elle-même, désolée. Kaya observa Ethan avec ahurissement. Celui-ci n'avait pas décroisé les bras et attendait son approbation. Elle approcha son visage du sien pour mieux voir dans ses yeux la sincérité de ses intentions. Ethan fut étonné par ce geste et fronça une nouvelle fois les sourcils. Kaya fixa intensément ses yeux, cherchant la vérité ou la blague au fond de ses pupilles. Finalement, elle se recula un peu et déclara sa sentence.

— OK, maquille-moi ! Je m'en fiche... Si tu me ridiculises, tu ridiculises ta petite amie, donc tu te ridiculises aussi devant tes employées. Tu n'en viendrais pas à ce genre d'erreur, n'est-ce pas ?

Kaya lui sourit avec un air de défi. Ethan décroisa les bras. Il attrapa le morceau de coton qu'il avait posé sur l'établi et reprit son travail. Il voulut garder son sérieux, mais il était content. Elle avait affirmé qu'elle était sa petite amie devant ses employées. Elle commençait à rentrer dans le jeu et acceptais les règles que ce même jeu imposait à chacun d'eux. Il lui sourit quand il passa le coton sur sa bouche, puis y déposa un petit baiser qui fit rougir involontairement la jeune femme. Les vendeuses se mirent à sourire devant cet acte si mignon de leur patron. C'était sans doute la première fois qu'il montrait un tel geste d'affection devant elles.

— Héééé ! se plaignit Kaya, rouge de honte.

— Quoi ?

— Ça, ce n'était pas obligé !

— Je m'assurais de la douceur de tes lèvres pour le rouge à lèvres ! lui répondit-il faussement innocent.

— Et tu faisais ça systématiquement avec les femmes que tu maquillais ? Charlatan !

— Plains-toi ! Tu verras ! Après ça, tu me remercieras.

Kaya bougonna pour la forme.

Il n'a même pas contredit ma remarque ! Casanova de pacotille ! C'était juste pour me provoquer... encore !

Pourtant, elle devait admettre qu'il mettait du cœur à l'ouvrage. Elle n'osait plus bouger et répondait à ses ordres sans sourciller. La manière dont il la regardait la déstabilisait autant qu'elle la fascinait. Il la regardait sans la voir. Il était absorbé par son travail, examinant, fixant, jugeant, testant... Elle cerna de plus en plus le professionnel qui exprimait son talent.

Si le visage de Kaya était le terrain de jeu d'Ethan, celui d'Ethan devenait aussi le sien involontairement. Elle prit le temps de le scruter sous tous les angles. Il ne s'en rendait pas compte, trop obnubilé par le résultat qu'il tentait d'obtenir. Pourtant, elle put le voir de près, comme lors de leur petite incartade dans les vestiaires. Voir ses prunelles marron chocolat qui bougeaient selon ses gestes était fascinant. Leurs teintes variaient selon l'éclairage de la salle. Puis elle s'intéressa à sa petite cicatrice à l'arcade sourcilière qui lui donnait ce côté rebelle. Elle s'amusa à faire des hypothèses sur son origine : avait-elle été faite lors de son enfance ? En glissant dans sa super baignoire de son appartement ? L'issue d'une bagarre à laquelle il avait pris part, comme elle pouvait l'imaginer après l'avoir vu à l'œuvre au Silky Club ? Elle ne rata aucun détail : front, tempes, joues, menton, lèvres.

Regarder ses lèvres la mettait mal à l'aise. Elle repensa à leurs baisers. Elles l'avaient encore touchée quelques minutes auparavant et pourtant, si la première fois elle avait été très en colère, elle admettait maintenant qu'elle objectait plus pour la forme. Ses lèvres n'étaient pas déplaisantes en soi. Plutôt douces même, avec cette fermeté malgré tout qui rassure. Des lèvres qui conquièrent un territoire interdit, qui s'imposent à vous sans crier gare, mais qui vous laissent pantoise, sur la touche dès qu'elles s'éloignent. Elles vous laissent ce sentiment d'amertume, fait du

« non, comment ose-t-il ?! » et ensuite du « pourquoi part-il ? ». Des lèvres qui reflètent le paradoxe même qu'est cet homme : un connard aux allures pouvant finalement vous émouvoir.

Kaya commença à rougir à nouveau et voulut prendre de la distance. Ethan perdit alors sa concentration, son modèle faisant des siennes. Il l'observa vraiment cette fois, d'abord agacé, puis surpris de voir qu'elle semblait embarrassée. Il chercha à comprendre. Elle rougissait et n'osait le regarder vraiment. Il comprit alors que cette position face-à-face en était sans doute la cause.

— Mademoiselle veut faire une pause ? Mademoiselle a chaud ? lui dit-il avec un air moqueur.

— Non, ça va... lui répondit-elle confuse.

— OK, alors ferme les yeux. On passe aux paupières.

Kaya le considéra un instant. Elle savait que sa remarque sur son comportement cachait une taquinerie qu'il pouvait accentuer sans problème.

— Pas d'entourloupe ! Attention !

— Grrr quelle princesse menaçante ! lui dit-il alors presque en rigolant.

Les vendeuses se mirent à rire aussi. Ethan et Kaya réalisèrent à nouveau qu'ils n'étaient pas seuls et Kaya s'en trouva encore plus honteuse.

Ont-elles remarqué mon trouble ?

Elle commença alors à s'inquiéter et à gesticuler sur son tabouret, cherchant une échappatoire, quelque chose qui pourrait la sortir de cet embarras qui ne la quittait pas et qui commençait à sérieusement l'agacer.

Pourquoi je flippe comme ça ! Merde ! Reprends-toi, Kaya !

Ethan constata que Kaya avait perdu de son assurance. Son trouble se lisait dans son attitude. Quelque chose la mettait mal à l'aise et il devina sans peine que ses employées ne devaient pas arranger cette situation : elle lui faisait enfin confiance et elle venait de montrer sa fragilité.

— Élisabeth, veuillez nous laisser seuls s'il vous plaît.

Élisabeth s'étonna de son injonction. Elle s'exécuta cependant et invita les vendeuses à vérifier la vitrine de l'autre côté du magasin. Kaya se sentit encore plus alarmée. Un stress qu'elle tenta de maîtriser, mais auquel elle ne trouvait pas de réelle explication. Ethan posa ses accessoires et soupira en attendant que les filles soient à bonne distance. Il se pencha alors vers elle.

— Quel est le problème ? lui chuchota-t-il.

Kaya se mordit la lèvre, encore plus gênée.

— Rien. Rien du tout !

Ethan ne fut pas convaincu et continua à l'observer pour cerner le vrai du faux.

— Arrête de me regarder comme ça ! Tout va bien, je te dis ! Reprends.

— Sûre ?

— Sûre ! fit-elle avec un signe de main le poussant à continuer.

— Alors, arrête de rougir ! Ça va gâcher mon travail sur la teinte à adopter !

Kaya s'immobilisa et le fixa d'un air d'abord coupable, puis méprisant. Il se mit à rire et attrapa un pinceau. Elle le tapa alors à l'épaule. C'était plus fort qu'elle. Il l'agaçait au point qu'elle voulût lui rendre au centuple son agacement. Ethan eut la réaction inverse et se mit à rire de plus belle tout en essayant de contrer ses petites attaques.

— Il n'y a que la vérité qui fâche ! lui dit-il, tout sourire.

— Je ne suis pas fâchée et il n'y a pas de vérité !

— Mais oui, c'est ça ! Avoue que ça te plaît qu'un homme te maquille ! T'es bien une femme finalement !

— Bien sûr que je suis une femme ! Tu me prends pour quoi ?!

Non ! Je ne veux même pas savoir à quoi songe ton QI de connard ! Ethan tenta de calmer sa crise de rire. Kaya le regarda en train d'essayer de reprendre sa concentration et finalement laissa échapper, elle aussi, un sourire.

— Ça va mieux ? On reprend ? lui dit-il, plus apaisé lui aussi.

— Je n'attends que toi !

Ethan se mit à sourire à nouveau. Une phrase bien jolie pour l'homme qu'il était, même si elle le disait avec une dérision certaine.

— OK, tu verras, ce sera plus simple. Les yeux fermés, tu n'auras pas des envies de rougir devant mon magnifique visage !

— Ethaaannnnn !

— Ouiiiii ! Tu me détestes ! Je sais !

4
Déstabilisant

— Alors ? C'est bon ? Ça donne quoi ?
Ethan fixait Kaya de manière incertaine. Il venait de poser tous les accessoires et observait maintenant son visage avec minutie. Son regard cherchait des réponses et Kaya tenta de les trouver avec lui.
— Tu as fini oui ou non ?
— Oui...
— Fais voir !
La jeune femme se précipita sur un petit miroir se trouvant non loin de là, sur l'établi. Elle resta figée quelques secondes devant son reflet. Ethan la regarda faire, attendant son approbation. Elle releva finalement les yeux vers lui, interdite.
— Waouh. Impressionnant. C'est... impressionnant... Pas d'autres mots.
Elle n'osa se toucher le visage, mais tournait sa tête de droite à gauche pour voir les reflets du maquillage sur sa peau. L'aspect net, impeccable qui en ressortait lui donnait l'impression d'être une femme d'un autre monde, d'être une de ces stars magnifiques qui dégagent un charisme insoupçonné, une beauté particulière. Elle se voyait autrement, mais belle. Très belle. Elle n'aurait même pas imaginé se trouver si jolie un jour.
Elle n'avait jamais vraiment cru en sa beauté, même si Adam lui répétait sans cesse. Pourtant, face à ce miroir, elle ne put que

sourire. Elle se trouva même émue. C'était une chose si impensable qu'une femme comme elle puisse avoir une telle chance. Elle qui n'avait même pas assez d'argent pour aller se faire couper les cheveux chez un coiffeur, se voyait avec un maquillage de professionnel, fait par un professionnel.

Elle regarda à nouveau Ethan. Il put y lire un merci muet de sa part. Ses yeux brillaient d'une façon rare. Des yeux qu'il avait eu envie de faire ressortir de la plus belle manière qui soit, quand il avait pu les voir de près dans les vestiaires du Silky Club. Pouvoir revoir ce mélange de marron et de vert éblouir son visage et vous saisir au point de ne plus vouloir vous en séparer, et de les contempler encore et encore... Il avait ces yeux magnifiques devant lui et ils étaient d'une douceur à son égard qu'il avait du mal à accepter. Une reconnaissance qu'il n'estimait pas mériter.

— Ça te va ? lui dit-il un peu froidement. On y va ?

Kaya reposa le miroir, un peu surprise par son attitude tout à coup plus fermée.

— Oui... merci. C'est très joli.

— Parfait... alors, partons.

Il lui retira son tablier et lui jeta son manteau presque à la figure, puis enfila le sien. Elle le passa sur ses épaules lentement, essayant de comprendre pourquoi il était moins affable, plus distant. Il lui attrapa alors le poignet sans plus de considération. Kaya poussa un petit cri de surprise devant son empressement à quitter les lieux si vite. Les vendeuses et Élisabeth, se trouvant à l'entrée, regardèrent Kaya avec émerveillement.

— Vous êtes... magnifique ! lui dit la chef. On voit que Monsieur Abberline n'a rien perdu de son talent. Vous êtes une autre femme !

— Merci, se contenta-t-elle de dire un peu gênée par tant de compliments.

— Monsieur Abberline, vous avez fait un travail superbe ! se précipita de dire Julie.
— Vous trouvez ?! Vous avez alors encore beaucoup à apprendre. Élisabeth, veuillez m'envoyer le panier de maquillage à mon domicile s'il vous plaît. On y va, Kaya.

Julie se recroquevilla une nouvelle fois sur elle-même, peinée par la réprimande de son patron. Élisabeth fut elle-même surprise par la précipitation et la fermeté dont il faisait preuve. Elle opina de la tête et frotta le dos de sa protégée pour la consoler tandis que le couple quittait la boutique. Kaya se faisait traîner par Ethan dans la rue bondée de passants en cette fin de matinée, en tentant de comprendre pourquoi il avait été aussi désobligeant. Elle regardait son dos, droit et solide comme une muraille, se frayait un chemin. Et lui ne la regardait pas. Il était pourtant proche d'elle, mais distant dans son attitude.

C'est quoi son problème ?

Elle soupira et tira un coup sec pour qu'Ethan lâche son poignet et s'arrête. Il se tourna vers elle, l'air interrogateur.
— Pourquoi fais-tu la tronche ?
Ethan l'observa un instant.
— Je ne fais pas « la tronche », j'ai juste des choses à faire.
— Pourquoi tu lui as dit qu'elle avait beaucoup à apprendre ? Je croyais que tu étais un pro ? Et pourtant, tu réagis comme si tu étais peu convaincu du résultat. Je suis si moche que ça ?
— Tu es contente du résultat, non ?
— Oui ! Très !
— Alors, c'est le principal. En route !

Il lui attrapa à nouveau la main et fit trois pas avant que Kaya ne l'arrête à nouveau.
— Pourquoi toi, n'es-tu pas content du résultat ? C'est toi qui

voulais me maquiller. Je n'ai rien demandé. Qu'est-ce qui ne te plaît pas ? Qu'est-ce qui ne va pas sur mon visage ?

Ethan soupira et leva les yeux, ce qui blessa encore plus Kaya.

— Pourquoi me laisses-tu sortir comme ça si ça ne va pas ? Finalement, tu voulais bien me ridiculiser...

Les derniers mots de la jeune femme se perdirent dans sa gorge, la peine la submergeant. Ethan s'agaça davantage en soupirant comme un buffle et grognant. Son attitude vexa la jeune femme qui avait l'impression d'être prise vraiment pour une idiote.

— Connard... J'en ai marre ! Je rentre ! Passe un bon après-midi, seul, avec ton machiavélisme à deux balles.

Elle fit demi-tour, laissant son partenaire d'infortune derrière elle. Ethan s'attrapa les cheveux, contrarié.

Merde, merde, MERDE ! Elle se barre vraiment !

— Ça n'a rien à voir avec toi… C'est moi ! fit-il alors dans la précipitation.

Kaya s'arrêta, mais garda ses poings serrés par son agacement.

— Comment ça ? lui demanda-t-elle, perplexe.

— Laisse tomber ! Ce n'est rien.

— Non ! Je veux savoir ! lui ordonna-t-elle presque, tout en se retournant. Si je suis moche, on enlève tout !

— Tu n'es pas moche ! Arrête ! Mon travail ne pouvait être mieux fait.... enfin je crois.

— Bon et bien où est le problème ? Désolée de ne pas être mannequin !

— Ça n'a rien à voir ! J'ai fait ce que j'ai voulu, mais justement, on dirait trop une fille qui fait la couverture des magazines. Voilà !

Kaya écarquilla les yeux et se mit à sourire. Ethan était embarrassé. C'était comme si on lui avait arraché des mots de sa bouche qu'il voulait garder secrets. Elle se sentit tout à coup un peu plus estimée et donc soulagée. Il lui faisait finalement un beau compliment.

— Tu es en train de me dire que finalement, je suis aussi jolie qu'un top modèle ?
— Non je dis juste que.... que...
— Que quoi ?
— Bon sang, ce que tu peux être agaçante à vouloir insister ! Je préfère te voir sans tous ces artifices. Tu es plus jolie au naturel !
Contente ?! Ça n'est pas toi ! Quand Élisabeth a dit qu'elle voyait une autre femme, ça m'a encore plus énervé, car c'est ce que je voyais aussi : une autre femme. Or le but est que tu restes telle que tu es. J'ai donc échoué...

Ethan regarda le bout de son pied en train de buter contre un caillou, les mains dans les poches de son pantalon. Il était vexé, agacé, honteux. Son professionnalisme en avait pris un coup, sa fierté aussi. Kaya sourit devant l'homme qui se tenait devant lui. Il était pour une fois touchant de sincérité. Elle avait presque envie de le prendre dans ses bras, mais ne put s'y résoudre, car il restait quand même un connard pour d'autres choses.
— Je retire ce que j'ai dit.... tu n'es pas un connard....
Ethan leva la tête et la regarda, étonné.
— Je parle pour cette fois ! Attention ! Ne te méprends pas.
Elle fit un pas vers lui et lui murmura :
— Ça craint quand même pour un homme comme toi. Heureusement que tu t'es planté sur mon visage et pas celui de quelqu'un d'autre, car ta réputation aurait fait une sacrée chute dans les soirées mondaines. Fiiiissshhh.
Kaya fit descendre son pouce jusqu'à hauteur de ses genoux pour symboliser la dégringolade.
— Ah ah. Très drôle. Je suis mort de rire.
— Bah tu vois que ça va mieux !
Elle lui sourit, lui attrapa la main et le tira pour reprendre leur route. Ethan regarda sa main tenant la sienne avec soulagement :

elle ne partait plus. Il avait réussi à la retenir. Il se sentait rassuré plus qu'il ne l'aurait imaginé. Il était même heureux que ce soit elle qui revienne vers lui de cette manière. C'était toujours avec une certaine dose de défi, mais elle semblait vouloir finalement ne plus partir.

— Tu as un mois pour trouver le maquillage qui me va le mieux, qui soit le plus naturel possible ! Tu as de la chance ! Tu pourras faire plusieurs essais pour rassurer ton ego. Mais bon...

Kaya le lâcha et se tourna vers lui.

— Ce n'est valable que si Monsieur Laurens ne signe pas ce soir ! Or, je compte bien réussir à le convaincre, pour qu'avec ma prime gagnée, je puisse me faire maquiller par un vrai professionnel !

Elle lui tira la langue de façon mutine. Ethan se mit à rire et retrouva son esprit vengeur.

— Toi..... Je crois que je vais t'étrangler avant ce soir ! Je te ferai même un beau maquillage mortuaire qui montrera bien la harpie que tu es !

— Bla bla bla ! Monsieur le Maquilleur qui a fait son apprentissage dans une pochette surprise !

— Je n'ai pas fait ça dans une pochette surprise.

Ils reprirent leur balade dans la rue plus posément, toujours main dans la main.

— Je l'ai fait pendant trois ans. Pendant mes études à la fac. Entre deux cours, j'avais réussi à décrocher une place d'assistant auprès d'un grand professionnel pour ne pas dépendre de mes parents adoptifs. Ce métier ne m'attirait même pas, mais je voulais gagner de l'argent par moi-même et ne rien devoir à personne. Contre toute attente, cet homme m'a beaucoup appris. Du coup, j'ai commencé à apprendre en même temps les ficelles du showbizz et j'ai fait mon réseau malgré moi. On m'a sollicité pour des séances de maquillage dans des cadres autres que celui des défilés ou des shows télé. Je passais certains week-ends pour des shooting photos, la bar mitzvah du fils d'un grand dirigeant ou parce que je devenais la distraction de certaines femmes du milieu. C'est aussi à ce moment-là que j'ai pu entendre les souhaits de ces femmes qui cherchaient tels styles de maquillage ou autres et que l'idée de monter ma propre boîte est venue.

— Et tu as arrêté définitivement de maquiller du coup ?

— Aaaaah ! Je ne pouvais pas tout faire. Monter ma boîte, suivre des formations de management, répondre à toutes les demandes. J'ai dû faire des choix et cesser celui de maquiller fut l'évidence. J'ai commencé à refuser. Ça a été un peu dur pour certaines personnes, car j'en acceptais certaines et pas d'autres. Vous, les femmes, vous êtes vraiment chiantes et exigeantes, en plus d'être jalouses !

Ethan lui sourit avec malice. Kaya fit la grimace.

— Puis j'ai carrément arrêté, Abberline Cosmetics me prenant tout mon temps. Il a fallu trois ans pour sortir le premier modèle de maquillage. On a tous investi l'ensemble de nos économies dans ce projet. Par chance, nous avons connu le succès très vite. Cela fait cinq ans maintenant. Aujourd'hui, je pense que mon apprentissage dans une pochette surprise a plutôt servi, non ?

— Tu as réussi, oui. Jeune et déjà avec un tel poste. Tu peux faire des envieux effectivement. Mais personnellement, je ne sais pas si j'aimerais être à ta place.

Ethan s'arrêta.

— Pourquoi ça ?

— Parce que tu as la confiance de beaucoup de personnes sur tes épaules et je commence à comprendre ton inquiétude sur ton image. Plaire, faire des grands sourires pour garder tes clients. Être accompagné de personnes te permettant de garder ta crédibilité. Paraître toujours bien sous tout rapport pour alimenter ton réseau doit être finalement fatigant. Peux-tu vraiment être toi-même en toutes circonstances ? J'en doute. Et je trouve ça dommage. Je n'aimerais pas ne pas pouvoir être moi-même. La double identité, très peu pour moi !

Ethan la fixa, déconcerté. Le discours qu'elle venait de lui tenir le touchait plus qu'elle ne pouvait le supposer. Être lui-même...

Il ignorait lui aussi s'il pouvait l'être ou même s'il l'avait déjà été. En était-il fatigué ? Sans doute. Malgré le fait de devoir paraître un autre depuis sa rencontre avec les Abberline, il y avait toujours eu une scission dans son esprit entre accepter son nouveau lui et vouloir redevenir le petit garçon qu'il était avant cette terrible journée, où il avait dû faire des choix déchirants pour son bien. Et entre ces deux postulats, il y avait ses certitudes qui lui disaient que ce qu'il était aujourd'hui était bien mieux pour lui.

Kaya regarda au loin, déterminée.

— OK, je vais garder mon maquillage, même ce soir. Si tu ne peux être naturel avec les autres, alors moi non plus ! Jouons le jeu jusqu'au bout.

Ethan resta muet, la surprise lui ayant ôté toute envie d'objecter. Elle le soutenait. Elle allait même au-delà de ce qu'il attendait d'elle. Elle acceptait de devenir une complice, sa complice intime. Elle jouait la solidarité pour une chose à laquelle aucune autre femme n'aurait songé.

— Tu n'es pas obligée de... Enfin ! Je veux dire... M. Laurens t'apprécie sans maquillage alors pourquoi vouloir paraître différente ?

— Parce que l'on ne serait pas crédible ! Si moi je suis naturelle et pas toi, alors comment pouvons-nous dégager une impression de confiance mutuelle ? C'est comme si tu me jouais la comédie continuellement. C'est vexant pour moi et pas pertinent pour ceux qui nous observent. Par conséquent, si on est deux à jouer un rôle, il y aura moins d'ambiguïté. Une image de couple mondain, et une autre plus... cool en privé. On croira à un vrai couple, c'est bien le but, non ?

— Mais...

Kaya lui posa son index sur sa bouche pour lui enlever toute envie de s'opposer.

— Tais-toi ! Je suis très bien comme ça et Richard n'y verra que la petite amie d'un PDG du maquillage, comme les filles de la boutique !

Ethan loucha sur son doigt qui touchait ses lèvres. Il avait soudainement envie de plus. Un tout petit peu plus, mais tout à la fois. Lui sucer son doigt, et l'embrasser. La prendre dans ses bras et l'embrasser sur la bouche. Se nicher dans son cou et l'embrasser lui aussi.

Son imagination le conduisait à toujours un petit peu plus. Son cœur battait plus fortement qu'à son habitude et il n'aimait pas ça. Un désir de se lover contre elle et se laisser aller le parcourut. Chaque partie de son corps voulait être plus proche d'elle. Un sentiment trop bizarre pour que cela soit normal. Il savait que c'était un signe qu'il devait réprimer.

La gentillesse mène à la douleur, Ethan... et l'amour à la souffrance. Ne te laisse pas porter par de bons sentiments envers cette femme.

Il lui attrapa sa main posée sur son visage et sourit, mais il savait qu'il était en train une nouvelle fois d'être un autre. Son sourire était forcé, faux. Il lui mentait. Il ne lui disait pas ses envies de l'instant. Il cachait son envie d'être lui-même en n'agissant pas comme tout son corps le voulait. Sans doute était-ce plus fort que lui ou devenu instinctif ? Mais il gardait ce masque d'indifférence, ce masque le protégeant de la souffrance causée par les femmes. Il le garderait quoiqu'il arrive. Il ne le retirerait pas. Pas même devant elle.

Il valait mieux que ce soit elle qui change plutôt que lui. C'était la meilleure des choses à faire.

Ne plus souffrir....

— OK, fais comme tu veux. Je... dois faire encore certaines choses au bureau. Je te retrouve à la maison ce soir avant le dîner chez Laurens. Je ne peux pas faire autrement. Le gala est samedi et j'ai des accords à donner.

Kaya acquiesça, résignée. Il lâcha sa main et tourna les talons lentement, la regarda un instant droit dans les yeux, puis partit. Il devait prendre de la distance. Il en avait un besoin urgent. Il était troublé et il s'en sentait indisposé. Une matinée avec elle et elle le déstabilisait chaque minute un peu plus. Leurs querelles de cour d'école laissaient place à des discussions d'une portée plus que surprenante. Elle l'embarrassait, touchait involontairement des cordes sensibles en lui. Elle était sincère dans tout ce qu'elle disait, mais il voyait aussi que parfois, son innocence la rendait aveugle sur les sentiments qui luttaient en lui. Elle appuyait sur ce qu'il voulait ignorer et elle déclenchait des envies qui ne devaient pas naître en lui.

Il repensa à ce qu'elle lui avait dit lors du cocktail d'Agnès B. Ils avaient déjà discuté de son image impeccable devant les médias par rapport à ce qu'elle estimait être sa vraie image : celle d'un connard. Il sourit en repensant à ce qu'elle avait dit quand il avait démenti : « Et bien, montrez-moi votre vraie facette pour changer alors, si elle existe ! ».

C'était la seconde fois qu'elle le mettait au défi d'être vrai, authentique. A la différence qu'aujourd'hui, elle avait pris le statut d'imitateur. Faire comme lui pour mieux lui montrer qu'il était ridicule ? Qu'il se perdait à vouloir paraître une autre personne ? Il dénonçait son maquillage qui ne la rendait pas naturelle, mais il en faisait autant.

Tel est pris, qui croyait prendre ! Ce n'est pas vrai ! Jusqu'où

Jordane Cassidy

vas-tu m'emmener dans l'agacement ? Maudite Princesse !

À dix-sept heures, Kaya sortait son brownie du four. Elle avait dû s'occuper comme elle pouvait. Elle s'était mangée un sandwich pour midi et avait fait quelques courses nécessaires pour préparer le gâteau préféré de M. Laurens, avec l'argent qu'Ethan lui avait laissé. Elle avait même fait un détour auparavant par le cimetière pour raconter à Adam ses derniers déboires.

Elle avait ensuite jugé bon de passer un peu l'aspirateur dans l'appartement d'Ethan avant de se mettre aux fourneaux. Elle passa par toutes les pièces, rangea deux trois affaires qui traînaient dont les dossiers de travail qu'Ethan avait laissés sur la petite table du salon. Elle décida de les poser dans la pièce où se trouvait son bureau. Cette pièce respirait le sérieux, l'érudition, à première vue. Pourtant, elle sourit quand elle regarda les livres rangés les uns à côté des autres de façon minutieuse, dans le bon ordre, sur les étagères qui servaient de bibliothèque. Il y avait des rangées entières de mangas. Des séries complètes, plus ou moins longues. Pas un tome ne dépassait par rapport à l'autre. Aucun livre ne semblait vieux ou corné. Kaya ne put s'empêcher d'être heureuse, elle qui adorait en lire et qui n'avait pas eu l'occasion d'en avoir un en main depuis longtemps. Qu'importe le genre ou le sujet, elle en attrapa un et commença à le feuilleter. Une page, deux pages. Bientôt, elle commença sa lecture, sans trouver la force de le lâcher en cours de route. Elle prépara son brownie, une main touillant son saladier, l'autre tenant son petit trésor. Puis elle courut chercher la suite de ses aventures dans la bibliothèque et une fois le brownie cuit, elle referma le second tome. Elle entamait la lecture du troisième volume, une spatule à la main pour racler les bords du saladier et manger la pâte non cuite du brownie quand Ethan arriva. Il posa ses clés sur la petite table de l'entrée et écarquilla les yeux quand il la vit, la bouche recouverte de chocolat, son livre à la main.

Il resta un moment figé par ce qu'il avait sous les yeux. Mais au-delà de son étonnement à la voir recouverte de chocolat sur les lèvres et des idées peu catholiques que cela pouvait lui inspirer, il fixa le livre qu'elle lisait. Un vent de panique le saisit et il fonça sur elle pour lui retirer le livre des mains. Il le regarda sous tous les angles afin de voir s'il n'était pas abîmé ou recouvert de chocolat.

— Non, mais ça ne va pas ! On ne lit pas en mangeant !

— Je ne suis pas un cochon ! Je sais manger correctement !

—… dit celle recouverte de chocolat sur les lèvres.

Ethan lui jeta un regard sévère, mais Kaya ne se laissa pas déstabiliser. Elle lui tendit la spatule couverte de chocolat.

— Relax ! Tu en veux ?!

Ethan eut un mouvement de recul de la tête, étonné de sa proposition.

— Vas-y, il en reste encore un peu ! Fais-toi plaisir ! En compensation de ta journée de travail.

Ethan réfléchit un instant, méfiant, puis laissa redescendre son irritabilité et s'assit à côté d'elle.

— J'ai l'air de curer les fonds de saladiers ?

— Tu n'es peut-être pas un maniaque des saladiers curés, mais un maniaque des livres, ça, c'est certain ! lui répondit-elle en raclant de son doigt le fond du saladier avant de le mettre dans la bouche.

Ethan expira fortement. Il sortit alors de sa poche un téléphone portable qu'il posa sur la table. Kaya loucha dessus.

— Voici ton téléphone. Il y a mon numéro perso, celui du bureau, d'Abby et des copains. S'il y a le moindre souci, tu appelles l'un de nous. Je t'ai mis aussi le numéro d'Eddy. C'est un ami sur qui tu peux compter.

— Il fait quoi ce « Eddy » ?
— Tout ! dit-il avec un petit sourire.

Ethan se pencha vers elle comme pour lui confier un secret.

— C'est mon espion !
— Ton espion ? répéta-t-elle doucement.
— Oui... Chaque entreprise a un espion pour dénicher les bonnes infos et surveiller la concurrence.
— Sérieux ?! lui fit-elle avec un sourire émerveillé, comme si elle se rendait complice du plus grand secret.

Ethan s'avança un peu plus au-dessus de la table pour se rapprocher d'elle.

— Sérieux... lui dit-il avec un regard malicieux. Autrement dit, si je décide de lui dire de te surveiller et que j'apprends que tu as encore touché à mes livres, je te tue ! Est-ce clair, la femme chocolat ?

Kaya se recula d'un coup et grimaça, lui montrant que l'on ne change pas un connard comme ça. Elle voulut prendre son téléphone, mais Ethan posa sa main dessus, avant même qu'elle puisse le toucher.

— Tu oserais mettre tes doigts tout collants dessus ? lui demanda-t-il d'un ton suspicieux et menaçant.
— C'est mon téléphone, non ? J'en fais ce que je veux !
— Ma petite amie doit avoir un téléphone propre !
— Parce qu'elle est avec un maniaque de la propreté ? OK, on va changer ça ! Viens là que je te barbouille ton visage de connard !

Ethan écarquilla les yeux. Il la vit se lever avec sa spatule de chocolat à la main, le regard inquiétant.

— T'es pas sérieuse, là ? lui dit-il en prenant sa remarque pour une blague jusqu'à ce que la réponse lui arrive en plein visage.

Ethan se leva et recula d'un mètre, se touchant le visage taché de chocolat.

— Aussi sérieuse que ton espion ! lui dit-elle avant de poser la spatule dans le saladier et de prendre son téléphone sur la table pour tenter d'en déchiffrer son fonctionnement.

Ethan resta stupéfait par son culot. Il regarda ses doigts couverts de chocolat et sourit. Il n'avait qu'une idée en tête à présent, comme à chaque provocation qu'elle faisait : lui rendre au centuple. Il se précipita sur le saladier et la spatule pendant qu'elle pianotait sur son clavier. Elle eut juste le temps de lever les yeux pour comprendre ses intentions. Elle recula de plusieurs pas autour de la table pour se prémunir d'une attaque probable.

— Tu ne vas pas faire ça ?

— Tu veux parier, Princesse rebelle ?

Tous deux tournèrent autour de la table, surveillant le moindre geste de son ennemi pour contre-attaquer. Kaya chercha une échappatoire, une protection, quelque chose pouvant l'aider à se défendre. Elle vit alors le manga sur la table et se jeta dessus. Ethan comprit ce qu'elle allait faire quand elle posa ses yeux sur la table, mais trop tard.

— Touche-moi et c'est ton livre qui ramassera !

Ethan secoua la tête, épaté par son aplomb. Elle ne reculait devant rien.

— Je vois une trace de chocolat dessus, tu es morte. Je te l'ai dit.

— Tu abîmerais mon beau maquillage ? Allons, soit sérieux !

— Celle qui a gâché son maquillage, c'est toi ! Regarde-toi ! Ta bouche est recouverte de chocolat ! Tout est à refaire !

Kaya laissa retomber sa vigilance un instant pour passer sa main sur sa bouche et voir les traces de chocolat sur ses doigts. Ethan en profita pour passer par-dessus la table. Kaya poussa un petit cri de surprise en voyant le lion bondir sur elle. Elle se retourna pour seul réflexe, afin d'éviter la sentence. Ethan posa saladier et spatule et la força à se mettre face à lui. Elle ferma les yeux, tenant son livre et son téléphone contre sa poitrine, prête à la terrible punition.

Ethan passa ses bras autour de sa taille et regarda quelques secondes son visage plissé par la crainte. Il pouffa un peu devant sa réaction presque disproportionnée. Kaya ouvrit un œil et vit que le sourire d'Ethan s'effaça quand il glissa son regard vers le livre qu'elle serrait contre elle.

— Mon livre est taché ! Tu as mis du chocolat dessus !

Kaya ouvrit les deux yeux et baissa la tête pour vérifier ses dires. Elle blêmit quand elle vit les traces marron sur la reliure du livre.

Oups...

Ethan attrapa sa mâchoire inférieure de sa main droite et l'avança à quelques centimètres de son visage.

— OK Princesse, une punition s'impose.

— Quoi ?! C'est toi qui a les doigts pleins de chocolat ! tenta-t-elle de dire entre ses doigts qui la serraient.

— Tu l'as dans les mains, tu es fautive ! Vengeance !

Ethan rapprocha un peu plus son visage du sien. Kaya fit de gros yeux quand elle vit les lèvres d'Ethan se rapprocher dangereusement de sa bouche. Elle voulut se débattre, mais Ethan la tenait fermement par la taille avec son bras gauche. Il sourit et commença à lécher le chocolat autour de sa bouche. Kaya ferma les yeux instinctivement, comme pour se protéger de son attaque sadique. Ethan prit son temps. Il ne rata pas un millimètre de peau, lentement, en douceur. Kaya donna quelques coups de tête pour l'empêcher d'agir, mais il ne voulait pas arrêter en si bon chemin. Il voulait juste répondre à une envie qui le perturbait depuis le matin. Il raffermit son emprise et retira au fur et à mesure du bout de la langue ou de ses lèvres tout le chocolat autour de sa bouche.

La jeune femme sentait sa langue humide sur elle. Si elle trouvait cela dégoûtant en premier lieu, elle n'eut d'autre choix que de s'y résoudre et finit par se laisser faire. Son écœurement se transforma au fur et à mesure en un mélange de sensations et de sentiments contradictoires. Parce qu'elle avait les yeux fermés, elle ressentait chaque contact de façon plus accrue : son souffle contre son visage, chaque instant où sa langue se retirait avec cette interrogation sur un retour contre sa peau, chaque contact tiède et humide laissant une marque plus fraîche après. Et puis cette contradiction à vouloir qu'il continue, à vouloir en faire de même, à espérer qu'il touche vraiment ses lèvres au lieu de tourner autour, qu'il arrête cette torture finalement plus agréable que répugnante en l'embrassant. Elle détesta ce désir. Il était le pire connard au monde, un arrangement, un contrat. L'homme de sa vie, ce n'était pas lui. Pourquoi éprouver un tel sentiment de bien-être dans ses bras ? Il la forçait en agrippant sa mâchoire, mais au final, il avait gagné un consentement qu'elle refusait d'admettre.

Quand elle sentit qu'il ne touchait plus sa peau, elle paniqua et ouvrit les yeux. Ethan la contemplait d'une façon étrange. Un regard qui la déstabilisa davantage. Il était doux, mais surtout quémandeur. Ses pupilles brillaient, marquées par un désir trouble. Elle y voyait une hésitation et une profonde envie de continuer et franchir certaines limites. Ils restèrent quelques petites secondes à se contempler, à chercher une réponse dans les prunelles de l'autre, un accord tacite entre eux, n'importe quoi pouvant répondre à cette interrogation, ce conflit qui gonflait en eux ou juste la force de se repousser. Le jeu et la provocation avaient fait place à un souhait implicite : celui de satisfaire leur curiosité malsaine. Ethan tenta de reprendre le contrôle, mais n'en menait pas large.

— Vilaine Princesse... murmura-t-il tandis que les lèvres de la jeune femme l'appelaient. Me forcer à manger ton chocolat... C'est vraiment très sadique...

Il donna un léger coup de langue provocateur sur les lèvres de Kaya qui sentit son cœur s'accélérer de manière incontrôlable. Il la regarda à nouveau droit dans les yeux un instant, pour voir sa réaction tandis que le bout de leurs nez se touchait presque. Elle était inerte. L'usage de la parole lui avait fait défaut, visiblement. Le regard d'Ethan était dénué de toute agressivité. Son attitude était même latente. Il voulait savoir à quoi elle pensait à ce moment-là. Sa seule certitude était qu'elle ne l'avait pas repoussé et il lécha alors ses lèvres plus concrètement, mais toujours aussi lentement. Il ne pouvait se résoudre à tout arrêter. Il en avait envie, très envie.... trop envie. Sentir ses lèvres du bout de sa langue était aussi délicieux qu'un appel à une sensualité qui ne demandait qu'à naître entre eux. Le souffle de plus en plus affirmé de l'autre les enorgueillissait, les poussait vers une intimité chargée d'interdits qui n'attendaient qu'à être bravés. Et il avait envie de les franchir, un par un. Son corps tout entier le réclamait.

Caresser ses lèvres avec sa langue était déjà un régal. Il jouait avec elle, la testait, même si son côté macho et viril lui criait d'y aller franchement en introduisant sa langue dans sa bouche. Pour juste retrouver ce sentiment de plénitude qu'il avait ressenti lors de leur premier baiser devant la crêperie. Retrouver cette soif de la maîtriser entièrement, d'être le détenteur de son plaisir comme dans les vestiaires, la faire chavirer encore et encore, voir dans son regard un sentiment d'appartenance complète, totale, infinie. Un sentiment qu'il avait désiré toute sa vie, mais qu'il n'avait jamais obtenu. Ce même sentiment qui avait fini par le détruire, lui, avec tous ses espoirs, ses illusions, ses certitudes. Son empressement à répondre à ses pulsions était en train d'avoir raison de tous ces murs qu'il avait érigés pour se protéger. Juste un coup de langue et il était complètement chamboulé. Il savait que si elle répondait à son appel, il était fini. Il devait y mettre fin avant que ses lèvres touchent vraiment les siennes, avant qu'aucun des deux ne puisse trouver de raisons justifiant cette attirance.

Bon Dieu, Kaya, repousse-moi !

Bientôt, il n'y eut plus aucune trace de chocolat sur le visage de

Kaya. Malgré cela, Ethan continua à lui caresser les lèvres du bout de sa langue par à-coup. Il devait y revenir. Les quitter définitivement n'était tout simplement pas possible. Une obligation qui ne trouvait aucun sens à part celui de rassasier cette faim qui le consumait, ce brûlant désir de la sentir contre lui. Kaya avait sa poitrine qui se gonflait et se dégonflait au rythme de ses gestes. Elle ne savait plus quoi faire, comment réagir. Elle se retrouva dans cette position inconfortable, entre envie et raison, qu'elle avait éprouvée dans les vestiaires. Ethan n'avait plus la force de se contenter de simples coups de langue. À chaque approche, ses lèvres se rapprochaient de celles de Kaya. Il les effleurait avec les siennes, le souffle de sa partenaire l'exhortant à un plaisir plus intense, une délivrance plus chaude et sensuelle. Il resserra un peu plus son étreinte. Les mains de Kaya contenant le livre et le téléphone faisaient barrage entre leurs deux corps, touchant le torse d'Ethan involontairement. Bizarrement, il ne s'en formalisa pas. Il voulait juste l'avoir contre lui. Il caressa du bout de son nez celui de Kaya puis passa juste après, tel un effleurement, ses lèvres contre celles de la jeune femme. Un petit jeu de caresses légères, vaporeuses où leurs désirs mutuels prenaient une ampleur folle. La provocation était toujours une réponse à plus et Kaya voulait plus. Plus de chaleur, plus de sécurité, plus d'attention, plus de gestes affectifs. Adam lui manquait, mais ce que son fiancé lui avait apportée lui manquait tout autant et Ethan était en train de le lui rappeler. Elle serra un peu plus le livre et son téléphone dans ses mains. Elle était en train de craquer une nouvelle fois, elle qui avait juré qu'une seule fois devant cet homme était suffisante. Elle le regarda alors qu'il se détachait une nouvelle fois légèrement d'elle et approcha alors ses lèvres de celles d'Ethan quand la sonnerie du téléphone retentit. Tous deux sortirent de leur torpeur et regardèrent l'objet entre eux. Ethan desserra son étreinte et Kaya vit que le téléphone s'éteignait. Involontairement, elle avait dû toucher à la touche OFF. Elle regarda Ethan, gênée, et chacun put se rendre compte que le charme était rompu et que les mots manquaient pour trouver une explication plausible à cette punition qui avait tourné en douce torture.

Il fallait retrouver leurs habitudes au plus vite, celles de deux personnes qui ne s'aimaient pas, qui ne pouvaient pas se voir, même en peinture !
Elle lui plaqua alors son livre contre son torse avec force. Ethan comprit immédiatement qu'elle remettait de la distance entre eux. Ce geste contre son torse était volontaire, mais une nouvelle fois, il n'objecta pas. Une provocation pour réaffirmer qu'elle le détestait, mais dont il comprit le sens sous-jacent. Il se saisit du livre doucement, sans rien dire.
— La.... la punition est finie... déclara-t-elle sans le regarder. Merci pour le téléphone.
Elle le contourna et fonça dans sa chambre sans plus de considération. Ethan la regarda partir, mais n'ajouta rien. Que pouvait-il dire alors que lui-même ne trouvait aucun sens à tout cela ? Il regarda son livre une nouvelle fois et murmura :
— Je déteste le chocolat...

5
Enivrant

Kaya commençait à trouver la situation plus que ridicule. Comment deux hommes d'apparence si respectables pouvaient-ils en arriver là ? Comment pouvaient-ils se comporter avec si peu de retenue ? Ils se fixaient, tels deux coqs prêts à montrer leur vaillance et leurs beaux atours, leur ténacité et leur goût du défi, mais pour la jeune femme qu'elle était, ce n'était qu'un spectacle pathétique. Leur petite tension du début de soirée et le silence gêné qui s'étaient instaurés entre Ethan et elle dans la voiture suite à leur petit jeu déplacé avec le chocolat, s'étaient très vite effacés lorsque Richard Laurens leur ouvrit la porte et les invita à entrer. Son sourire indiquait qu'il était heureux de les voir. Kaya relâcha instantanément la pression. Cet homme respirait une simplicité envers elle qui lui faisait du bien. Toutes ces convenances qui devaient s'appliquer pour garder une image irréprochable lorsqu'elle devait être au bras d'Ethan Abberline disparaissaient devant cet homme. Elle lui avait tendu son plat contenant le brownie et Richard en eut les yeux brillants de gourmandise. Faire plaisir à ce vieux monsieur lui réchauffait le cœur. Il ne la jugeait pas pour ce qu'elle n'avait pas, mais la remerciait pour le peu qu'elle pouvait faire ou lui apporter. C'était une qualité qui la réconfortait. Ses derniers amis l'avaient abandonnée, car elle leur apportait plus de déception que de plaisir. Elle était devenue la personne lourde à gérer, à qui tout le mal arrivait et qui ne sortirait pas de ce tourbillon de malchance. Une personne qui montrait aux autres sa détresse, même si elle ne s'en plaignait jamais. Elle mettait mal à l'aise son entourage qui vivait bien, qui se lassait de la voir se démener en vain. Leurs regards tristes et compatissants avaient fait place à un regard hautain, chargé d'une dose d'agacement qui finissait par la blesser. Son éloignement s'était fait progressivement, chacun ne souhaitant deviner les non-dits de l'autre pourtant si visibles. C'était mieux ainsi.

Richard Laurens était cette petite lumière qui vous laissait espérer que tout n'était pas perdu, qu'elle pouvait encore se faire des amis, que son cas n'était pas si désespéré comme on avait pu le sous-entendre auparavant.

Ils avaient bien mangé. Richard avait fait venir un traiteur pour proposer un repas qu'elle n'aurait pu imaginer. Le choix n'occultait en rien le goût de chaque met sur la table et quand ce fut le moment du dessert, elle trouva son brownie bien ridicule. Richard lui sourit et annonça cependant la couleur :

— Je vous préviens, la moitié est pour moi !

Kaya ne put s'empêcher d'en être heureuse. Il avait cette malice dans les yeux, tel un enfant devant un gâteau d'anniversaire. Elle lui en découpa la moitié. Il se lécha les babines tant l'objet convoité lui faisait plaisir. Elle tendit ensuite un morceau à Ethan qu'il déclina. Elle le regarda surprise, puis baissa les yeux, ne souhaitant pas insister. Le brownie était le dernier sujet de discorde entre eux et la raison de son refus devait en être la cause. Pourtant, secrètement, elle aurait voulu savoir s'il le trouvait bon ou pas. Ce fut Richard qui intervint pour lever le doute.

— Vous ne faites pas honneur à la cuisine de votre petite amie, Monsieur Abberline ?

— C'est à dire que....

Ethan soupira. Faire semblant c'était bien gentil, mais il y avait

des limites au sacrifice.
— Je n'aime pas le chocolat. Depuis tout petit, je n'ai jamais aimé.
— Vraiment ? s'étonna Richard Laurens. Et bien, tant mieux pour moi ! J'aurai un gâteau exclusivement fait pour moi !

Le sourire gourmand et la réponse de Richard ne changèrent en rien la surprise que Kaya éprouvait en cet instant. Disait-il vrai ? N'aimait-il vraiment pas le chocolat ? Alors dans ce cas, pourquoi l'avoir mangé sur ses lèvres ? Une punition, avait-il dit.... mais au point de faire un tel effort ? Ethan put lire de grosses interrogations sur le visage de Kaya. Il n'aimait pas devoir s'expliquer sur des choses futiles, mais il comprenait très bien pourquoi elle le dévisageait de la sorte. Lui-même réfléchissait toujours aux raisons pour lesquelles il avait été jusqu'à en manger sur son visage. Il avait envie de lui dire qu'il n'y avait pas de réponse à cela, que c'était comme ça, mais la vérité était que la repousser dans ses retranchements rendait le chocolat tant détesté délicieux.

— Je n'ai rien contre ton gâteau, je t'assure. Je mangerai tous tes autres gâteaux, mais pas avec du chocolat.

Kaya fut à moitié rassurée par sa réponse et n'insista pas. Elle considéra donc que son acte était juste une provocation. Leur haine réciproque étant si grande qu'ils étaient prêts à tout pour se venger, même à manger ce qu'ils détestaient.

Richard se régala devant leurs regards amusés par sa gourmandise. Il ne se gêna pas pour gémir de plaisir jusqu'à ce qu'il ne reste plus rien dans son assiette. Ethan se félicita de sa décision d'avoir pactisé avec Kaya : le succès de ce dîner était une évidence. Richard et Kaya s'entendaient bien mieux qu'il ne l'avait songé. Ils plaisantaient beaucoup tous les deux, se taquinaient gentiment comme un père avec sa fille. Il avait pu observer le comportement de chacun avec une certaine surprise. Tous deux agissaient de façon vraiment décontractée et il se sentait presque de trop dans leur entente. Il put voir la joie de Kaya de partager des discussions avec cet homme que tout opposait à elle. Ils riaient et se faisaient des confidences dont il était un spectateur distant, un observateur attentif, un témoin privilégié. Il en venait presque à envier cette entente entre eux. Il avait certes cette relation amicale avec ses amis, mais il ne l'avait pas avec elle. Il la découvrait sous un nouveau jour et s'étonna de ne s'en rendre compte que maintenant. De voir à quel point elle pouvait être à la fois drôle, affligeante, ridicule par moments, enthousiaste ou complètement engagée, emportée, belle. Il avait encore cette envie d'en découvrir plus. Elle le surprenait constamment et chaque surprise appelait un désir plus profond de la connaître encore et encore. Plus il creusait, plus son envie de vouloir l'intéresser, l'impressionner prenait de l'ampleur. Leurs disputes et son ressentiment envers elle pouvaient-ils s'expliquer par le fait qu'il voulait qu'elle le remarque ? Pouvait-elle le voir un jour, comme elle voyait M. Laurens, avec cet intérêt particulier ? Serait-il un jour aussi complice avec elle ?

Tu la détestes, crétin ! Pourquoi vouloir être à la place de ce vieux bougre !?

Ethan s'imagina cette entente avec l'homme qu'elle aimait. Il laissa aller son esprit sur le quotidien qu'elle avait vécu avec son « Adam ». Quels étaient leurs hobbies ? Qu'est-ce qui l'amusait en la voyant près de lui ? L'avait-il observée comme lui pouvait l'observer ce soir ? Il avait eu ce luxe d'examiner chacune de ses réactions à tout moment de la journée. Se réveillait-il tous les matins près d'elle ? La regardait-il dormir aussi ? Aimait-il cela ? Quelles confidences lui faisait-elle ?

Il regarda son verre de vin et repensa à ses relations avec les femmes. Pouvait-il dire qu'il avait déjà été complice avec l'une de ses conquêtes comme Kaya et Adam l'avaient été ? Des accords entre eux avaient été de mise pour échapper aux médias, mais de là à se sentir en confiance ou même à se confier.... La seule pour qui il avait tout donné, lui avait vite fait regretter ce choix. La seule à qui il avait accordé sa confiance, la seule pour qui il aurait pu vouer un amour au-delà du temps et de la distance l'avait manipulé en jouant avec son innocence.

Un coup sur la table le fit sursauter. Richard avait ce regard brillant, plein de défis qui indiquait que c'était l'heure. Ethan sourit doucement et comprit que le contrat allait se jouer maintenant. Si Kaya avait accompli sa part du marché, c'était dorénavant à lui de faire le nécessaire. Il vit Richard se lever, sortir trois petits verres et une bouteille d'alcool d'un bar de son salon. Kaya jeta un coup d'œil à Ethan qui souriait toujours, avec cette assurance sans faille.

— On passe aux choses sérieuses, mon très cher Abberline ?

— Je suis tout à vous ! lui répondit celui-ci le plus sérieusement du monde.

Il commença par remplir les verres avec ce que Kaya identifia comme de la vodka. Il lui tendit un verre puis en fit autant pour Ethan et lui-même. Kaya se sentit un peu gênée.

— Pardon, je suis désolée... je ne bois pas d'alcool.

— Tiens donc ? fit Richard, surpris. Même pas une goutte ? Cette vodka est un trésor, vous savez !

— Même une goutte ne serait pas conseillée. Je ne tiens pas du tout l'alcool.

— Oooh ! Voilà pourquoi vous tournez à l'eau depuis le début de la soirée. Peu importe, ce verre n'est pas perdu, n'est-ce pas Abberline ?

Ethan regardait Kaya de façon consternée. Il réalisait un nouveau point auquel il n'avait pas pensé la concernant : la raison du cocktail plutôt que du champagne lors de la réception d'Agnès B.

Et moi qui pensais que c'était encore de la provoc ! Pour une fois, elle avait une bonne raison.

Il secoua la tête et sourit. Entre l'un qui n'aimait pas le chocolat et l'autre l'alcool, il semblait qu'ils se rejoignaient dans leurs cachotteries.

Un point partout !

Il attrapa le verre que Richard lui avait servi et le but d'une traite. Il en avait besoin. Elle le baladait comme elle le voulait et lui tombait de haut à chaque fois. Richard se réjouit de son initiative, avala également son verre d'un seul coup et les resservit. Les hostilités étaient lancées. Un verre, deux verres, trois verres, dix verres...

    Kaya était donc sur ce statut de spectatrice blasée par ce jeu où chacun tenait tête à l'autre et Richard remplissait les verres au rythme de ses remarques provocatrices destinées à faire fléchir la volonté d'Ethan.

— Allez Abberline, on vient de prendre l'apéritif, commençons à parler du contrat. On va voir si vous tenez la route !

Abberline leva son verre et avala son contenu sans effort. Kaya comprit que cette mise en scène était une sorte de rite de passage qu'imposait Richard à ses potentiels partenaires commerciaux. Ethan était entré dans son jeu sans ciller. Sauf qu'à partir d'un certain nombre de verres, l'entrain devenait moindre des deux côtés et les esprits commençaient à se troubler sérieusement. Kaya trouvait cela affligeant. Le regard hagard de l'un répondait au sourire suffisant de l'autre. Les gestes se faisaient de plus en plus hésitants. La ferveur commençait à fléchir devant le manque de lucidité de chacun. Mais l'honneur, cette fameuse valeur que les hommes encensent tel un culte, était leur moteur pour tenir, pour continuer d'avaler le liquide brûlant leur gorge. Chaque verre enfilé se ponctuait d'une question concernant leur travail, leurs attentes, leurs intérêts. Ethan avait face à lui un terrible adversaire.

L'âge avancé de Richard n'altérait en rien sa façon de tenir si bien l'alcool. On avait presque l'impression que tous ces verres glissaient sur son corps. Ethan était bien plus ivre que Richard et Kaya s'inquiéta sur le devenir de cette soirée. Lorsque Richard décida de remplir un nouveau verre à son pseudo petit ami, elle craqua. Elle se leva brusquement de sa chaise et les fusilla du regard. Les deux hommes s'interrogèrent, mais le regard qu'elle leur jetait n'indiquait rien de bon.

— Quand ces messieurs auront fini leurs gamineries pour savoir qui a la plus grosse, on pourra sans doute continuer la soirée convenablement à trois.

Les deux hommes se regardèrent et pouffèrent de rire. L'alcool aidant, chacun des deux rigola en matérialisant dans leur tête la remarque de Kaya.

— Il n'y a pas de doute ! C'est moi qui ai la plus grosse ! chantonna Ethan.

Kaya écarquilla les yeux.

Il n'a pas osé ?

Son sourire amusé et fier lui rappela que si.

— Bah bah bah ! Votre jeunesse, Abberline, n'implique pas l'expérience ! Car le plus important est bien la qualité de la prestation ! Et en terme d'expérience, je vous bats sans problème !

Tous deux pouffèrent de rire à nouveau tandis qu'un nouveau verre se leva vers leurs lèvres.

Dépitée, Kaya se tapa le front. Elle n'aurait jamais imaginé entendre ces deux hommes avoir de tels propos, alors qu'ils étaient censés parler d'investissements. Richard versa de la vodka dans le verre d'Ethan, puis dans le sien. Ethan tendit le verre en avant, comme pour trinquer.

— Aux femmes, à leur fausse pudeur et à notre pénis qui les fait jouir !

Les yeux de Kaya s'arrondirent à nouveau, offusquée par sa

grossièreté et son insolence, mais aussi par la réaction de Richard qui adhérait. Le vieil homme rigola et leva son verre pour répondre à son hommage. Ethan porta alors le sien jusqu'à ses lèvres, mais il n'arriva jamais à destination. La jeune femme le lui prit des mains et en but le contenu d'une traite, par colère. Elle le reposa aussi sec sur la table. Dans la foulée, elle se saisit de celui de Richard et fit de même, puis le reposa également. Elle fit un pas en arrière, puis deux. Ses yeux s'exorbitèrent et elle tapa du poing sa poitrine pour faire passer le liquide fort dans sa gorge. Elle exhala plusieurs fois les effluves d'alcool, ce qui fit rire Ethan déjà bien ivre. La bouche de Richard resta ouverte quelques instants, tant la surprise fut grande devant les agissements de Kaya. Ethan se servit un nouveau verre et trinqua une nouvelle fois.

— À ma super petite amie qui veut jouer dans la cour des grands hommes aux gros pénis !

Il but cul sec sa vodka. Au même moment, un bruit fracassant se fit entendre juste à côté de lui. Kaya, complètement vaseuse, s'effondra sur le sol, emportant avec elle son assiette à dessert et sa chaise. Richard se leva immédiatement pour courir vers elle. Ethan, le verre toujours en main, resta immobile et la regarda à côté de lui, en train de comater et rigola de plus belle.

— Kaya, mon dieu, ça va ? demanda Richard, inquiet.

— Je... gère.... déclara Kaya d'une voix nébuleuse.

— Non ! Vous ne semblez pas gérer justement. Pouvez-vous vous lever ?

— Évidemment ! fit-elle avec un grand sourire et les yeux brillants d'ivresse.

Richard l'attrapa par le bras pour l'aider à se mettre debout, mais elle tituba plusieurs fois.

— Abberline, aidez-moi, voyons ! Votre petite amie ne semble vraiment pas tenir l'alcool.

Ethan souffla.

— Elle n'avait qu'à ne pas boire mon verre !

— Connard ! C'est parce que vous étiez en train de devenir deux idiots ! lui cria-t-elle en bafouillant.

— L'idiote maintenant, c'est toi ! Même pas capable de tenir debout !

Kaya se jeta dans le cou de Richard et commença à pleurnicher.

— Je le déteste ! Il m'énerve ! Voyez comme il est méchant ! marmonna-t-elle dans son cou.

Ethan leva les yeux au ciel tandis qu'il avalait un nouveau verre de vodka, toujours assis de façon nonchalante sur sa chaise. Richard frotta le dos de Kaya, attristé.

— Ne dites pas cela. Je suis sûr qu'il tient à vous plus que vous ne le pensez.

— Ooooh oui ! lança Ethan. Aimer une femme qui vous traite de connard constamment, quel pied ! J'adore !

Abberline, soyez indulgent ! Vous voyez bien qu'elle est pompette. Elle ne le pensait pas. L'alcool exagère nos pensées. Vous devriez rentrer. Je la porte pratiquement et mes jambes n'ont plus la vigueur d'antan.

Ethan posa son verre sur la table, visiblement très agacé.

— Elle me fera chier jusqu'au bout !

— Je crois que vous aussi, vous exagérez vos pensées...

Ethan lui jeta un regard noir, mais Richard ne lui en tint pas rigueur et se contenta de lui sourire gentiment. Le PDG se leva alors brusquement, pris dans son énervement, mais il sentit soudain l'univers tourner autour de lui un instant et tituba. La chaise qui le portait quelques secondes avant tomba également. Kaya éclata alors de rire devant tout ce fracas.

— La prochaine fois, Monsieur Abberline devra se mettre à l'eau aussi ! lui dit-elle pour se venger.

— La ferme !

Kaya continua à rigoler de plus belle. Richard lui frotta une nouvelle fois le dos avec un regard bienveillant. Il préférait la voir sourire plutôt que pleurer. Ethan prit le relais et passa son bras sous celui de Kaya pour la maintenir debout. Richard alla chercher leurs manteaux tandis que le couple se dirigeait non sans mal vers l'entrée. Ethan aida Kaya à enfiler son manteau et lui mit son bonnet. Kaya rigolait toujours. Elle s'amusait à lui tirer les joues en lui murmurant : « T'es bourré ! T'es bourré ! ». Richard pouffa devant ses amis. Ethan s'agaça davantage devant sa taquinerie et lui enfonça son bonnet sur la tête pour la faire taire. Kaya cria alors.

— La lumière ! Je ne vois plus rien !

Ethan lui donna un coup avec son front et sourit.

— Une vraie catastrophe !

Kaya remit en place son bonnet, soulagée de retrouver la vue, puis s'approcha de son oreille droite.

— Et toi, t'es bourré !

Ethan lui sourit. La voir ivre était finalement mignon. Il se mit à rire légèrement. Il approcha ses lèvres de son oreille également et lui chuchota :

— Et toi, tu viens de gâcher la soirée. Tssss ! Va falloir te rattraper, vilaine !

Il recula sa tête pour voir sa réaction. Kaya le regarda attentivement, puis regarda Richard.

— Richard, mon brownie était bon, hein ?! Je n'ai pas gâché la soirée ?! lui demanda-t-elle alors, inquiète.

— Non, mon enfant ! Brownie parfait ! lui déclara-t-il affectueusement.

Kaya lui sourit, soulagée.

— Bah voilà ! Le monsieur a dit que c'était parfait ! Donc, je n'ai rien à rattraper.

Elle ouvrit la porte d'entrée et sortit, le pas vacillant à gauche puis à droite. Ethan s'étrangla avec sa salive, effaré par son aplomb toujours si présent malgré son ébriété. Il tendit alors la main pour saluer Richard et la rejoignit. Leur ami les regarda sortir de chez lui et ferma la porte avec un petit sourire amusé.

Kaya s'avança dans la rue pour aller vers la voiture, mais finalement s'assit sur le trottoir, sentant ses jambes lui faire faux bond. Ethan la regarda faire. Elle rapprocha ses genoux contre elle, se mit en boule, cacha son visage, puis se balança d'avant en arrière.

— Un problème ? lui dit-il, perplexe.

Son absence de réponse l'exaspéra. Il voulut l'accabler un peu plus sur son état, mais il se prit finalement de pitié et s'agenouilla devant elle. Il toqua sur sa tête pour l'interpeller, en vain.

— L'alcool t'a lobotomisé ton cerveau ? Effectivement, il ne faut surtout pas que tu boives... T'es vraiment un cas, tu sais.

— Tu m'en veux, pas vrai ? lui demanda-t-elle, le visage toujours caché entre ses genoux et sa poitrine.

— J'aurais espéré que ça finisse autrement, c'est sûr.

— J'ai tout foutu en l'air. C'est pour ça que tu es parti...

Ethan analysa sa dernière phrase avec surprise et intérêt.

— Parti ? Qu'est-ce que tu racontes ? Je suis là.

— Tu ne vas plus me quitter, hein ? Tu restes près de moi ? entendit-il faiblement.

— Je ne t'ai jamais quittée. Je n'ai pas bougé... Je crois que tu es vraiment fatiguée...

Ethan regarda autour d'eux. Le quartier était calme. Il était tard. Lui-même n'était pas très clair et prendre sa voiture pour rentrer à l'appartement était trop risqué. Il expira un bon coup, réaliste. Il allait devoir appeler un taxi. Il se redressa alors, mais Kaya sortit de sa bulle et le retint en passant ses bras autour de son cou. Elle garda son visage enfoui, mais il put voir qu'elle pleurait. Il la porta alors pour l'aider à se relever.

Je te veux ! T2 – Chapitre 5

— Pars pas.... lui murmura-t-elle doucement et suppliante. Reste. Tu me manques tellement.

Lentement, Kaya frôla son cou de ses lèvres, puis remonta le long de son visage. Ses yeux étaient fermés, mais Ethan put y voir des larmes couler le long de ses joues. Elle effleura sa joue puis posa ses lèvres sur les siennes doucement. Il put sentir que ses bras faisaient pression sur sa nuque pour qu'elle puisse mieux savourer ce baiser. L'hésitation le saisit. Que devait-il faire ? Comment devait-il réagir ? Son discours n'était pas vraiment cohérent et elle était ivre. Sa propre raison était imbibée d'alcool. Il décolla toutefois ses lèvres de celle de sa partenaire.

— Kaya...

Celle-ci ouvrit les yeux. Les larmes redoublèrent. Il put y lire une tristesse qui le mettait mal à l'aise.

— Adam, je t'aime tellement. Ne me repousse pas ! Je t'en prie... Je ne veux plus être séparée de toi.

Kaya fondit à nouveau sur ses lèvres, mais avec un empressement bien plus marqué. Elle les embrassait encore et encore. Ethan comprit que son ébriété troublait son jugement. Il n'était pas Adam. Il ne devait pas accepter cela. Il ne pouvait profiter de la situation. Il lui restait suffisamment de conscience pour qu'il y mette des limites et arrête cela. Pourtant, l'entrain qu'elle y mettait, la chaleur de ses lèvres et cette sensation si plaisante d'être là pour quelqu'un le poussaient à retarder cette échéance. Chaque mouvement de ses lèvres contre les siennes le mettait au supplice. Plus tôt dans la journée, il pensait que la torture pouvait se limiter à un jeu puéril avec du chocolat, mais ce tourment était bien ridicule devant celui qui l'habitait en cet instant.

— Kaya.... dit-il dans un gémissement empreint de souffrance.

— Tu en as envie autant que moi... lui dit-elle tout en effleurant ses lèvres du bout de la langue et quémandant plus.

Ethan ferma les yeux, pensant sans doute que le supplice

l'affecterait moins. Il se rendit vite compte que c'était une mauvaise idée, ses sensations étant décuplées. Il en avait effectivement envie. Une folle envie. Une envie qu'il repoussait depuis plusieurs heures, voire plusieurs jours. Il ne savait pas pourquoi il la désirait autant à chaque provocation, mais c'était incontrôlable. Trop fort pour qu'il arrive à résister. Trop bizarre pour que cela soit logique ou cohérent. Cela échappait à tout raisonnement. Il devait satisfaire cette envie, avant que celle-ci ne le consume.

— Et merde ! lâcha-t-il, comme une capitulation.

Il la serra dans ses bras un peu plus fort et répondit à son baiser qu'il ne pouvait plus ignorer. Leurs langues se mêlèrent effrontément. Les effluves d'alcool ne gênèrent en rien leur envie de l'autre. Kaya lui caressa les cheveux tandis que les mains d'Ethan ne tenaient plus en place. Elles parcouraient son dos et très vite demandèrent plus de contact. Elles glissèrent plus bas, sur ses fesses qu'il malaxait sans retenue. Ethan poussa un grognement de satisfaction alors que Kaya se laissait complètement aller dans cette étreinte. Leurs lèvres jouaient, se cherchaient puis se trouvaient. Leurs langues se caressaient encore et encore, avec une ardeur de plus en plus évidente. Chacun pouvait sentir un soulagement d'être près de l'autre, contre l'autre et de répondre à chaque désir qui parcourait leur corps. Ethan ne put s'empêcher de sourire. Il était heureux. Il l'embrassait et il adorait ça. Il avait imaginé cela plusieurs fois depuis quelques temps. Un vrai baiser, où les deux parties se sentaient impliquées. Il la poussa lentement en arrière jusqu'à ce que le dos de la jeune femme touche le mur servant de clôture à la propriété de Richard Laurens.

Ce contact contre un élément ferme leur servant d'appui augmenta d'un cran leurs désirs. Ethan pouvait laisser aller son caprice en s'assurant qu'elle ne lui échapperait pas. Il fit descendre la fermeture éclair de son manteau et glissa ses mains froides sous le pull de Kaya qui poussa un petit cri de surprise en sentant la fraîcheur de ses doigts contre sa peau. Ethan fit migrer ses lèvres vers le cou de sa pseudo petite amie. Kaya leva sa jambe droite et l'accrocha à la hanche d'Ethan. Celui-ci grogna une nouvelle fois. Quitter la chaleur de sa peau lui était difficile, mais son envie de la sentir encore plus près de lui était trop forte ; il sortit une main de sous son pull, attrapa sa jambe juchée sur la hanche et la massa. Sa main se balada une nouvelle fois vers ses fesses et d'un geste sec, fit rapprocher le bassin de sa partenaire contre le sien. Kaya poussa un gémissement complaisant. L'autre main d'Ethan trouva rapidement un terrain de jeu sous le soutien-gorge de Kaya.

Ethan voulait tout à la fois : l'embrasser sur la bouche, dans son cou, titiller du bout de sa langue le téton qu'il pinçait sans ménagement. Mais par-dessus tout, il voulait la voir prendre du plaisir, comme la première fois dans les vestiaires. Il voulait voir son visage pris dans une extase qu'elle ne pouvait maîtriser. Il voulait retrouver cette osmose entre eux, ce petit quelque chose qui les avaient laissés tous deux complètement hors jeu à la fin. Tant pis pour Adam. Tant pis pour la bonne conscience. Tant pis pour le lendemain. La sentir contre lui valait tous ces sacrifices.

Je suis le pire connard au monde, mais tant pis.

L'hiver bien présent affichait des températures de nuit presque négatives, pourtant aucun des deux n'avait froid. « L'alcool réchauffe les cœurs », dit-on... Dans leur cas, il réchauffait bien plus. Ethan avait chaud. Très chaud. Il avait même du mal à contrôler ce bouillonnement en lui qu'elle amplifiait par ses gémissements et ses caresses dans ses cheveux.

— Putain Kaya, tu vas me rendre fou...

Ethan fonça une nouvelle fois sur ses lèvres grâce auxquelles il trouva à nouveau une réponse. Une réponse qui lui faisait un bien fou. Exit les disputes, l'aversion qu'ils avaient l'un envers l'autre. Juste ce besoin de combler un désir évident pour l'autre, juste retrouver cette intimité si attirante, ce jardin secret rien qu'à eux.

Son ardeur s'intensifia encore et il souleva soudainement le pull de Kaya pour goûter son téton durci par ses doigts. Kaya exerça une pression sur sa tête pour accentuer cette nouvelle étreinte, pour que chacun puisse mieux savourer cette délicieuse attaque annonciatrice de plein de nouvelles sensations. La complicité de la jeune femme à chacun de ses gestes l'enorgueillissait davantage. Il sentait qu'il pouvait tout se permettre. Il tenait fermement son bassin contre lui, sentant son excitation prendre de l'ampleur dans son pantalon. Kaya ondulait contre lui pour tenter de satisfaire son désir le plus évident et le simple contact de leurs sexes à travers les tissus de leurs vêtements incita Ethan à retrouver les lèvres de Kaya pour la posséder un peu plus. Plus rien autour n'avait d'importance. Il éprouvait un besoin incontrôlable de la posséder. Il enroula sa langue dans la sienne encore et encore, tout en massant sa fesse droite et son sein gauche. Il savait que le lieu n'était pas propice à plus, mais il ne voulait pas non plus casser cette ambiance si particulière. Il voulait que cela dure inlassablement. Tous deux se retrouvèrent très vite à bout de souffle et Kaya le repoussa tout doucement. Ethan ne voulait pas s'arrêter ; il reprit le siège de son cou. Kaya respira de plus en plus fort. Bientôt, elle suffoqua et repoussa plus énergiquement Ethan qui ne comprit pas ce changement brutal de comportement.

— Ça... ça ne va pas... lui dit-elle blême, en posant ses mains à plat contre le mur.

Sa poitrine se soulevait par intermittence. Ethan put lire dans son visage un problème. Elle était pâle. Il tenta de la reprendre dans ses bras pour ne pas rompre leur intimité.

— Dis-moi...

— J'ai..... j'ai envie de vomir !

Elle eut juste le temps de finir sa phrase qu'un haut-le-cœur lui saisit la poitrine. D'un geste vif, elle repoussa au loin Ethan et vomit sur le trottoir. Ethan écarquilla les yeux, à la fois perturbé,

Je te veux ! T2 – Chapitre 5

perplexe et dégoûté.

Comment rompre la magie d'un moment intime en un instant ? Demandez à Princesse Kaya ! Elle m'aura tout fait !

Ethan se sentit impuissant ; il ne pouvait faire un pas de plus vers elle. Lui-même ne se sentait plus tellement en forme en la voyant régurgiter tout son repas. Tout désir pour elle s'était envolé comme un fétu de paille sous le vent. Il sentait, lui aussi, le mal au cœur venir et il n'eut pas la force de la soutenir sans manquer de vomir également. Il alla à sa voiture et y récupéra son paquet de Kleenex et un paquet de chewing-gum. Kaya réussit à calmer ses convulsions, mais était très pâle. Elle finit par s'éloigner de son champ de bataille improvisé en titubant. Ethan vint à elle et lui tendit les mouchoirs et les chewing-gums.

— Faute de mieux.... lui dit-il, blasé.

Kaya les attrapa, s'essuya la bouche et mâcha deux chewing-gums. Elle s'assit alors en tailleur en plein milieu de la rue déserte, ne sentant plus aucune force la maintenir debout.

— Tu ne vas quand même pas faire un sitting ici ! Debout !

— Je ne peux pas ! Je me sens trop faible.

— Tu plaisantes là ! Il est hors de question que tu dormes ici ! On bouge ! J'appelle un taxi.

— Si je monte dans un taxi, je pense que je vais y laisser carrément mes tripes !

— Et on fait comment ?

Aucune réponse ne vint de la part de la jeune femme, complètement amorphe maintenant. Ethan s'attrapa les cheveux de colère. Cette femme était une calamité. Elle arrivait à le faire passer d'un état d'excitation allant au-delà de toute raison à celui de dépit et d'énervement en une minute. Il n'avait jamais rencontré une femme pouvant jouer autant avec ses nerfs. Malheureusement, il n'avait pas le choix et devait faire avec...

— OK, tu peux marcher ? Marcher va nous faire du bien.

Kaya gémit de déconvenue.

— Je veux dormir ! Je suis fatiguée et j'ai mal au cœur...

Ethan s'agenouilla devant elle et tenta de la soulever.

— Fais un effort. Une fois rentrée, tu pourras dormir.

— Tu ne veux pas me porter ? lui demanda-t-elle d'une voix enfantine alors qu'elle s'agrippait à lui une nouvelle fois.

— T'es pas sérieuse là ?

— Porte-moi ! le supplia-t-elle tout en gémissant. Porte-moi...

Ethan la regarda, telle une enfant malade. Il se mit à rire, ébahi par ses changements d'humeur et la découverte de sces nouvelles facettes d'elle.

— Certainement pas !

Kaya fit une moue boudeuse.

— Alors, je ne bouge pas !

— OK, bah reste là ! Moi, je rentre tout seul ! J'espère que tu n'as pas peur la nuit et que tu ne crains pas le froid... Salut !

Ethan s'éloigna sans même se retourner. Kaya s'offusqua sur le moment, mais la perspective de rester seule dans cette rue déserte en pleine nuit glaciale ne l'enchantait guère. Elle se résolut donc à suivre son tortionnaire. Tous deux firent plusieurs mètres, lui devant, elle plus loin derrière jusqu'à ce qu'Ethan s'arrête et se retourne pour lui tendre la main. La jeune femme le regarda un instant, puis sourit et la saisit, heureuse. Elle semblait avoir repris un peu ses esprits, mais l'alcool agissait encore sur la coordination de ses mouvements. Marcher droit lui était difficile. Aussi, l'aide d'Ethan était la bienvenue. En voyant sa démarche hésitante au bout de quelques mètres, celui-ci s'agaça.

— Je te déteste ! Tu ne pouvais pas te contenter de regarder... Non ! Mademoiselle a voulu faire son intéressante en buvant nos verres et voilà le résultat !

Il soupira et ferma les yeux. Les veines de ses tempes ressortaient, signe évident de son agacement. Pourtant, quand il lui tourna le dos et se cambra, Kaya ne comprit pas.

— Monte ! Mais je te préviens, c'est juste un peu !

La jeune femme cligna des yeux.

Il veut bien ?

Elle sourit et sauta sur son dos. Ethan poussa un grognement sous le poids qu'elle exerçait. Il attrapa alors ses jambes et commença à marcher.

— Je vous jure, qu'est-ce qu'il ne faut pas faire ? Franchement, t'abuses !

Ethan avança dans la nuit, faisant le décompte des minutes les rapprochant de leur domicile.

— Pourquoi a-t-il fallu que je te rencontre, sans dec' ? Pourquoi a-t-il fallu que l'on se rencontre deux fois ? Une seule fois ne suffisait pas. Non ! Deux fois, c'était tellement mieux ! Maudit karma....

Le froid de ce mois de décembre formait de la vapeur à chaque expiration qu'il faisait. Son effort était de plus en plus perceptible au fur et à mesure qu'il avançait.

— Putain, pourquoi suis-je revenu chez toi pour ce foutu cocktail ? Pourquoi ? Je vous le demande ! Je ne pouvais pas rester dans mon coin. Non ! Il a fallu que je reparte à la charge ! Mais quel con ! Voilà que je me retrouve à porter une grosse larve !

Ethan s'arrêta pour la soulever d'un geste sec et la remettre mieux sur son dos.

— Surtout, ne fais pas ta légère ! Déleste bien tout ton poids sur moi. Il n'y a pas de souci ! Tu me tues le dos, mais je suis sûr que tu prends ton pied, là ! N'est-ce pas ? Et comme un con, je dis encore amen. Il n'y a pas plus crétin que moi ! Pourtant, je sais que la gentillesse mène à la douleur. Alors pourquoi ai-je l'impression d'être un maso qui en redemande ?

Il jeta un œil par-dessus son épaule, mais Kaya avait son visage enfoui contre son cou.

— Ne te gêne pas pour me répondre ! C'est sans doute trop te demander !

Il s'arrêta un instant pour voir si tout allait bien.

— Eh ! Ça va ? Tu ne dors pas, j'espère ?

Le silence fut sa seule réponse. Kaya ne bougea pas d'un poil.

— Je n'y crois pas... Elle dort ! Ah ah ! Elle dort et moi je me paie tout le sale boulot.

Il souffla, puis regarda du coin de l'œil la chevelure de Kaya.

— Tu vas encore m'en faire baver jusqu'à la fin de notre contrat, pas vrai ?

Il regarda alors le ciel chargé d'étoiles et sourit.

— Ça me va... mais ne me fais pas trop souffrir.

6
Changé ?

L'appartement semble vide...
Kaya regarda en détail le salon, mais ne vit aucune trace d'Ethan. Elle fit le tour de l'appartement, mais rien.
Il doit être au bureau d'Abberline Cosmetics...
Dans un sens, Kaya était soulagée. Elle ne se sentait pas d'attaque pour entrer en conflit avec lui. Elle se trouvait engourdie, patraque, chancelante. Ses souvenirs de la soirée étaient confus et elle ne parvenait pas à se remémorer l'issue de ce dîner. Elle n'osa imaginer son comportement. Elle se doutait bien que boire de l'alcool avait dû altérer ses sens. Que s'était-il passé ? Pouvait-elle se permettre de demander une explication sans qu'il ne se fâche ? Si cela se trouvait, elle avait fait une chose qui l'avait fâché.

Elle soupira et alla vers la cuisine pour boire quelque chose. Elle n'avait pas très faim. Les nausées faisaient le yoyo dans son estomac et l'idée même d'avaler quoi que ce soit l'écœurait. Malgré cela, sa bouche était pâteuse et elle avait soif. En se dirigeant vers le comptoir qui séparait le salon de la cuisine, elle vit un post-it collé en plein milieu du plan de travail, accompagné d'un comprimé d'aspirine.

« Arrange-toi pour être encore vivante quand je serai rentré !
Ethan »

Kaya jeta un œil vers la chambre d'Ethan et grimaça.
Un simple bonjour pour commencer la journée lui écorcherait

les lèvres ! Il est donc bien au boulot...
 Elle ouvrit le réfrigérateur et se contenta de boire un peu d'eau avec son cachet. Ni le lait, ni le jus d'orange ne lui donnaient envie. Elle se cala contre le comptoir et regarda l'heure.
 Dix heures...
 Son regard fit le tour de la pièce une seconde fois, cherchant quelle occupation elle pourrait trouver en attendant que le temps passe. Quand on n'est pas vraiment chez soi et seule, les minutes peuvent devenir des heures. Et elle devait reconnaître que le temps passait bien plus vite quand son tortionnaire n'était pas loin. Elle posa sa bouteille d'eau sur le comptoir et courut dans sa chambre. Elle attrapa son téléphone et commença à pianoter sur son clavier un SMS.

♔ ♔ ♔

— Et ben, tu en tires une tête de bon matin !
 Ethan sortit de l'ascenseur sans même saluer Oliver. Il se dirigea d'un pas lourd vers son bureau. Il posa ensuite son café sur une pile de dossiers et se laissa tomber sur son fauteuil, la tête en arrière. Oliver le suivit, amusé.
 — Il semblerait que Monsieur Laurens t'ait achevé avec son rituel de passage... As-tu fini par signer ?
 Ethan releva la tête et lui lança un regard las, blasé.
 — Tu crois franchement que je tirerais cette gueule si j'avais signé ?
 — Oui. Tu pourrais bien marcher comme un zombie en sachant que tu n'as plus de raison d'être avec ta charmante petite amie.
 — Si je n'étais plus avec elle, je danserais le moonwalk sur le bureau !
 — Donc, j'en déduis que tu es toujours en contrat avec elle, et non avec Laurens.

— Non seulement je suis toujours avec elle, mais en plus elle a foutu en l'air la soirée. J'allais l'étaler, le vieux. Il ne me manquait que quelques verres pour lui faire sa fête et qu'il signe ! Le tant renommé « gouffre scandinave » allait flancher. Je le tenais ce foutu contrat. Mais il a fallu qu'elle intervienne, qu'elle se fasse remarquer et patatras ! Tout a été gâché !

Oliver sourit, amusé par les péripéties de son ami.

— Qu'est-ce qu'il s'est passé ?

— Ce qu'il s'est passé ? Ce qu'il s'est passé ! Mais la princesse a bu deux verres et s'est étalée au sol ! Mademoiselle m'a forcé à rentrer, car elle ne tenait plus debout, Mademoiselle m'a sauté au cou et m'a chauffé au point que j'ai failli commettre un viol, Mademoiselle m'a repoussé aussi sec et a failli dégueuler sur mes pompes. Tout ça pour qu'au final, je me paie un mal de dos à la porter pendant un kilomètre avant de voir qu'elle ronflait sur mon épaule et que j'appelle un taxi ! Voilà ce qu'il s'est passé !

Oliver le regarda un instant, avec des yeux de merlan frit, puis éclata de rire.

— Sans rire ?

— Ai-je l'air de plaisanter ?

Ethan se frotta le visage de ses deux mains, comme pour tenter d'effacer la lassitude et le surmenage de ces derniers jours.

— Elle t'a chauffé. Vraiment ? Tu veux dire qu'elle t'a fait du rentre-dedans ?

— Pas directement à moi.... à son Adam... souffla-t-il en attrapant son stylo et le faisant virevolter entre ses doigts. Elle m'a confondu avec lui à cause de son ivresse.

— Mince alors ! Et tu n'as pas été capable de résister ? soutint Oliver avec un sourire complice.

— Va résister, toi ! Tu en as de bonnes ! On voit que ce n'était pas toi qui subissais ses assauts.

Je te veux ! T2 – Chapitre 6

Ethan jeta son stylo d'agacement tandis que son ami tentait de garder une attitude sérieuse et compréhensive.

— Ethan, agressé sexuellement par la femme qui l'énerve le plus ! Ben dites donc ! finit-il par dire avant de rire de plus belle.

Ethan pesta contre son manque de solidarité et sa façon moqueuse de commenter ses propos.

— Oh hé ! Ça va ! Ne te fous pas de ma gueule !

Oliver s'appuya alors contre le dossier de son siège, songeur.

— Tu sais, cette femme est un cadeau.

— Tu m'excuseras, mais pour moi, elle est loin d'être un cadeau. Plutôt une malédiction !

— Non, un miracle ! lui déclara Oliver en lui montrant son index. Tu viens de tout me déballer sans t'en rendre compte ! D'ordinaire, tu aurais caché ton envie d'elle. Elle te perturbe vraiment. Elle te pousse à agir différemment de tes habitudes et je dis : « Tant mieux ! ».

— Ce n'est pas ce que tu crois...

— Et je crois quoi ?

— Arrête avec ta psychologie à deux balles ! La seule raison qui fait que j'ai eu envie d'elle est juste que... que...

— Que ?

— ... que je ne peux en toucher une autre à cause de ce fichu contrat !

— Ben, voyons ! Tu vas me dire que c'est juste parce que tu es en manque ?

— Tout-à-fait !

Oliver rit légèrement, puis se leva de sa chaise de façon dépitée. Il se dirigea vers la sortie et se tourna une dernière fois vers Ethan.

— En attendant, la manière dont elle arrive à te déstabiliser est inespérée. Tu as beau le nier, mais ton regard ne trompe pas. Il est différent devant cette femme-là. On a tous remarqué ça l'autre soir, chez toi. Et il est de toute façon évident qu'elle n'est pas comme les autres et tu le sais ! Tu sembles moins méfiant, plus naturel, moins... inquiet. À croire qu'elle pourrait dompter tes plus grandes craintes sur le sexe opposé... Moi je suis content que tu l'aies rencontrée.

Il quitta la pièce sans attendre de réponse. Ethan expira bruyamment et grimaça. Il regarda son café, songeur.

— L'amour mène à la souffrance, Oliver. Aucun risque que je retombe dans le panneau une nouvelle fois. Il n'y a rien de nouveau chez moi. Elle ne me changera pas... Il n'y a rien de réjouissant ou à espérer.

La sonnerie de son téléphone portable retentit à ce moment-là. Il chercha de toute urgence dans ses poches l'objet maudit et regarda qui lui envoyait un texto. Ses yeux s'écarquillèrent.

Kaya...

Ni une, ni deux il ouvrit son message pour le lire.

Jeu. 4 Dec. 2014 10:05, Kaya

Ne t'inquiète pas, je vais tenter de rester vivante suffisamment longtemps pour qu'à ton retour je puisse te traiter de connard !

Il ne put s'empêcher de sourire ; elle avait lu son petit message sur le comptoir de la cuisine. Il commença à taper une réponse sans attendre.

Jeu. 4 déc. 2014 10:07, Ethan

Hâte de voir ça ! Je ne rentrerai pas pour midi. Trop de boulot.

Jeu. 4 déc. 2014 10:08, Kaya

Tant mieux ! Pour une fois que je ne t'aurai pas à mes basques !

Je te veux ! T2 – Chapitre 6

Jeu. 4 déc. 2014 10:09, Ethan
Pour une fois que je ne t'aurai pas sur le dos !

Kaya lut son message et jeta son téléphone sur le lit. Elle grogna pour la forme.
Toujours à trouver une répartie ! Il m'énerve !
Elle s'allongea un moment et fixa le plafond. Il allait falloir meubler cette journée avant son retour. Elle devait aller au cimetière, mais son état faiblard ne l'encourageait pas à affronter le froid hivernal. Pourquoi avait-il fallu qu'elle boive leurs verres alors qu'elle connaissait les conséquences ? Elle attrapa son oreiller, enfonça son visage dedans et cria tout en faisant gesticuler ses jambes dans le vide pour évacuer la rage qui la consumait d'être aussi idiote.

La journée passa et Kaya s'était contentée de végéter sur le canapé à regarder la télévision. Ethan rentra une nouvelle fois plus tôt. Il avait réussi à déléguer une partie du travail et n'attendait qu'une chose : s'allonger. Le mal de tête ne l'avait pas lâché depuis le matin, tel un vicieux rappel que certaines soirées ne s'oubliaient pas. Une façon insidieuse de lui dire que l'on ne récoltait que ce que l'on semait. Or, il n'avait pas récolté un contrat comme fruit de sa semence, mais une tempête qui ravageait tout sur son passage : Kaya. L'idée même de débattre avec elle lui martelait le crâne. Elle n'avait rien répondu à la « perche » qu'il lui avait tendue par SMS. Se souvenait-elle de quelque chose ? Il aurait aimé que ce soit le cas, mais il savait que cela entrainerait une tension qui amplifierait sa migraine. Aussi, il préféra ne pas y penser.

Il ouvrit la porte d'entrée avec nonchalance, jeta ses clés sur l'assiette du petit meuble sur sa droite comme à son habitude, retira sa veste et la balança sans ménagement au sol. Il balaya du regard le salon. Kaya était en train de regarder la télé. Il pouvait voir ses grosses vaches qui lui servaient de chaussons dépasser du sofa. Il retira ses chaussures sans même les ranger et s'avança vers elle jusqu'à arriver à ses pieds. Kaya lui lança un regard de travers, mais ne bougea pas, ni même ne lui adressa un mot. Elle se replongea aussitôt dans ce qui semblait être un film à l'eau de rose ou un feuilleton étranger pour ménagères de quarante ans. Il posa alors le genou sur l'accoudoir et se laisser tomber entre Kaya et le dossier du canapé. Kaya sursauta.

— Non, mais ça ne va pas ?! Qu'est-ce que tu fabriques ?

Ethan passa un bras autour de sa taille pour se positionner un peu mieux.

— Ça ne se voit pas ? Je m'allonge sur mon canapé !

Il glissa alors son visage entre le coussin et les cheveux de sa colocataire afin de se cacher de la lumière qui accentuait sa douleur à la tête. Kaya tenta de tourner un peu la sienne vers lui pour voir ce qu'il tramait dans son dos.

— Je suis sur ton canapé au cas où tu ne l'aurais pas remarqué !

— J'ai vu... dit-il d'une voix étouffée. Tu peux partir si ça ne te va pas. Moi, je n'ai pas l'intention de bouger. Je suis mort et j'ai mal au crâne.

— Et bien, va t'allonger dans ton lit.

— Non ! J'ai pour habitude de m'allonger sur MON canapé quand je rentre. Je ne vais pas changer mes habitudes pour toi.

— Tu ne l'as pas fait hier !

— Je n'ai pas eu le temps, j'avais mon livre à sauver. Maintenant, tais-toi ! J'aimerais dormir.

Kaya ouvrit la bouche de stupéfaction.

Vas-y, Monsieur Connard Sans-Gêne ! J'hallucine !

Elle tourna à nouveau la tête vers l'écran de la télévision et se pinça les lèvres de déconvenue. Elle ne savait quoi faire : partir de là et lui donner satisfaction en lui laissant son foutu canapé ou lui tenir tête rien que pour lui montrer qu'elle existait et qu'elle ne se laisserait pas bouffer par le méchant loup qu'il était. Pire que cela, elle n'osait vraiment pas bouger de peur qu'il crût qu'elle se blottissait contre lui. Elle pouvait sentir son souffle sur sa nuque et ses cheveux. Il l'enlaçait et ne bougeait pas. Sa respiration lente, mais régulière montrait qu'il ne semblait nullement embarrassé par leur proximité ou le caractère incongru de leur position.

— Tu regardes quoi ? entendit-elle doucement alors qu'il avait toujours son visage caché contre elle.

— Je croyais que tu voulais dormir... Qu'est-ce que ça peut te faire ?

— C'est juste pour savoir si j'éteins la télévision ou pas. Ça semble nul ton truc et le bruit me dérange.

— Touche la télécommande et je te tue sur place. Je vais faire ressortir ton cerveau par les narines et on verra si tu oses te plaindre que tu as mal à la tête... C'est un drama coréen, un feuilleton.

Ethan soupira.

— On aura tout vu.... grommela-t-il en resserrant son étreinte et se calant un peu plus contre le canapé. Leur langue m'arrache les oreilles. Tu ne peux pas regarder un truc plus civilisé, sans déconner, et en français.

— Je t'emmerde. Je regarde ce que je veux !

— Toujours un vocabulaire aussi classe pour une princesse !

Kaya pesta intérieurement et préféra jouer la sagesse en ne répondant pas. Elle tourna légèrement la tête après une minute de silence pour voir ce qu'il faisait. Il n'avait pas parlé depuis et elle trouva cela suspect. Était-il vexé ? En même temps, elle ignorait s'il était fâché pour hier soir et si elle avait gaffé. Elle regretta vite son emportement et d'avoir été aussi grossière avec lui. Elle décida donc de tempérer.

— Tu as pris de l'aspirine ?

— Je te rappelle que je suis doté d'une grande intelligence qui me permet de savoir si j'ai besoin d'une aspirine. Oui, j'ai pris.

Le ton sec d'Ethan et sa désinvolture firent lever les yeux de Kaya. Au moins, elle savait qu'il ne dormait pas. Mais pour ce qui était de sa soirée, elle doutait toujours de n'avoir rien à se reprocher.

Sois gentille et il te le rendra !

Elle décida de l'ignorer. Ce n'était qu'un idiot qui ne méritait finalement pas une once de compassion de sa part. Elle se concentra sur son feuilleton télévisé et relâcha au fur et à mesure la tension qu'elle avait éprouvée quand il s'était allongé contre elle. Sentir sa poitrine se soulever et se retirer de contre son dos l'apaisait plus qu'elle ne l'aurait pensé. Son bras lui offrait une protection qui lui permettait de sentir sa chaleur corporelle, telle une couverture la protégeant du froid. Elle se laissa un peu plus aller contre son coussin et ferma les yeux. Juste un peu, pour les reposer.

Kaya les ouvrit dans un élan de panique. Elle s'était assoupie sans s'en rendre compte. S'endormir dans les bras d'un homme autre qu'Adam était impensable et cela faisait deux fois que cela lui arrivait pourtant. Elle leva légèrement sa tête et vit qu'elle ne lui tournait plus le dos. Elle était contre son torse. Combien de temps s'était-elle assoupie ? Avait-il senti qu'elle s'était retournée ? Ethan dormait toujours à son plus grand soulagement. Elle ferma les yeux un instant, pour se rabrouer mentalement d'être aussi bête et inconsciente, puis regarda à nouveau Ethan. Il semblait serein, pas inquiet ou tourmenté. Complètement relâché et vulnérable. Étonnamment mignon pour le connard qu'il était quand il était éveillé...

Kaya sourit en voyant ce visage paisible. Elle pouvait le voir endormi et s'en réjouissait.

Je te veux ! T2 – Chapitre 6

Un partout ! Chacun son tour !

Elle remarqua ses mains contre son torse. Ses mains qu'elle tenait contre elle, mais qui touchaient aussi la zone interdite, la limite qu'il lui avait imposée. Elle se remémora les cicatrices qu'elle avait vues, à présent cachées sous sa chemise. Pourquoi refuser tout contact dessus ? S'il venait à se réveiller, l'engueulerait-il pour avoir touché inconsciemment son torse ? Elle leva l'index vers sa chemise, mais n'osa aller plus loin. Finalement, Ethan était un homme bizarre. Froid, distant par moments, un véritable connard, puis d'autres fois affichant une sensibilité et un intérêt pour les autres évidents. Une façon bien à lui de dédramatiser et de vous faire vous sentir bien, à votre place. Elle avait ressenti déjà cette impression quand ils s'étaient retrouvés dans le vestiaire du Silky Club, quand ils avaient mangé des crêpes ensemble ou encore à la sortie de leur séance maquillage. En cet instant encore, allongée là, contre lui, elle se sentait bien. Cette sensation qui la laissait penser que quoi qu'il arrivait, il était là pour son bien. La dernière fois qu'elle avait perçu cela, c'était dans les bras d'Adam. Souvenir si agréable, mais elle ne pouvait qu'être déroutée par ce sentiment de protection. Elle ne devait pas accepter cela. L'idée même qu'elle puisse partager ce bien-être avec un autre homme était inconcevable et encore plus avec l'homme qui lui faisait face. Et pourtant, la seule chose qu'elle souhaitait, c'était fermer encore les yeux, rester dans cette bulle que représentait ce canapé et se sentir en sécurité.

Le soleil était couché quand Ethan se réveilla. Il se sentait engourdi et comprit vite pourquoi. Kaya était contre lui, blottie contre sa poitrine et endormie. La première pensée qui lui vint à l'esprit était de protéger son torse et son réflexe fut de poser sa main sur son bras pour la repousser, mais il fut tout aussi vite attiré par son visage complètement calme et sans intentions malhonnêtes. Ce n'était pas la première fois qu'il la voyait endormie. Il soupira, las d'être une nouvelle fois son coussin. Il grimaça devant sa moue angélique.

Et dire que comme ça, on lui donnerait le Bon Dieu sans confession alors qu'une fois réveillée, cette fille est le Diable personnifié !

Il étira ses lèvres dans un rictus de dépit et tenta de bouger son bras coincé pour le faire passer par dessus la tête de Kaya. Celle-ci gémit un peu, contrariée dans son sommeil. Alors qu'elle s'agita un peu, il en profita pour passer son épaule sous la tête de la jeune femme et la porter un peu plus contre lui. Il expira de soulagement quand il sentit les fourmillements de son bras s'estomper. Kaya cala sa tête bien contre lui et lui sourit inconsciemment. Ethan la regarda un instant, effaré par son manque de vigilance et sa vulnérabilité lorsqu'elle dormait. Il pouvait en faire ce qu'il voulait ; elle avait un sommeil de plomb. Il resta ainsi plusieurs minutes à attendre, jusqu'à ce qu'il trouve le temps long. Son mal de tête était passé et il semblait être déjà tard. Il lorgna sur sa montre.

Dix-huit heures trente...

Il observa une nouvelle fois la princesse endormie et sourit. Il arrivait à la garder contre lui sans crainte. Il repensa aux mots d'Oliver et ne put qu'admettre qu'elle l'apprivoisait sans qu'il ne voie l'attaque venir. Il ne pouvait noter sa défaite que lorsque le fait était accompli. Cette femme balayait d'un revers toutes ses défenses et même s'il trouvait ça troublant et déconcertant, voire agaçant aux premiers abords, il se surprit à s'en sentir soulagé ensuite. Cindy Abberline, sa mère adoptive, lui avait déjà répété qu'il devait faire la paix avec la gent féminine, qu'un jour viendrait où il n'aurait pas le choix, qu'il devrait surmonter ses appréhensions. Force était de constater que Kaya était cet élément imposé dans sa vie pour peut-être le faire avancer. Mais jusqu'à quel point pouvait-il s'autoriser à avancer ? Il l'ignorait. Quelles limites pouvait-il franchir sans prendre le risque d'être à nouveau blessé, se sentir si vulnérable qu'il faille faire saigner son cœur pour ne plus éprouver la douleur ?

« Je vais te donner ta première et dernière leçon paternelle, à défaut d'avoir un père. Souviens-toi toute ta vie d'une chose avec les femmes : la gentillesse apporte la douleur, l'amour mène à la souffrance. Tu as voulu être gentil, prouver ton amour... Regarde à quoi cela t'a mené. Regarde-la. Elle pleure, mais tu crois qu'elle souffre, elle. Non. Tout n'est que cinéma. Si elle t'avait vraiment aimé, elle ne t'aurait pas traité comme un objet dont elle se sert pour vivre, se consoler ou s'amuser. Les femmes sont toutes pareilles...

Je vais te rendre service et soigner la douleur qu'elle t'a infligée. Durant des siècles, on estimait que pour guérir de certaines maladies, il fallait retirer le sang impur de son corps. Certains utilisaient des sangsues, d'autres faisaient des saignées... Mais qu'en est-il des maladies d'amour ? Ce mal qui vous ronge la poitrine, vous étouffe, vous empêche de respirer tant la souffrance vous écrase... Il suffit de la traiter de façon indélébile, pour qu'à chaque rechute, on agisse en conséquence ! Il n'y a rien de mieux que la prévention ! Je vais te vacciner contre ce sentiment ridicule qu'est l'amour... »

Ethan déglutit en se rappelant ce jour où il était devenu un homme sans cœur. Ce jour où il avait compris que les sentiments étaient la pire chose qui soit. Le jour où son sang coula pour se libérer de sa souffrance... Il se souvint alors de cette autre douleur que celle de son cœur en miettes, une douleur plus insidieuse, d'abord légère, aussi fine qu'une lame puis grandissante. Tuer la douleur par une autre douleur. Tuer ses démons pour se nettoyer de toute impureté. Se protéger, se prévenir comme le lui avait appris le seul homme qui ait vraiment existé durant son enfance. Ses cicatrices étaient devenues son talisman. Une alarme qui se déclenchait dès que le moindre sentiment venait réparer son cœur meurtri. Durant des années, il avait gardé son cœur en l'état pour ne pas le voir encore plus brisé. Il s'était forgé une carapace allant au-delà de simples convictions. Il était devenu autre pour que l'espoir ne naisse pas et qu'il ne le regrette ensuite.

Pourtant, devant cette femme qui dormait contre lui, son talisman ne s'activait pas. Son alarme ne sonnait pas. Ses cicatrices s'estompaient en un lointain souvenir alors qu'elles étaient d'ordinaire incrustées dans sa mémoire tel un tatouage, une empreinte marquée au fer brûlant. Kaya arrivait à neutraliser ses défenses alors même qu'elle ne cherchait pas à atteindre son cœur. Était-ce justement parce qu'elle ne voulait pas de ses sentiments qu'il lui laissait autant de libertés ? Parce qu'il avait cette garantie qu'entre elle et lui, rien ne pouvait fonctionner ? Parce ce qu'elle savait déjà le blesser sans même l'aimer ?

Il scruta son visage serein un moment, cherchant la clé du mystère « Kaya ». Elle n'avait rien de particulier en soi qui pouvait entraîner son changement de réaction devant elle. Plutôt mignonne, mais pas forcément très classe. Visiblement sans le sou. Un caractère de chien. Il avait beau l'observer, il ne comprenait pas pourquoi avec elle, tout paraissait.... simple. Il leva alors son index pour lui toucher ses lèvres du bout du doigt.

Tout était compliqué avec elle à première vue, ils se disputaient tout le temps, s'injuriaient, se frappaient, mais par moments, il s'étonnait de ressentir de la simplicité avec elle. Il n'y avait rien à cacher, rien à prouver, rien à protéger.

Son doigt caressa sa lèvre supérieure puis il descendit sur sa lèvre inférieure.

Tout était compliqué avec elle, mais plus ils passaient du temps ensemble, plus tout lui semblait naturel, tout semblait aller de soi. Vouloir être près d'elle, la serrer dans ses bras puis s'embrasser et être lui.

Il se tourna légèrement pour pouvoir mieux se pencher au-dessus d'elle. Son doigt écarta doucement les lèvres de la jeune femme qui appelaient les siennes. Kaya était sans défense, offerte à lui et à ses intentions de connard.

Tout était compliqué, mais son envie était limpide. Il ne pouvait finalement qu'admettre qu'il désirait réitérer leur incartade de la veille. Il se pencha un peu plus pour pouvoir goûter une nouvelle fois à ses baisers, mais Kaya gémit à nouveau et gesticula légèrement.

— Mmm... Arrête... déclara-t-elle alors dans son sommeil, tout en détachant d'un geste de la tête sur le côté ses lèvres des doigts d'Ethan.

Ethan eut un mouvement de recul de la tête, surpris par l'interprétation qu'il devait donner à sa demande. Il la vit sourire légèrement, puis se calmer. Il sourit à son tour, aimant sa façon si particulière de s'opposer à lui, même pendant son sommeil. Il lui caressa à nouveau sa lèvre supérieure. Kaya s'agita à nouveau dans un grognement qui le faisait rire doucement. Même endormie, la torturer était un véritable plaisir qu'il se refusait de voir lui être retiré.

— Laisse-moi dormir... Moi aussi je t'aime...

Les deux derniers mots de Kaya s'éteignirent dans un souffle et foudroyèrent sur place Ethan qui sentit son cœur se serrer. L'entendre dire ces deux mots était à la fois plaisant et terrifiant.

« Je t'aime ». La fameuse formule qu'il avait bannie de son vocabulaire, qu'il avait rendue stérile par nécessité, venait de le saisir sans crier gare. Kaya avait dit cela avec une évidence et une facilité aberrantes. Comme si cela allait de soi, que c'était logique, que le moment était propice. Et comme un con, ces deux mots le rendaient heureux alors qu'il aurait dû en avoir peur, les rejeter aussi net. Bien plus grave, son alarme interne aurait dû hurler le danger et lui dire de se méfier, mais il s'était fourvoyé. Son cœur avait réagi plus qu'il n'aurait dû. Il avait senti le pouvoir de ces deux mots lui envoyer cette dose d'adrénaline et de bien-être qui rendait les gens amoureux. Cette sensation qu'il avait connue et qu'il avait adorée ressentir à une époque et qu'il souhaitait malgré tout réentendre.

Son cœur battait plus fort que la normale. Il agissait de façon irraisonnée, chaotique. Son cerveau n'arrivait pas à calmer cette montée d'excitation absurde. Il devrait se sentir paniqué, sur la défensive, mais tout son corps lui dictait l'inverse. Son attrait pour ses lèvres devenait plus lancinant. Il voulait la posséder. S'assurer que ces deux petits mots ne s'évaporeraient pas aussi sec. Il avait cette irrépressible envie d'en être véritablement le destinataire en les matérialisant par le contact de leurs lèvres. Cela ne pouvait être possible. Comment pouvait-elle lui dire de tels mots ? Son subconscient parlait-il pour elle ? Il se pencha à nouveau vers elle pour prendre acte de ses deux derniers mots, les confirmer, quand Kaya prononça dans un soupir :

—... Adam.

Ethan se figea. Le visage qui lui faisait face était toujours aussi innocent, angélique, mais elle venait de lui asséner le coup de grâce. Une fois de plus, il se rendit compte qu'il était trop faible. Passer tant d'années à s'endurcir n'avait servi à rien.

« Tu *sais quel est ton problème Ethan, c'est que tu es un gosse faible. Tu dégoulines de confiance envers les autres. Tu es trop gentil.* »

Ethan serra les dents et ferma son poing de colère. Colère envers elle, envers lui. Les mots de Stan lui revenaient à la figure et le replaçaient dans sa réalité.

Je te veux ! T2 — Chapitre 6

La gentillesse apporte la douleur, l'amour mène à la souffrance. Crétin ! Comment peux-tu te laisser amadouer de la sorte ? Elle te touche le cœur d'un millimètre et vois le mal qui s'ensuit ! Tu croyais quoi ? Comme si elle pouvait t'aimer... Elle te déteste ! Comme si tu pouvais y répondre... Tu n'es pas amoureux, non plus ! A quoi penses-tu, crétin ? L'amour, ça n'existe pas. Depuis quand tu attends de l'amour de cette femme ?

D'un mouvement brusque, il se releva du canapé, emportant sur son passage la jeune femme qui tomba au sol dans un bruit sourd, ce qui la réveilla. Elle se frotta le bras, l'air perdu, puis tourna la tête vers Ethan.

— Eh ! Ça fait mal ! dit-elle, agacée.

Son regard noir était de retour. Il semblait furieux.

— Je ne suis pas un oreiller. Ne prends pas de mauvaises habitudes et reste à ta place !

La bouche de Kaya forma un « O. » de stupéfaction alors qu'il l'enjamba pour aller s'enfermer quelques minutes dans sa chambre.

Il me reproche ça alors que c'est lui qui s'est calé contre moi le premier ! Il n'est pas gonflé !

Ethan en ressortit d'un pas déterminé. Il s'était changé. Il portait un sac de sport à l'épaule et s'était vêtu d'un jogging. Il se dirigea vers l'entrée, ramassa ses chaussures laissées en plan et les rangea. Puis il attrapa sa paire de baskets et commença à les enfiler.

— Tu vas où ? lui demanda-t-elle, curieuse.

— Loin de toi !

Kaya grimaça et croisa les bras.

— Tu vas faire du sport, c'est ça ? C'est loin ?

— Sans doute pas assez encore pour être sûr que tu me foutes la paix.

— Je veux venir !

Ethan se redressa et la toisa un instant, le visage toujours aussi fermé.

— Tu es idiote ou tu le fais vraiment exprès. Je parle pourtant français !
— J'ai très bien compris, mais je m'en moque ! Je me suis ennuyée toute la journée dans ton appartement. Prends-moi avec toi, sinon je sens que je vais péter un câble à rester ici.
— Si je t'emmène, c'est moi qui vais péter un câble.
Kaya haussa les épaules, comme pour lui signifier que ce n'était pas son problème. Ethan croisa à son tour les bras contre sa poitrine. Ses pupilles si noires de colère venaient de se teinter d'une lueur de défi qu'elle ne connaissait que trop bien.
Il n'y a pas de raison que je sois le seul con à me faire avoir ! Fini le pauvre type gentil ! Je vais reprendre les rênes et te montrer qui décide quoi !
— Tu veux venir ? Très bien. Embrasse-moi !
— Quoi ? demanda-t-elle comme si on lui avait avoué une chose impensable.
Tu as très bien entendu. Embrasse moi !
— Et pourquoi ferais-je cela ?
Ethan attrapa son manteau laissé au sol.
— À toi de voir... Tchao !
Il se dirigea vers la porte d'entrée sans plus de considération pour elle.
— Attends ! cria-t-elle presque.
Ethan s'immobilisa et sourit.
— On n'a pas besoin de faire ça. Il n'y a rien qui justifie ce baiser. Personne devant qui il faut prouver quoi que ce soit.
— Effectivement... dit-il calmement.
— Alors pourquoi tu me demandes ça ! s'énerva Kaya.
— Parce que je sais que c'est la pire chose qu'on puisse te demander et que tu ne le feras pas. Donc je peux partir seul et tranquille. Sur ce...
Ethan ouvrit la porte, le sourire sournois. Kaya lui attrapa la

manche pour le retenir une nouvelle fois. Il posa ses yeux sur la main de la jeune femme et sourit de plus belle.

— Arrête de sourire outrageusement ! lui dit-elle en grinçant des dents.

Ethan se toucha le bout du nez du revers de son index, heureux de tenir sa vengeance.

— Tu as réfléchi ? Tu veux ?

Kaya baissa la tête. Il était évident qu'elle était contre. Elle tenta alors l'approche de la suppliante.

— S'il te plaît, Ethan... Je serai sage comme une image et je te promets de me tenir à distance.

Ethan l'observa une seconde, peu convaincu. Il fit un geste bref de l'épaule pour se détacher de son emprise et passa le pied sur le seuil de la porte. La panique submergea Kaya qui voyait sa soirée devenir aussi ennuyeuse que sa journée.

— Je ne comprends pas ! Pourquoi tu me demandes ça alors que tu me détestes tout autant ! Quel plaisir éprouves-tu à demander une chose qui te répugne, toi aussi ?

Ethan se tourna et fit un pas vers elle. Il se pencha sur son visage et la fixa droit dans les yeux.

— Parce que mon plaisir est ailleurs, dans la souffrance que je peux t'infliger à le faire ! Embrasser une fille n'est rien pour moi. J'en ai embrassé tellement que j'ai fini de compter il y a bien longtemps. Par contre, toi... C'est tellement sacré chez toi, que je sais l'effet écœurant que je peux te procurer. Et ça, putain ! Que c'est bon !

Kaya se raidit de rage. Il avait raison. Il avait entièrement raison. Sa demande relevait du supplice à ses yeux. Il n'y avait qu'Adam qui comptait et rien d'autre. Tout son corps lui appartenait.

— Connard ! lança-t-elle douloureusement, avec presque l'envie de pleurer de son impuissance.

Ethan la regarda d'un air triomphant. Il était un connard et ça lui allait. Il reprenait ses marques, reposait ses fondements, imposait ses distances avec elle. Son envie de l'embrasser devenait un sujet vain. Il avait l'affirmation qu'elle le repousserait quoiqu'il arrive. Un soulagement qui lui faisait du bien. Il avait eu son moment de faiblesse, mais à présent il retrouvait de sa superbe et pouvait reprendre ses habitudes. Il s'avança dans le couloir, rassuré et laissant derrière lui l'objet de ses conflits intérieurs. Il appuya sur le bouton de l'ascenseur avec panache, comme s'il débordait à nouveau de vitalité. Il jeta un dernier regard vers Kaya qui se mordait la lèvre de frustration. Les portes de l'ascenseur s'ouvrirent. Il se mit à rire, ravi de constater qu'il avait gagné cette bataille quand soudain, il la vit venir à lui. Elle lui attrapa le col de son manteau et l'obligea à avancer son visage vers le sien. Le contact entre leurs lèvres fut brusque, maladroit, mais intense. Kaya relâcha légèrement son emprise. Ethan se liquéfia sur place. Sa nouvelle ardeur venait de disparaître aussi vite. Ses résolutions s'étaient à nouveau envolées en une fraction de seconde. Il sentit à nouveau ce plaisir frapper tout son être, cet espoir qui réveillait l'endorphine et la dopamine, hormones fabriquées lorsqu'on est physiquement attiré par une personne. Exit l'envie de lui faire payer ses mots de trop lors de son sommeil. Il pouvait satisfaire cette attirance et le choix fut vite fait : accepter son baiser. Il put constater qu'elle avait les yeux fermés. Elle avait été brouillonne dans son geste, mais elle l'avait fait. Elle l'avait choisi, lui. Pas Adam. Lui. Une victoire qui lui faisait chavirer le cœur d'une manière insoupçonnée. Il pouvait bizarrement tout lui pardonner.

Kaya se détacha de lui aussi brusquement. Elle semblait essoufflée, comme si elle y avait mis toute son énergie. Elle le regarda un instant, puis se recomposa une allure fière.

— J'en ai pour deux minutes, le temps de me changer...

Elle fit demi-tour et reprit le chemin de l'appartement. Ethan resta estomaqué et complètement charmé. Il voulut en rire, mais n'y arriva pas. Encore une fois, elle était allée au-delà de ses convictions pour le faire taire. Elle l'avait à nouveau coiffé au poteau, mais comme à chaque fois, il en voulait plus.

— Sauf que ta tentative même courageuse n'est pas suffisante. Je veux un vrai baiser ! lui cria-t-il. Avec la langue et la passion ! Ne crois pas que je sois un connard de bas étage !

Kaya se figea. Elle tourna la tête vers lui, effrayée.

— Tu... tu plaisantes, n'est-ce pas ?

— Je suis très sérieux. Tu veux venir, mets-y vraiment les moyens !

Ethan posa ses poings sur ses hanches, l'air provocateur. Kaya serra la mâchoire de rage. Elle revint vers lui, vindicative.

— Tu n'as pas le droit ! Tu m'avais promis que tu m'emmènerais si je t'embrassais. C'est fait ! Alors, respecte ta parole !

— Mon plaisir est plus sadique, Kaya. Ne me sous-estime pas. Tu aurais dû te douter que quand je veux, c'est à fond ! Un baiser de pacotille, c'est quoi quand je peux te demander plus et te mettre vraiment à ma merci ?

— Je te déteste. Il est hors de question que je le refasse.

Ethan expira bruyamment.

— Aaaah... quel dommage ! Un sacrifice vain... Bonne soirée !

Il entra dans l'ascenseur et s'appuya contre, les mains dans les poches, face à elle. Kaya tapa du pied, affectée par la situation dans laquelle elle se trouvait : trop avancée pour reculer, pas suffisante pour obtenir gain de cause. Et Ethan qui refusait d'arrondir les angles... Elle regrettait maintenant très clairement de l'avoir fait ! Elle aurait pu prendre ses cliques et ses claques et partir faire un tour dans son coin. Elle aurait dû ignorer son défi, comme toute personne sensée. Mais, en cet instant, il était trop tard. Elle payait sa spontanéité et sa fierté à vouloir le faire taire.

— Je te déteste ! lui dit-elle une seconde fois, les yeux humides et affligée de constater qu'elle s'était fourvoyée pour des prunes.

— Tant mieux ! Moi aussi !

Il lui fit un au revoir de la main et appuya sur le bouton zéro du rez-de-chaussée. Son sourire vicieux était le pire affront qu'il pouvait lui faire en cet instant. Les portes de l'ascenseur se fermèrent et chacun ne voulait se détacher du regard de l'autre, comme si l'affrontement n'avait de fin que lorsque l'autre céderait le premier. Ethan n'avait plus rien à perdre, il avait gagné la partie. Il avait eu son baiser et pouvait savourer la paix d'être seul loin d'elle, à présent. Mais il voulait la provoquer jusqu'à la dernière seconde, dans l'espoir de ressentir ces prémices devenir un feu d'artifice ou quelque chose qui le submergerait. Il était dans une contradiction totale : la repousser pour ne pas flancher, la sentir près de lui pour apprécier chaque miette qu'elle lui accorderait, pour découvrir des sensations insoupçonnées en sa présence.

— C'est quand même bête que tu ne puisses pas défouler ta colère dans une salle de sport ! conclut-il alors qu'il ne la voyait presque plus.

Kaya jeta alors son pied entre les deux portes qui se rouvrirent automatiquement. Ethan fixa son pied, étonné. Elle entra dans la cage et lui attrapa une nouvelle fois le col du manteau, avec force.

— Je te hais !

L'intonation de sa voix était en accord avec la façon dont elle l'agrippait : féroce. Il la révulsait de façon évidente. Ses yeux étaient emplis de dégoût et de tristesse. Pourtant, elle s'avança contre lui et posa une nouvelle fois ses lèvres contre les siennes. De façon plus douce, moins maladroite, plus calculée. Ethan subit contre toute attente cette seconde charge comme une délivrance. Il était heureux de pouvoir accentuer ce désir qui ne le quittait pas. Le réitérer encore et encore. Leurs bouches s'entrouvrirent et leurs langues se trouvèrent. Leurs paupières se fermèrent à l'unisson. Ethan sentit son cœur s'emballer à nouveau et son besoin d'assouvir son envie d'elle exploser en lui. Il prit son visage en coupe et accentua leur danse qu'il voulait faire durer. Kaya détacha ses mains de lui pour tenter de prendre du recul, mais il la maintenait fermement contre sa bouche. Elle tenta de reculer, mais il la dominait au point que tout son corps faisait poids contre elle et qu'il avançait. Bientôt, ils se cognèrent contre un des murs de l'ascenseur et Ethan quitta une de ses mains sur son visage pour la poser sur son dos. C'était devenu instinctif. Vouloir la sentir contre lui, comme la veille. Vouloir calmer cette frustration qui ne l'abandonnait pas et trouver des réponses aux questions dont il craignait l'issue, mais qui apaisaient son âme temporairement. Juste profiter de cet instant si délicieux sans se presser, tranquillement. Kaya se sentait asservie. Elle dépendait entièrement du bon vouloir d'Ethan. Il ne lui laissait aucune marge de manœuvre pour fuir. Seuls les assauts de sa langue autour la sienne comptaient. Et malgré la force physique qu'il exerçait sur elle, elle sentait bien une certaine douceur dans ce baiser. Une sensation apaisante qui ne la lâchait pas. Il l'encerclait de ses mains et de ses bras, mais son emportement était contrôlé, comme s'il voulait que ce baiser ne soit pas du grand n'importe quoi. Elle se retrouva rapidement à bout de souffle et tenta de le faire savoir à Ethan en gesticulant. Celui-ci détacha ses lèvres des siennes à contrecœur, mais garda son front contre le sien et sa main sur son visage. Il voulait la sentir encore un peu contre lui. Il ouvrit les yeux et regarda ceux de Kaya. Elle semblait troublée et il pouvait admettre qu'il n'en menait pas large non plus. Sa poitrine se soulevait à un rythme assez soutenu, signe qu'elle avait besoin de reprendre un peu d'air. Mais c'était plus fort que lui et il lui déposa un nouveau baiser. Il transgressait un peu leur marché en lui en volant un autre. Mais qu'importe la suite ! L'appel de ses lèvres était trop puissant pour ne pas y répondre. Tous deux se contentèrent de simples petits baisers qu'Ethan lui dérobait à la volée alors que Kaya se sentait subjuguée par les prunelles marrons, si quémandeuses de l'homme qui lui faisait face. C'était complètement absurde de se complaire de cette situation ; pourtant, aucun des deux n'arrivait à y mettre un frein. Kaya se laissait faire, subissant la pression des lèvres d'Ethan sur les siennes comme si chaque fois, il lui lançait un charme qui lui endormait le cerveau pour ne devenir que sensations. Elle était un pantin dans ses bras et elle s'imagina pour la première fois quelle pourrait être la suite à tout ça. Comment son corps réagirait-il s'il venait à la toucher sous ses vêtements ? Elle avait déjà connu l'extase avec lui rien qu'avec deux doigts et elle avait peur de ce qu'elle pourrait ressentir si... si ce baiser venait à trop se prolonger.

Un déclic en elle survint et la ramena à la réalité.

— Ethan... murmura-t-elle alors qu'il venait de mordiller sa lèvre inférieure. Je peux venir avec toi, maintenant ?

Ethan gémit, ne voulant pas mettre fin à ce défi.

— Je prends ça pour un oui.... lui déclara t elle avant de poser ses mains sur son torse et d'appuyer.

Ethan se stoppa net. Il ne recula pas brusquement, mais prit de la distance. Elle commençait à connaître ses limites et il voyait bien qu'elle en jouait quand cela était nécessaire. Elle baissa les yeux et sortit de l'ascenseur. Ethan ne bougea pas, trop affecté par leur baiser.

— Prends des affaires de rechange et de quoi prendre une douche. Je t'attends dans la voiture... lui dit-il doucement.

Kaya fila vers l'appartement sans même se retourner. Ethan appuya sur la touche du rez-de-chaussée une seconde fois de façon mécanique. Il avait encore du mal à comprendre tous les sentiments qui se mélangeaient en lui. Il ne trouvait pas le moyen d'analyser la chose de façon cohérente. Les portes de l'ascenseur se refermèrent et il se laissa glisser au sol. Il s'attrapa les cheveux

et se cacha le visage.
— Putain, mais qu'est-ce qui m'arrive ?

7
Sportif

Kaya arriva en trombe dans la Corvette.
— Je suis là ! On peut y aller !
Ethan la regarda un instant reprendre son souffle et démarra. La jeune femme désamorça le silence pesant dans la voiture au bout de quelques minutes.
— Alors, elle est où cette salle de sport ?
— Tu verras.
— Je vais enfin pouvoir savoir quel sport tu pratiques ! Nerveux ?

Ethan s'arrêta à un feu tricolore et tourna la tête vers elle. Son ton enjoué montrait que ce qui venait de se passer dans l'ascenseur ne semblait plus la tourmenter vraiment, alors qu'il était toujours dans ce trouble plutôt effrayant. Il pensait la perturber en la mettant devant un ultimatum dont les deux possibilités le mèneraient vers la victoire et finalement, c'était lui qui en faisait le plus les frais. Depuis le début, ce qu'il entreprenait contre elle se retournait en sa défaveur.

Effectivement, il était nerveux, mais pour des raisons différentes à celles auxquelles elle pensait. Chaque nouvelle journée en sa compagnie le mettait dans un état proche de la crise de folie. Il passait par toute sorte d'émotions à cause d'elle et arrivait difficilement à gérer tout cela. Et entre la soirée de la veille et ce soir, son état émotionnel avait été sérieusement touché. S'il pensait que ce qu'il y avait eu entre eux devant chez Laurens avait été omis de sa mémoire à cause de l'alcool, il ne pouvait émettre cette supposition pour aujourd'hui. Pourquoi apparaissait-elle dans sa voiture sans être plus affectée que cela ? Comment arrivait-elle à faire comme si tout était normal aussi rapidement alors qu'elle avait « trahi » quelque part son Adam adoré ? Mais surtout pourquoi lui, se sentait-il aussi touché par un simple baiser ? Pourquoi avait-il fallu qu'il la teste de cette manière plutôt que de lui faire mordre la poussière comme à leur première rencontre par un moyen plus approprié ? Qu'est-ce qui avait changé pour que son comportement se radoucisse autant, pour qu'il joue autant avec le feu ? Pourquoi ressentait-il un tel désir de la faire sienne ?

Tant de questions auxquelles les réponses restaient floues. Son corps répondait au sien instantanément, dès qu'ils étaient proches. Le sentait-elle aussi ? Sentait-elle cette attraction qui le poussait à se comporter de façon si contradictoire ? Avait-elle aussi cette impression incontrôlée de vouloir être plus proche de lui malgré son engagement envers Adam ?

Il ne l'aimait pas, mais la désirait. En analysant bien les choses, cela ne changeait pas des autres femmes. Pourtant, il ressentait un danger plus grand avec elle. Une intime conviction qu'il se perdrait s'il s'en approchait trop. Comme Icare qui se rapprocha du soleil et brûla ses ailes avant de tomber. Malgré cela, sa chaleur l'attirait. Il était ce papillon de nuit devant la lumière aveuglante, à tenter de toucher maladroitement l'ampoule pour ne faire qu'un et il redoutait ce destin funeste qui pouvait s'en suivre. Il la désirait, mais ne devait pas flancher, au risque de s'anéantir une nouvelle fois. Il avait beau se dire que tout cela ne mènerait nulle part, il ne cessait de repenser à ce plaisir qu'il ressentait quand il pouvait l'embrasser, la toucher. Il devait savoir. Savoir pourquoi il n'arrivait pas à garder cette froideur avec elle. Savoir pourquoi il se sentait si démuni devant ses réactions. Mais surtout, il voulait se rassurer. Sentir que, quoi qu'il décide, elle le repousserait bien. Quoi qu'il fasse, elle serait une seconde barrière à son attirance.

— Kaya... Tu te souviens de quelque chose à propos de la soirée d'hier... je veux dire, une fois qu'on a quitté le domicile de Laurens ?

Reparler de cette soirée chez M. Laurens lui apparaissait comme une évidence à présent, une importance capitale pour ne plus focaliser dessus par la suite. Il la regarda un instant, cherchant une expression sur son visage pouvant l'aider à savoir si lui-même ne l'avait pas rêvé, si elle ne tentait pas juste de dissimuler la même crainte que lui. Il ne put que remarquer la fin de son enthousiasme devant sa question.

— J'ai eu un comportement déplaisant, n'est-ce pas ? lui demanda-t-elle, gênée après un silence. Je t'assure que j'en suis désolée. Quand je bois, c'est la catastrophe. Je ne me souviens de rien ensuite. Je suis complètement désinhibée. Adam s'était moqué de moi une fois, car j'avais fini...

Elle poussa un cri d'horreur et se jeta sur Ethan, implorante.

— Ne me dis pas que j'ai fini en petite culotte sur la table !

Ethan la fixa, sans voix.

En petite...

Il toussota pour éviter de rougir en pensant à la scène d'un déhanché lascif sur une table, les mains sur ses seins.

— Non du tout...

— Ouf ! fit-elle en posant la main sur sa poitrine, de soulagement. Tant mieux si ma dignité est sauve !

Le feu passa au vert et Ethan redémarra la voiture. Il hésita à continuer la discussion. Il était partagé entre l'idée d'éclaircir certains points avec elle et la simple envie de passer à autre chose, vu qu'elle ne semblait pas avoir de flashback. Pourtant, il voulait savoir si l'épisode du vestiaire et leurs derniers baisers avaient un sens, une suite logique et qu'elle lui dise si elle avait aimé. Était-elle prête à recommencer ? Il serra le volant, fâché par son indécision à remuer des souvenirs qui pouvaient entraîner de graves conséquences de son côté. Kaya le fixa en silence et comprit que quelque chose n'allait pas.

— Qu'est-ce qu'il s'est passé alors ?
— Rien du tout.
— Menteur. C'est en rapport avec Richard ?
— Non. Tu t'es juste fait passer pour une ivrogne. Rien de grave quand on veut signer un contrat !
— Oh hé ! Ça va ! Je m'excuserai auprès de lui. C'est un homme intelligent, lui aussi ! Et surtout doté d'un grand sens du pardon.... pas comme certains qui aiment rabâcher ! finit-elle par dire entre ses dents.

Ethan fit virer son volant vers la gauche dans une petite rue menant dans un hangar. Il stoppa le moteur de la Corvette et se tourna une nouvelle fois vers elle.

— Donc, tu ne te souviens vraiment de rien ?

Kaya sonda ses pupilles, perplexe.

— Pourquoi insistes-tu ? Qu'est-ce que tu tentes de me dire ?

Ethan soupira, mais ne répondit pas. Il ouvrit la portière de la voiture et sortit. Kaya paniqua légèrement devant son silence volontaire. Elle s'activa à attraper son sac de sport et quitta l'habitacle pour aller à sa rencontre. Elle lui attrapa le bras pour qu'il lui fasse face.

— Ethan ! Qu'est-ce que j'ai fait ? dit-elle, plus qu'inquiète.

Il la jaugea un instant.

— Rien. Je voulais juste te dire qu'il n'y a pas de mal à éprouver des besoins et vouloir les satisfaire. C'est humain.

— Pou... pourquoi me dis-tu ça ? De quels besoins parles-tu ?

— Des besoins qu'une femme peut éprouver devant un homme.

Kaya tenta de comprendre où il voulait en venir, mais son

visage désemparé força Ethan à lui révéler la vérité.

— Tu m'as embrassé.

Kaya lâcha son bras et recula de deux pas, visiblement affligée par cette révélation.

— Oh.

— Oui, oh. Et tu y as mis de l'ardeur. Beaucoup. Au point que j'en viens à penser qu'au fond notre petit jeu dans les vestiaires du Silky Club t'a vraiment plu et que tu aimerais bien recommencer.

Ethan se mit à sourire de façon entendue, ravi en y repensant. Ce foutu sourire qui ne le lâchait pas quand il trouvait de quoi la rabaisser ou la fustiger, la mettre mal à l'aise. Elle pouvait deviner qu'il était heureux et fier de lui. Mais pire que cela, elle était inquiète. Jusqu'où était-elle allée pour qu'il fasse de telles conclusions ? Pouvait-elle vraiment le croire ? Ne se moquait-il pas d'elle au final ?

Ethan fit deux pas dans sa direction et approcha son visage du sien.

— Et mon petit doigt me dit que tu as beau me détester, tu ne détestais pas ce qui s'est passé dans l'ascenseur non plus.

Il fit tressauter ses sourcils pour lancer le jeu de la provocation dont il venait de trouver un écho, une façon bien à lui d'effacer son trouble et exhorter ce qui le rongeait en reportant les torts sur elle, en la mettant au pied du mur. Kaya bredouilla un début de phrase sans arriver à en sortir quelque chose de concret. Sa consternation était évidente, sa honte visible sur tous les pores de sa peau, sa déception lisible dans ses yeux. Il n'attendait plus qu'une réponse acceptable de sa part, maintenant qu'il l'avait mise devant ces vérités. Elle trouva la force de répondre en le repoussant de ses deux mains sur son torse.

Ethan se sentit à la fois en colère, mais heureux. Malgré ses doléances, elle avait une nouvelle fois posé ses mains sur lui en sachant qu'il serait agacé. Elle voulait le mettre à distance, remettre les choses dans leur contexte et ça lui convenait : pas de concessions, pas d'affinités, pas d'espoir vain. Une réponse concrète à une question concrète. Un refus manifeste de toutes possibilités. Un accident, une faiblesse passagère, rien de l'ordre d'un quelconque sentiment. Rien qui mérite d'être ressassé.

— Que les choses soient claires... dit-elle avec un regard mauvais, il ne s'est rien passé. Ni dans les vestiaires, ni hier soir, ni même il y a une heure dans l'ascenseur. J'aime Adam. Je n'éprouve aucun plaisir à me faire avoir par tes manigances. Mon seul besoin, c'est que tu sois loin de moi rapidement et que je retrouve mes habitudes. Je n'ai pas envie d'assouvir ma libido avec un connard, ni même ma frustration ou quoi que ce soit d'autres. Je peux très bien pratiquer l'abstinence si c'est pour garder mes souvenirs d'Adam. C'est le seul dont je veuille garder des souvenirs. Est-ce clair ?

— Très clair. Alors, arrange-toi même ivre pour garder cette conviction !

— Arrange-toi pour ne plus me demander des baisers sans justifications pertinentes.... murmura-t-elle en déviant son regard vers le bas, sensiblement gênée par ce souvenir.

Ethan sourit malgré lui. Ils venaient de se mettre d'accord sur le fait qu'il n'y avait rien de physique entre eux et pourtant, elle avouait à demi-mot que leur dernier baiser ne l'avait pas laissée de marbre. Son grand discours sur le désintérêt qu'il lui portait venait de s'effacer par cette simple demande, révélatrice d'un égarement, d'un bouleversement en elle. Elle avait aimé, trouvé une sensation suffisamment agréable pour lui demander de ne pas la revivre.

Tout était clair, mais sa frustration ne semblait pas disparaître pour autant. Sa gêne était adorable, sa remarque justifiée, mais impossible à accepter. Il avait encore envie de la toucher. Lui faire une pichenette, la serrer dans ses bras, lui déposer un baiser sur le front ou ailleurs. Il serra alors sa mâchoire de frustration et se maudit d'être aussi idiot, influençable. Il devait se faire une raison malgré cette attirance : elle et lui c'était une combinaison inconcevable, un calcul trop compliqué, une conjoncture trop hasardeuse pour s'y attarder en vain. Même si ce baiser dans l'ascenseur les avait troublés, même si elle lui demandait de ne plus recommencer, une force le poussait à espérer encore.

— OK.

Il ne trouva rien d'autre à ajouter. Prendre ses distances, se mettre d'accord sur les limites lui paraissait être la solution la plus pertinente. Il ne devait pas se laisser prendre par un béguin. Il était plus solide que cela. Tant qu'elle le tiendrait elle aussi à distance, tout irait bien. Chacun à sa place, chacun avec son rôle, ni plus, ni moins.

— Allons-y... dit-il plus sèchement qu'il ne l'aurait voulu.

— C'est quoi ce hangar ?

— Un dojo !

Kaya suivit de quelques pas son partenaire, incrédule.

— Un dojo ? Tu pratiques donc bien un art martial ! Lequel ?

Ethan ouvrit la porte d'entrée et Kaya put entendre des cris venir de l'intérieur. Il lui céda le passage dans un acte courtois et elle put voir un long couloir, recouvert de posters sur des événements sportifs ou de la prévention. Judo, karaté, kendo, lutte... Autant de sports que de possibles hypothèses sur ce que pouvait exercer Ethan. Il la guida alors vers une grande salle, avec plusieurs tatamis. Des personnes en kimono s'échauffaient ou s'entraînaient.

— Je pratique le taekwondo. C'est un sport de combat, de contact où tu dois toucher ton adversaire avec tes pieds ou tes poings.

Kaya se tourna vers lui, admirative. Il regardait les autres sportifs s'entraîner avec une lueur enthousiaste dans les yeux.

— Tu vas me montrer comment on fait ? lui demanda-t-elle, quémandeuse.

Je te veux ! T2 – Chapitre 7

Il baissa sa tête vers elle et la fixa.

— Tu veux te battre avec moi ? lui demanda-t-il avec cette incitation sournoise dans son sourire. C'est vrai que tu aimes bien me frapper !

Kaya grimaça, puis sourit. Elle était contente. Elle en découvrait un peu plus sur le grand Ethan Abberline et elle pouvait aussi profiter d'une découverte grâce à lui. Elle soufflait toujours avec lui le chaud et le froid, mais elle pouvait admettre ce soir qu'elle aimait ça.

— Je vais te rétamer, connard !

Ethan sourit, une nouvelle fois sidéré par son aplomb et sa détermination à lui tenir tête.

— On va voir ça... Je vais mettre ma tenue dans les vestiaires. Je reviens.

Il laissa Kaya quelques minutes seule. Elle put prendre le temps de regarder en quoi consistait ce sport. Ethan revint avec un kimono blanc, agrémenté d'une ceinture noire. Elle sourit quand elle le vit la réajuster avant de la trouver.

— Noire ! Je comprends mieux pourquoi les types du Silky Club ont ramassé !

— Impressionnée ? lui demanda-t-il fièrement.

— Oui, je le reconnais...

Kaya voulut se retenir de sourire pour ne pas lui donner trop de joie, mais elle n'y arriva pas. Celui-ci semblait trop heureux pour que son sourire ne soit pas communicatif. Il lui attrapa la main et se dirigea vers ses collègues.

— Hi everybody ! lança-t-il en chantonnant.

— Hééé ! Ethan ! Te voilà ! On a commencé les échauffements.

Un homme d'une trentaine d'années comme Ethan, mais plus fluet, vint à eux.

— Oui, je vois ça. Exceptionnellement ce soir, je resterai à distance. J'ai... une enfant à baby-sitter !

Kaya s'offusqua un peu et lui donna un coup de coude. Ethan encaissa la douleur en clignant d'un œil, mais rigola.

— Depuis quand tu ramènes tes conquêtes sur le tatami ? s'étonna un autre d'une cinquantaine d'années, typé asiatique, caché dans un coin de la salle.

Il dégageait une force tranquille, un respect indiscutable. Sans doute un professeur. Ethan lui serra la main quand il arriva à eux.

— Je vous présente Kaya, esquiva-t-il pour ne pas avoir à justifier leur relation. Kaya, voici Maitre Kim Yeong-Cheol, mon professeur. Elle veut qu'on se batte, donc je ne vais pas me faire prier et je vais lui faire goûter le plastique du tatami ! Il n'y a pas d'autres raisons à sa présence.

Le groupe composé d'une dizaine d'hommes se mit à rire.

— Méfie-toi Kaya alors ! dit un grand brun aux yeux bleus qu'elle trouva tout à fait à son goût physiquement. Ethan est vraiment sans pitié dans un dojo. C'est « pas de quartier » ! Tu en pratiques déjà ?

— Euuh... non. C'est la première fois.

— Je vois...

Il regarda Ethan avec un petit sourire.

— S'il est trop dur avec toi, viens me voir ! Ça serait embêtant que tu sortes de ce club traumatisée !

— Héé ! On voit que vous ne la connaissez pas ! fit Ethan, faussement contrarié. C'est une teigne, cette fille ! Tu ne devrais pas faire des propositions aussi inconsidérées avant de savoir dans quoi tu te lances, Léo.

Kaya lui balança un second coup à l'épaule. Ethan poussa un gémissement bref, signe que le coup avait été plus fort que le premier.

— En voici la preuve ! gémit-il. Je ne vois pas pourquoi je devrais être conciliant. Elle ne m'épargne pas, elle !

— Léo, on commence quand ? minauda Kaya pour lui effacer

son air plaintif sur le visage.

— Mais quand tu veux ! lui sourit-il en la fixant de ses yeux bleus pleins de promesses.

Ethan observa la scène avec effarement. Était-il en train de la séduire ou faisait-il cela juste pour l'agacer ?

— Tu changes vite ton fusil d'épaule, à ce que je vois !

— Tu n'as qu'à arrêter d'être aussi désobligeant avec moi ! déclara Kaya un peu hautaine.

— Mais tu es une tête à claques ! C'est instinctif !

Kaya poussa un cri de stupéfaction.

— Léo, allons-y ! dit-elle alors fermement, tout en fusillant du regard Ethan.

Et merde ! Il ne manquait plus que ça ! Léo, de quoi je me mêle !

Elle passa son bras sous celui de Léo qui fit un clin d'œil par-derrière à Ethan. Celui-ci pesta de voir qu'il se retrouvait comme un con, sous le regard amusé des autres suite à leur charmante petite scène.

— Parfait ! Bon vent ! lui cria-t-il alors qu'elle était en train de rire à une blague que Léo venait sans doute de lui dire. Enfin la paix.

Il se retira alors dans un coin et commença ses étirements. Il voulut faire le vide dans sa tête, se concentrer sur ses échauffements, faire comme d'habitude et se détacher de tout, mais son regard ne cessait de bifurquer vers Léo et Kaya. La voir dans les bras d'un autre attisait son désarroi.

Bah vas-y ! Fais-toi tripoter sous couvert d'un « je t'apprends à lever la jambe » ! Et après elle va me sortir des « Adam chéri que j'aime plus que tout ». Foutage de gueule, oui !

Kaya s'amusait bien. Léo était patient et prenait le temps de bien lui expliquer les bons gestes pour ne pas se blesser. Il lui avait appris à frapper avec le pied à différentes hauteurs, à se défendre en cas d'attaque, à parer des coups. Frapper dans la raquette que Léo lui tenait lui faisait du bien. Elle pouvait décharger dessus toutes ses angoisses, sa rancœur, sa fatigue. Léo n'hésitait pas à la féliciter. Il ne levait jamais le ton et ses yeux magnifiques n'enlevaient rien au plaisir de celle-ci, vraiment saisie par son charme. Malgré cela, elle ne pouvait s'empêcher de jeter un coup d'œil furtif vers Ethan. C'était plus fort qu'elle. Une inquiétude à ne pas l'avoir dans son champ de vision ? À le voir préparer un mauvais coup ? Une simple envie de se rassurer ? Un besoin de le sentir près d'elle ?

Il ne semblait pas affligé par son absence à ses côtés. Il s'échauffait seul, donnant des coups dans le vide, suivant une certaine rigueur et un déroulement qu'elle pouvait associer à une danse. Elle retrouva son visage dur du Silky Club. Un visage emprunt d'une détermination et d'une froideur évidente, mais il y avait toujours ce plaisir criant à libérer toute cette fougue qu'il avait en lui.

— Kaya, tu continues ou tu regardes notre cher Ethan ?

Kaya se tourna subitement vers Léo, rouge de honte.

Flagrant délit constaté ! Idiote !

— Pardon... je t'écoute.

— Il est incroyable, pas vrai ? déclara Léo abattu. Il faut reconnaître qu'il dégage une assurance naturelle qui ne vous laisse pas indifférent. Quand je l'ai rencontré la première fois, c'était ici. Il ne parlait pas beaucoup, mais était un adversaire efficace. Il est de ceux qui savent ce qu'ils veulent et trouvent toujours les moyens pour y parvenir. Il a une capacité d'analyse assez hallucinante. C'est dur à admettre, mais je l'admire.

— Tu t'es déjà battu contre lui ?

— Oui. Plusieurs fois. Et il est redoutable.

Kaya baissa les yeux, concédant ses propos. Sport, travail, jeu, paroles, gestes... il était redoutable partout. On ne pouvait échapper à Ethan Abberline et finir qu'écrasé. Même si se rebeller était un exercice qui lui coûtait cher pour garder sa dignité, elle commençait à bien connaître sa façon de procéder : on le paie toujours à un moment donné. Elle l'observa une nouvelle fois. Son regard croisa alors le sien. Elle lui sourit instinctivement, puis se renfrogna d'être si conciliante. Ethan cessa ses mouvements et la fixa intensément. Elle se sentit bizarrement très gênée, comme si ses yeux appelaient les siens, comme si ce simple regard lui ordonnait de revenir auprès de lui, comme si sa place n'était auprès de personne d'autre que lui. Elle paniqua un instant et tourna la tête pour rompre cette alchimie fantasque qu'elle venait de ressentir.

Ethan se crispa un peu plus. Il n'aimait pas l'idée qu'elle le rejette autant, qu'elle l'ignore volontairement. Il aimait encore moins qu'elle le fasse pour rester avec un autre homme. Il devait se défouler, passer ses nerfs. Il attrapa un plastron dans son sac, s'équipa de ses protections aux jambes et aux bras, mis une coquille à son entrejambe et enfila son casque.

— David ! Ça te dit un petit combat ?! cria-t-il à un de ses potes, tout en sautillant sur la pointe de ses pieds.

— Pourquoi pas !

Ethan avait choisi David, car il savait que c'était un adversaire de taille et qu'il trouverait une réponse à ses attaques.

— Voilà qui devient intéressant.... s'enthousiasma Yeong-Cheol. Voyons voir ce que ça va donner aujourd'hui...

Il stoppa sa démonstration à deux de ses élèves et s'approcha du tatami.

— Chris, tu vas les arbitrer ! ordonna-t-il avec un petit sourire sadique.

— Bon et bien je crois qu'on va faire comme tout le monde et regarder...

Léo alla s'asseoir sur un banc contre l'un des murs de la salle. Il

invita Kaya à en faire de même.
— C'est un sacré attirail qu'ils ont ! Il est vraiment nécessaire ?
— Tu vas vite comprendre pourquoi ! rit légèrement Léo devant sa remarque. Quand l'arbitre annonce le début du combat, les coups portés peuvent être impressionnants.
— Oh.

Kaya posa les mains sur ses genoux et observa les deux adversaires se mettre en place. Chris prononça une injonction dans une autre langue et les deux hommes se saluèrent alors. Puis, il déclara une nouvelle phrase et le combat commença. Tous deux se mirent à sautiller, chacun sur le qui-vive. Ethan souriait, le regard vif. Ses prunelles brillaient et avaient retrouvé leur noirceur présentant son côté plus sombre, plus rebelle, plus sauvage. David se lança en premier et attaqua d'un petit coup de pied vers la hanche gauche qu'Ethan para sans problème. Puis s'enchaînèrent les tentatives et contre-attaques. Elle put constater la souplesse des deux concurrents par des coups de pieds retournés pouvant atteindre la tête de l'adversaire. Comme l'avait souligné Léo, les gestes étaient impressionnants de rapidité. Un coup pouvait vite blesser l'adversaire même si chacun des deux sportifs prenait la précaution de ne pas trop forcer. David avait sensiblement l'avantage. L'attaque nécessitait une attention pour chacun des deux hommes : l'un pour se défendre, l'autre pour prévoir la contre-attaque éventuelle.

— Ça va vite... commenta Kaya, assez abasourdie par la beauté du combat.

— Oui... murmura Léo à son oreille. C'est la rapidité et l'anticipation qui font le match. Il semblerait qu'Ethan ne soit pas encore rentré dans le combat. En même temps, on ne peut intercepter une attaque et regarder la jolie demoiselle assise à mes côtés en même temps !

Kaya tourna son visage vers Léo, gênée par sa remarque. Celui-ci lui sourit et lui fit un clin d'œil. C'est à ce moment-là qu'Ethan jeta son attention sur Kaya. Celle-ci avait les yeux exorbités. Il pouvait la voir rougir alors que Léo la dévorait du regard. Par colère de ne pas être le centre d'attention, Ethan tenta un coup de pied vers la tête que David contra par un autre inversé et toucha celui-ci en plein torse. Ethan chancela puis tomba à terre, sous la force du geste de David. L'arbitre ordonna une pause pour que celui-ci se relève.

Ethan regarda une nouvelle fois vers Kaya qui, cette fois-ci, l'observait. Il pouvait y voir un franc sourire. Un peu honteux de s'être fait avoir par David, il lui répondit toutefois par un sourire avant que celle-ci ne hurle :

— Vas-y David ! Rétame-le ! Venge-moi !

David tourna la tête vers Kaya, complètement surpris par son encouragement. Elle lui montra son pouce en l'air pour le conforter dans ses actions. Il se mit alors à rougir, enorgueilli par la fierté de plaire à cette femme. Ethan se sentit ridicule. Il pensait l'avoir comme supportrice, mais finalement, comme à son habitude, elle se réjouissait de ses malheurs. La colère monta en lui.

Mademoiselle m'abandonne pour aller draguer ouvertement devant moi et en plus, elle encourage mon ennemi en se comportant avec lui de façon équivoque ! Attend Kaya que je termine ce combat ! Je vais te faire ta fête !

L'arbitre prononça la reprise du combat. Il retira à peine son bras pour laisser aux deux adversaires la possibilité de se battre qu'Ethan lança une attaque directe sur le thorax de David qui se retrouva rapidement pris de panique devant sa vélocité. Ethan enchaîna un second coup puis un troisième en pleine tête sans que David puisse contrer quoi que ce soit.

L'arbitre ordonna une nouvelle pause, le pauvre homme étant

trop acculé par les assauts d'Ethan. Tous deux se replacèrent au centre du tatami et le match reprit.

— Il semble que tu aies vexé Ethan... souffla doucement Léo à Kaya. Il a repris du poil de la bête. Il mène la seconde partie.

Kaya fit une moue boudeuse, peu ravie de voir son poulain perdre, mais finalement sourit. Ethan déployait enfin son talent. Fort heureusement, il n'avait pas ce regard destructeur comme lors de la bagarre au Silky Club. Il était simplement combatif, déterminé et prenait un plaisir manifeste à rendre les coups.

L'arbitre ordonna la fin du match au bout d'une minute, concédant la victoire à Ethan. Les deux sportifs se saluèrent et se serrèrent la main. David voulut dire un mot à Ethan, mais celui-ci fonça immédiatement hors du tatami, vers Kaya. Il retira son plastron, puis son casque sur le chemin et se posta devant elle, furieux.

— Alors ? Qui est-ce que tu encourageais ? Rappelle-le-moi ? J'ai gagné et ton champion a mangé mon pied dans la figure. Tu fais moins la maligne, là, avoue !

Kaya soupira, puis se leva du banc. Elle le regarda de la tête au pied, peu décontenancée par son ton de reproche et sourit.

— Tope là ! lui dit-elle alors heureuse et levant sa main devant lui.

Ethan considéra un instant sa demande et sa main levée vers lui. Était-elle finalement contente qu'il ait gagné ? Il ne sut comment interpréter cela : moquerie, provocation, nonchalance ?

Voyant son manque de réaction, Kaya ajouta :

— Et bien tu vois quand tu veux, tu peux ! Mon petit ami est le meilleur !

Ethan put voir un petit sourire complice sur ses lèvres, ce qui l'enchanta.

Mon petit ami ?

Cette appellation lui fit chaud au cœur. Cela allait sans dire qu'il était son petit ami par leur contrat, mais la voir le revendiquer était bien trop atypique pour qu'il ne s'en enthousiasme pas. Il jeta son casque à terre et pouffa, saisi par l'attitude toujours plus surprenante de Kaya. Il lui attrapa sa main levée et la porta par-dessus son épaule, loin derrière, la forçant à se coller à lui. Kaya se retrouva à quelques centimètres de son visage, embarrassée. Il lui passa son autre bras autour de sa taille pour qu'elle ne s'échappe pas ou puisse se défendre.

— Serais-tu en train de dire que tu as fait exprès d'encourager David pour que je me fâche et que je gagne ?

Kaya se mit à sourire, ravie qu'il comprenne ses intentions.

— Whouaaaa ! Trop fort Monsieur QI 180 !

— 180 ? La vache ! J'ai vachement augmenté ! Je vais gagner mes combats au taekwondo plus souvent ! Un compliment !

— Il n'empêche que ça a marché ! Tu es vraiment prévisible ! Titillez la fierté et la jalousie d'un homme et celui-ci peut faire des miracles.

Ethan fronça les sourcils et leva la main de sa taille pour la rabattre sèchement sur ses fesses. Kaya écarquilla les yeux, ne s'attendant pas à recevoir un tel geste.

— Je ne suis pas jaloux ! Je n'aime simplement pas que les choses m'échappent et tu n'étais pas avec moi, mais contre moi.

— Et tu es obligé de m'en coller une sur les fesses ?! lui cria-t-elle, surprise.

— Si tu recommences, la prochaine restera gravée un bon moment sur ta peau, crois-moi !

Ethan la lâcha et lui tourna le dos.

— On y va... Va prendre ta douche.

Kaya le regarda partir vers les vestiaires, déconcertée par sa menace. Elle s'esclaffa un moment avant de grogner :

— Non, mais pour qui il se prend ?!

8
Affamés

Ethan attendait Kaya dans l'entrée du couloir de l'entrepôt où se trouvait le dojo.

— Pourquoi une femme met-elle autant de temps pour se doucher et se préparer ? Rhaaaa...

Il tapa contre le mur d'agacement.

— Pourquoi les hommes ne savent-ils pas user de patience avec les femmes ?

Kaya s'approcha de lui avec un petit sourire, son sac de sport sur l'épaule.

— Ah bah quand même ! J'ai faim, moi ! Allons manger avant que je ne devienne vraiment désobligeant...

— Pfff... Et je râle encore et encore ! Ça ne te fatigue pas ? Respire un peu ! Cool... On déstresse un peu et on sourit !

Kaya étira du bout des doigts ses lèvres pour en faire un sourire, qu'il repoussa sèchement, peu sensible à sa boutade.

— Comment veux-tu que je reste « cool » avec une personne comme toi à mes côtés ? Rien que de te voir, je sens l'angoisse monter en me demandant quelle surprise tu vas encore me faire et à quel point je vais regretter de ne pouvoir revenir en arrière pour tout effacer.

Kaya grommela un juron et le poussa au passage. Elle ouvrit la porte et sortit de l'entrepôt sans se soucier de vérifier si son petit ami la suivait. Ethan soupira et tous deux montèrent dans la voiture.

— Où veux-tu manger ? lui demanda-t-il en attachant sa ceinture.

— C'est toi qui as faim, c'est toi qui vois.

Ethan la fixa un instant, découragé devant sa réponse.

Un jour, fera-t-elle quelque chose qui me satisfera dès le départ ?

Il mit le contact et engagea la Corvette dans la circulation.

— Dis... murmura Kaya au bout de quelques minutes.

— Hum...

— Je mangerais bien un gros hamburger.

— Trop tard... fit-il au bout de quelques secondes sans réponse. J'ai décidé ce dont j'avais envie. C'est bien ce que tu m'as dit, non ? Donc j'ai choisi. La prochaine fois, tu me répondras de suite.

Ethan ne chercha pas à voir sa réaction, plutôt concentré sur sa route. Il semblait vraiment sérieux dans les propos qu'il venait de tenir et Kaya croisa les bras, fâchée.

Quel type susceptible !

— Et on va manger où ?

— Tu verras.

— Et si je n'aime pas ?

— Pas mon problème, tant que j'aime.

— Tu es donc ce genre de type...

— Quel genre ?

— Du genre connard égoïste !

— Tu ne l'avais pas encore remarqué ? lui dit-il cette fois en la regardant avec un grand sourire, qui contrasta avec ses phrases abruptes, d'une neutralité à faire peur.

— Je pensais m'être trompée, mais finalement non.

— Qu'est-ce qui t'a fait douter ?

— Je ne sais pas... En fait, je me le demande.

La voiture s'enfonça dans un parking souterrain. Ils sortirent du véhicule tous deux sur les nerfs.

— Le restaurant est dans une rue marchande. Il va falloir marcher.

— ... Comme si j'avais le choix...

Ethan devança Kaya d'un mètre, monta les marches de l'escalier menant vers la sortie du parking, puis s'engagea dans une rue piétonne. Kaya le suivit avec difficulté.

— Tu marches trop vite ! Ralentis ! Tu fais un pas pendant que j'en fais trois ! lui dit-elle alors un peu essoufflée.

Ethan s'arrêta, se retourna et pencha la tête vers Kaya, un brin agacé. Il fronça les sourcils et soupira une nouvelle fois.

— J'ai faim ! Je n'ai pratiquement rien mangé ce midi et je suis d'humeur massacrante si j'ai l'estomac vide. Je te l'ai pourtant dit, il me semble...

— Heureusement que tu me préviens pour ton humeur, je n'avais pas remarqué ! lui rétorqua-t-elle avec un sourire moqueur.

Ethan l'observa un instant et finalement capitula, sachant très bien comment tout cela allait finir : elle obtiendrait gain de cause par n'importe quel moyen.

— OK, je ralentis... mais toi, accélère ! Ne traîne pas non plus !

— Où va-t-on manger ? C'est de la cuisine française ? lui redemanda-t-elle avec malice.

Ethan pouffa.

— Tu ne peux pas changer de disque !? Tu te répètes ! Provoque-moi autant que tu veux, je ne céderai pas. Tu verras bien...

— Tu ne peux pas me répondre ? Cela m'éviterait tout simplement de me répéter et de te provoquer !

Ethan leva les yeux au ciel et inspira un bon coup, sentant sa patience s'effriter.

Princesse têtue, que tu peux être épuisante par moments !

— Plus tu me poseras la question et tu ralentiras notre cheminement vers ce foutu restaurant, plus tu vas m'énerver Kaya, et ça va mal finir ! Conclusion...

Il lui attrapa le bras sans ménagement et la jeta en avant, loin devant lui.

—... Avance ! finit-il par dire suffisamment sèchement pour y espérer aucun signe de rébellion.

Kaya jeta vers lui un regard mécontent.

— Dommage que David ne t'ait pas vaincu finalement... J'aurais pu au moins me remémorer sa victoire en cet instant et me dire que de temps en temps, il t'arrive de mordre la poussière !

Ethan s'avança à son niveau et la regarda d'un œil torve.

— Ma petite amie est censée être attentionnée avec moi. Au lieu de ça, j'ai une femme qui fait exprès de me laisser crever la dalle et qui préfère me voir souffrir plutôt que de me rendre heureux. Super la délicatesse !

— Mon petit ami est censé marcher à la même allure que moi pour ne pas me faire courir, parce qu'il s'assure de mon bien-être avant le sien, parce que je suis la chose la plus chère à ses yeux, parce qu'il m'aime. On est d'accord qu'on est loin d'un tel constat — et tant mieux soit dit en passant ! —, donc je ne vois pas pourquoi je devrais être compatissante à ton sujet.

Kaya posa les mains sur ses hanches, le visage visiblement déterminé à ne pas se laisser engloutir par son caractère soupe au lait. Ethan s'esclaffa. Il n'en revenait pas. Toujours la réponse pour le contrer. Toujours le petit détail qui agace au point de sentir une rage intérieure vous gonfler d'un énorme orgueil et vous obliger à riposter encore plus violemment. Il releva la tête fièrement et la fixa d'un air sournois.

— Tu as deux solutions, Princesse rebelle et pas gentille du tout : ou tu me suis sans broncher, ou je te porte comme un vulgaire sac de pommes de terre sur mon épaule devant tout le monde. Quoi qu'il en soit, mon ventre crie famine et c'est la dernière fois que je m'arrête ! Alors, tu choisis quoi ?

Kaya s'agita, cherchant une réponse, une parade à son ultimatum qui ne venait pas. Elle pesta une grossièreté doucement, puis frappa l'air de son poing, afin d'évacuer sa frustration.

— Pourquoi faut-il que.... ? Rhhaaaa ! Tu m'énerves ! Je te déteste ! Je te jure que...

— C'est ça ! lui dit-il en lui attrapant la main et la forçant à reprendre la route, sans qu'elle ait le temps de finir sa phrase. Tu n'as rien à répondre cette fois-ci, donc tu ne trouves que ton sempiternel « je te déteste » comme insulte. En gros, c'est une nouvelle victoire pour moi ! Que c'est grisant ! dit-il avec un immense sourire. Ce soir, je suis dans un jour de chance. Tout me réussit !

— J'espère que tu t'étoufferas avec ton repas !

— Ne sois pas mauvaise joueuse ! Avoue simplement que tu es à court d'arguments et que je suis le meilleur !

Ethan lui fit un clin d'œil et ouvrit la marche à travers les badauds. Au bout de quelques minutes, ils s'arrêtèrent à nouveau.

— Allons manger ! dit-il heureux.

Tous deux se trouvaient devant l'enseigne d'un fast-food célèbre. Kaya le dévisagea, ne trouvant les mots pour exprimer ses émotions à ce moment-là. Il tentait de faire l'innocent, mais son sourire indiquait qu'il était satisfait de sa surprise. La consternation de Kaya n'avait d'égale que la jubilation d'Ethan de l'avoir menée en bateau depuis le début. Elle ne savait si elle devait le frapper ou lui sauter au cou. Elle sourit toutefois, heureuse qu'il ait pris en compte ses desiderata.

— Tu m'énerves vraiment ! lui dit-elle alors en posant son front contre son bras. Je n'arrive pas à te cerner. Tu es l'homme le plus frustrant que je connaisse.

— Vas-y ! Traite-moi de connard pendant que tu y es ! Tu n'es pas contente ?

Kaya décolla son front du bras d'Ethan et leva la tête vers lui.

— Si... lui dit-elle avec un regard affectueux qui le décontenança un instant, lui qui ne s'attendait pas à voir au fond de ses prunelles une telle gratitude.

Elle lui attrapa la main et le guida vers la porte d'entrée. Elle prit les devants, ne voulant pas qu'il s'aperçoive de son sourire qu'elle arrivait difficilement à contenir. Elle se sentait flattée, mais elle avait peur : si elle venait à trop apprécier ces petites attentions, elle serait capable d'en espérer plus. Or, ce constat ne lui apportait qu'un bonheur éphémère, ses petits gestes bienveillants n'étaient poussés que par le souhait de collaborer dans une ambiance plus saine. Elle le savait. Il n'y avait pas de sincérité. Pas d'égards portés par un quelconque sentiment affectueux ; ils étaient trop différents et peu compatibles dans leur caractère pour y voir une expression de tendresse ou d'estime. Malgré cela, elle craignait d'y prendre goût et d'aimer passer du temps avec cet homme qui était pourtant loin d'être appréciable. Il y avait tellement longtemps qu'on n'avait pas pris soin d'elle et de ses envies que les actes d'Ethan la perturbaient bien plus qu'ils ne le devaient.

L'odeur des hamburgers et des frites embaumait la salle où les clients se restauraient. Kaya inspira fort, comme si ce fumet si particulier pouvait déjà combler son estomac maintenant affamé.

— Tu sais, ça doit bien faire au moins deux ans que je n'ai pas mangé dans un fast-food ! lui révéla-t-elle en regardant les menus au-dessus du comptoir des commandes.

— Sérieux ?

Elle hocha la tête affirmativement, les yeux pétillants d'envie. Ethan put y voir une joie évidente et fut content. Étonnamment, il ne savait pas pourquoi, mais il se félicitait de la rendre heureuse, même pour si peu.

— Et bien, mangeons ! J'en peux plus ! Je veux un truc avec deux étages, plein de salade et dégoulinant de sauce !

Kaya lui sourit et applaudit l'initiative.

— Moi aussi ! déclara-t-elle alors en sautillant sur place, impatiente de pouvoir tenir le sandwich dans les mains.

— Avec plein de ketchup ! répondit Ethan en exagérant en ouvrant ses bras et s'amusant de son excitation.

— Et des tonnes de frites !

Kaya était remontée comme un automate, complètement exaltée par l'événement. Ethan se mit à rire de son impétuosité à prendre sa commande et discuter avec la serveuse.

— T'es vraiment un cas ! Il y a dix minutes, c'était tout juste si tu voulais manger avec moi et là, tu serais presque prête à aller cuisiner avec les employés, je suis sûr, pour pouvoir manger plus vite.

— Ce n'est pas drôle... Moque-toi tant que tu veux, si ça te fait plaisir ! Je me consolerai avec mon hamburger cheddar, steak, sauce moutarde, salade et oignons... Bon Dieu, une tuerie !

Elle déclara cela tout en dévorant des yeux l'emballage qui lui faisait face. La serveuse posait au fur et à mesure chaque produit de sa commande sur le plateau et à chaque fois, elle se mordit la lèvre d'empressement. Ethan l'observa avec une douce sensation de sérénité. En cet instant, il se sentait bien. Il ne ressentait pas le besoin d'être méfiant ou de paraître différent, distant, à l'affût. Le sourire qu'elle affichait sous son nez était troublant de sincérité, comme s'il venait de lui offrir le plus beau des trésors. Il ne regrettait nullement la décision d'avoir finalement opté pour ce restaurant.

Elle n'est vraiment pas nette !

Quelle femme s'extasierait devant un hamburger ? Quelle

femme apprécierait des instants aussi simples que celui-ci avec lui ? D'ordinaire, on lui demandait toujours plus. Plus de cadeaux, de bijoux, de vêtements. Plus de gestes affectifs, de compliments, de sentiments. Kaya ne lui réclamait rien et pourtant, il éprouvait de la satisfaction à lui faire plaisir. Il était réceptif à la moindre demande qu'elle pouvait formuler. Il espérait presque qu'elle se tourne vers lui pour satisfaire ses désirs matériels, elle qui d'ordinaire ne demandait rien. Comme si ses souhaits pouvaient le soulager intérieurement en les exauçant. Il voulait juste être là, près d'elle, pour pouvoir l'observer et recevoir ces morceaux de douceur qu'il avait la chance de percevoir à certains moments. Une douceur qui le déstabilisait autant qu'elle le calmait. Une douceur qu'il devait rejeter fermement, mais dont il était finalement demandeur.

Avec elle, tout était différent. Il pouvait lui accorder son attention sans avoir à donner intimement de sa personne s'il ne le souhaitait pas. Il pouvait partager avec elle des moments simples tout en sachant qu'elle ne lui demanderait pas de l'aimer ou de lui prouver un quelconque attachement en retour. Il était libre de choisir, de lui accorder ce que son cœur était en mesure de lui offrir. Pas de pression, pas d'entourloupe. Il pouvait s'affranchir de ses convictions sur les femmes avec elle, tout en gardant le contrôle. Du moins, tentait-il de le garder !

Même avec BB, il avait toujours le besoin de mettre une distance quand il sentait que cela prenait une tournure ambiguë. Il savait qu'elle n'était pas indifférente à ses charmes, mais il ne voulait pas la blesser, comme il le faisait avec les autres. BB était une femme foncièrement gentille, comme lui. Une personne qui offrait tout sans compter et qui finissait par se ramasser à cause de personnes qui ne l'estimaient pas à sa juste valeur. Il ne souhaitait pas la faire souffrir ; ses démons étaient trop effrayants pour qu'elle les accepte sans en être blessée. Brigitte était capable de l'accepter tel qu'il était. Il le savait. Mais il savait aussi qu'elle n'avait pas les épaules assez solides pour vivre avec ses secrets. Il n'aurait pas la force de la soutenir, lui-même ne pouvait les supporter. Elle méritait mieux que des tergiversations à cause de lui.

Et puis c'était sans compter sur Sam et les sentiments particuliers qu'il entretenait avec elle. Ses deux amis avaient toujours eu une relation particulière. Sam avait pris l'habitude de choyer Brigitte. C'était la seule femme du groupe. Elle était un peu leur frangine à tous, celle que l'on surveille, que l'on protège, que l'on cocoone. Sam était celui qui en faisait le plus pour elle. Malgré ses airs de Don Juan, il n'en était pas moins un homme faible devant cette femme. Il était capable de tout pour elle. Ethan ne doutait pas de sa sincérité et de ses sentiments plus profonds pour elle que pour les autres femmes. Il y avait une sorte de jeu entre eux. Il la séduisait, comme il le faisait avec d'autres et elle le repoussait sans ménagement, prétextant que les coureurs de jupons ne l'intéressaient pas. Plus il la draguait, plus il se montrait lourd, insistant et maladroit, plus elle le remballait avec fermeté. C'était devenu une routine dans laquelle tous les deux avaient trouvé leurs marques. Pourtant, dès qu'elle avait un coup de déprime, une dispute avec ses parents ou qu'elle pleurait, Sam était le premier à la consoler, à lui prouver qu'elle était importante à ses yeux. En y réfléchissant, Ethan y voyait plus une peur de l'engagement de chacun des deux qu'une simple amitié. Finalement, ils étaient un peu comme lui : ils ne voulaient pas souffrir et perdre le peu qu'ils avaient. BB prétendait toujours chercher l'amour, le seul, l'unique, mais se refusait malgré tout d'avouer qu'il était sans doute plus près d'elle que ce qu'elle prétendait. Quant à Sam, les conquêtes d'une semaine le rassuraient sur son incapacité à rendre une femme heureuse toute une vie.

Ethan posa son plateau sur la table que Kaya avait choisie. Il

l'observa brièvement. La jeune femme était surexcitée devant ses hamburgers au point qu'elle ne tenait pas en place sur sa chaise.
— Bon appétit ! lui lança-t-elle sans même attendre son consentement pour commencer.
Elle se précipita sur l'emballage qu'elle retira sans attendre, attrapa son hamburger avec ses deux mains et ouvrit grand la bouche pour y croquer copieusement dedans. Ethan ne put s'empêcher de rire. Il la trouvait touchante, mais aussi peu gracieuse. Un mélange particulier dans son attitude qui lui plaisait. La sauce dégoulina entre ses doigts au moment où elle croqua au milieu de son hamburger. Elle poussa un petit cri d'effroi. Ethan rigola de plus belle en lui tendant une serviette en papier. Elle ne se souciait nullement de l'image qu'elle pouvait lui renvoyer. Seul son appétit importait. Elle était juste « elle », simple, sans chichis, sans mensonges, sans artifices... Un bout de femme qui ne cherchait pas à plaire, mais qui en fin de compte obtenait toute son attention. Il déballa son sandwich et mordit dedans. Il put l'entendre gémir en avalant un morceau de frite.
— Tant que ça ? lui demanda-t-il, heureux.
Kaya secoua la tête positivement, la bouche pleine.
— C'est en mangeant certaines nourritures rarement qu'on en apprécie que davantage le goût quand on les retrouve contre son palais ! lui dit-elle tout en mâchant.
Ethan attrapa quelques frites en même temps et les porta à sa bouche. Il n'arrivait pas à décrocher son regard de Kaya. Elle papillonnait entre ses sandwichs, son gobelet rempli de Coca-Cola et ses frites, avec un entrain digne d'une ogresse, sans même se rendre compte qu'il l'observait attentivement. Il passait au crible chacune de ses réactions, analysant ses gestes, interprétant ses émotions. Un spectacle à elle toute seule, dont il prenait plaisir à en être le seul témoin.
— Ça fait longtemps que tu fais du taekwondo ? lui demanda-

t-elle après avoir avalé la totalité de son hamburger. Ethan fut surpris par sa question. Pourquoi lui posait-elle cette question ? Qu'y gagnait-elle à le savoir ?

— Assez...

— Genre cinq ans, dix ans, quinze ans ?

Il entama son second hamburger tout en la regardant. Kaya y interpréta une nouvelle sorte de provocation, comme s'il ne voulait pas lui répondre, jouant encore avec son côté mystérieux et buté.

— Ta cicatrice sur l'arcade sourcilière, c'est dû à un combat ?

Ethan avala de travers. Il n'aimait pas parler de lui. Ces questions aussi futiles soient-elles en apparence, l'obligeaient à en dire plus sur sa vie, détail qui n'était pas censé être mentionné devant elle. Kaya lui tendit son verre de Coca-Cola pour l'aider à faire passer son morceau de hamburger coincé dans sa gorge. Celui-ci regarda le gobelet, confus.

— Tu ne veux pas m'en parler ? lui demanda-t-elle alors sans détour. Je sais qu'on n'est pas obligé de tout se dire, mais... je dois avouer que ça me rend curieuse. Et puis, si tu as un autre sujet de conversation à proposer, je t'écoute dans ce cas. Nous n'allons quand même pas faire tout le repas en silence !

Ethan but une gorgée de soda, puis le posa sur la table et la fixa.

— Qu'est-ce que ça t'apportera de le savoir ? Est-ce que je te demande si tu as des cicatrices et comment elles sont venues sur ta peau ?

Kaya cligna des yeux, tandis qu'elle aspirait avec sa paille sa boisson.

— Oh ! Moi, c'est simple ! J'en ai une ici, sur mon doigt ! dit-elle alors en posant précipitamment son gobelet.

Elle se pencha au-dessus de la table pour mieux lui montrer son index.

— Elle est toute petite, mais elle est là ! C'est Adam qui me l'a faite avec une cigarette ! Je l'aurais tué !

Ethan s'imagina tout à fait la scène, elle en train de l'engueuler.

— Je détestais ça ! Il s'était mis à fumer au lycée. Il voulait se donner un genre à l'époque pour pouvoir traîner avec une bande de jeunes très bizarres. Suite à cet incident, je lui ai fait la tête pendant une semaine. La diète complète ! Même pas un regard, zéro câlin, pas une parole n'est sortie de ma bouche... Il a du coup arrêté de fumer !

Sa conclusion claqua comme une victoire dont elle était fière et dont elle ne voyait pas d'autres issues possibles. Ethan examina son doigt plus attentivement et se sentit las. Bizarrement, il eut un moment de compassion pour Adam. Le genre de solidarité masculine devant les futilités typiquement féminines que l'on pouvait avoir dans ce type de situation.

— Tu es une vraie chieuse, ma parole !

— Hééé ! lui fit-elle en lui donnant un coup de poing à l'épaule, avant de se remettre correctement contre le dossier de sa chaise. Je n'aime pas ça ! La fumée, le tabac froid... très peu pour moi ! Heureusement que tu ne fumes pas d'ailleurs, car je crois que cela aurait été rédhibitoire pour le contrat !

— Je vais peut-être envisager de reprendre alors... dit-il tout à-coup, songeur. J'ai arrêté en pariant avec Oliver, mais je pourrais recommencer rien que pour pouvoir t'énerver davantage si tu me gonfles trop ! Ouais... Faut que je le note dans un coin de ma tête !

— Tu as fumé !? lui cria-t-elle presque, prise de surprise. Quand ? Il y a longtemps ?

Putain... Une question en amène une autre. Je m'enfonce !

— Oui, il y a... un certain temps... lui répondit-il, évasif, en repensant à cette époque avec mélancolie.

— Ça te tuerait d'être plus clair ?! Tu triches ! Je t'ai parlé de moi et de ma cicatrice. Tu ne joues pas le jeu. Ce n'est pas sympa.

— Je ne t'ai rien demandé. Tu as décidé toute seule de me

raconter cette anecdote.

— Tu me l'as suggérée ! C'est bien toi qui m'as dit : « Est-ce que je te demande si tu as des cicatrices ? » C'est comme dire un truc genre « je te dis si tu me dis ! ».

— Il n'y a rien à dire de mon côté.

— Très bien.

Kaya s'essuya la bouche avec une serviette en papier et entama sa glace en silence. Elle l'ignora complètement alors, se contentant d'observer le fond de son pot de glace diminuer, lui signifiant que son dessert était finalement bien plus intéressant que sa cicatrice sur le sourcil ou son sport. Une sorte d'attitude vexée qu'elle ne se gênait pas d'amplifier en soupirant et en fixant d'autres clients visiblement heureux de parler entre eux.

— Ne me dis pas que tu boudes !?

Elle racla le bord de son pot sans lui adresser le moindre mot, ni même un regard.

— Tu plaisantes ? dit-il en s'esclaffant. Mais quelle gamine !

Elle posa alors son pot et lui fit un doigt d'honneur, visiblement encore plus agacée par sa dernière remarque.

— Kaya... dit-il menaçant. Ce n'est pas digne d'une femme ce genre de geste et ce n'est pas gentil du tout.

— Qui me parle ? fit-elle alors tout en cherchant à droite et à gauche, puis sous la table, la source des paroles venant d'être prononcées.

— Parfait ! lui dit-il maintenant offensé par son attitude puérile. Fais ta maligne... Puisque ça t'amuse... Le silence, ça me va aussi !

Il croisa les bras, bien décidé à ne pas céder cette fois-ci. Elle lui sourit de façon narquoise, puis se leva. Son sourcil droit se redressa, annonçant que la suite n'allait pas lui plaire. Elle prit son plateau et glissa les emballages dans la poubelle. Une fois son plateau rangé, elle attrapa son manteau et lui tira la langue avant de sortir du restaurant. Ethan se retrouva seul à table, analysant avec un sourire ahuri la scène qu'elle venait de lui faire. Il secoua la tête pour tenter de se réveiller de ce qu'il jugeait être une hallucination, puis jeta sa serviette sur son plateau, agacé, et se leva. Il déversa ses emballages dans la poubelle et mit son manteau et ses gants.

Elle m'aura vraiment tout fait ! Quelle bourrique !

Il sortit du fast-food et la chercha du regard. Elle était assise sur un banc non loin de là.

— Je vois que tu m'as attendu. Dois-je en être heureux ? lui demanda-t-il vexé, en venant à elle.

— Tu m'as offert mon hamburger. Je ne suis pas rustre au point de te planter définitivement. J'ai juste répondu à mes élans de gamine en te faisant ma sortie spéciale pour connard !

Ethan rit légèrement.

— Tu me reparles donc ? se renseigna-t-il alors en se penchant devant elle, avec un petit sourire malicieux.

Elle se leva en le bousculant et commença à marcher dans la rue commerçante sans même l'attendre. Ethan la regarda faire, heureux. Il sentait ses poumons se gonfler d'excitation. Une fébrilité qui parcourait tous les pores de sa peau chaque fois qu'ils se retrouvaient tous les deux à se chercher des poux. Il devait l'admettre, il aimait ce jeu avec elle.

Mademoiselle veut se faire désirer ou se plaindre, on dirait... Bah voyons !

Il la suivit de loin, les mains dans les poches de son manteau. Il attendait patiemment derrière elle.

Ce n'est pas moi qui vais venir Kaya. Je ne craquerai pas. C'est toi qui vas revenir. Viens à moi, Princesse indocile, viens !

Kaya s'arrêta au bout de quelques minutes et se retourna. Ethan stoppa sa progression et haussa un sourcil, attendant la suite avec un grand intérêt. Elle vint à lui, les bras tendus le long de son corps et les poings fermés. Ethan afficha un sourire suffisant, content d'avoir réussi à la faire revenir à lui.

— Où va-t-on ? Je suis gelée. Je n'ai pas de poches et je ne sens plus mes mains.

— Qui me parle ? feint-il en regardant derrière elle.

Kaya fronça les sourcils, mais finalement sourit.

— OK. Bien joué ! Un point partout.

Elle fit une moue chagrine devant l'évidence.

— Tu as gagné. Mais sache que je suis juste très déçue. Il est clair que je n'arriverai jamais à discuter avec toi. On est trop différent. Ce n'est pas comme si je t'avais demandé de me dire le montant exact de ton compte en banque ou me raconter ta première fois. Je ne pense pas être impolie. Je ne me suis pas immiscée non plus dans les grands secrets de ta vie privée...

Kaya soupira et baissa la tête.

— Ce n'est pas comme si j'avais demandé les raisons des cicatrices sur ton torse... finit-elle par dire d'une petite voix.

Ethan se sentit mal à l'aise et désolé. Son silence l'avait blessée plus qu'il ne l'avait pensé. Il n'aurait jamais songé à la voir si affectée par son entêtement à ne rien vouloir lui révéler sur lui. Pourquoi s'intéresserait-elle à lui ? Il n'y avait rien d'heureux dans sa vie, rien qui puisse justifier de le clamer à qui veut l'entendre.

— Kaya...

Il voulut lui attraper la main pour rompre la distance qu'il avait imposée, mais se contenta finalement de les sortir des poches de son manteau, ne trouvant pas la force suffisante pour justifier ses raisons.

— Non, c'est bon. Je ne te demanderai plus rien. Pas de soucis ! lui dit-elle, avec un petit sourire forcé alors que ses pupilles tremblaient sous sa déception. Après tout, nous ne sommes même pas amis. C'est vrai, quoi ! On n'est rien l'un pour l'autre. Je suis sans doute trop naïve, ou exigeante, ou chiante, ou idéaliste...

comme tu veux.

 Ethan ne sut comment réagir. Il n'aimait pas parler de lui et devait admettre que ses questions ne portaient pas sur des sujets trop intimes. Mais en dire ne serait-ce qu'un peu sur son passé l'obligeait aussi à repenser à ce qui le tourmentait encore aujourd'hui. Pourtant, devant son attitude déçue, il se sentit coupable et consentit à ce qu'elle le traite de connard, d'abruti, d'idiot, d'entêté.

— On rentre ? lui demanda-t-elle avec un petit sourire contrit.

 Kaya mit ses mains devant sa bouche et souffla plusieurs fois pour les réchauffer. Elle avait le bout du nez et des oreilles rougis par le froid. Ethan ne savait pas quoi dire ou faire pour lui montrer qu'il n'était pas entièrement fermé à ses demandes, qu'il les avait entendues et que même s'ils n'étaient pas amis, ils n'en étaient pas moins complices dans ce concours de circonstances qu'était ce contrat. Et puis il y avait toujours cette attirance indéfinissable qui le poussait à revoir ses convictions et aller au-delà pour elle. Il y avait toujours cette impression de simplicité qui le forçait inconsciemment à baisser sa garde, à ne pas se méfier. Il y avait constamment cette petite voix intérieure qui le guidait vers ce que ressentait son cœur.

 Il retira alors le gant de sa main droite, sous le regard interrogateur de Kaya. Il lui saisit sa main droite sans un mot et lui enfila son gant. Kaya se laissa faire, sans parler. Puis de sa main droite nue, il prit la main gauche de sa partenaire et la glissa avec la sienne dans la poche de son manteau. La jeune femme l'observa un instant, décontenancée par son geste bienveillant. Elle comprit que c'était une façon propre à lui de se faire pardonner et réduire la distance qu'il avait mise entre eux plus tôt en ne parlant pas de sa vie. Elle baissa les yeux et se sentit soulagée. Elle n'était finalement pas devant un mur infranchissable. Si Ethan n'est pas un homme prompt à s'étendre verbalement, il n'en était pas moins un homme d'action qui pouvait être troublant par des gestes aux antipodes de l'image qu'il reflétait au premier abord.

— Ne compte pas sur moi pour te filer l'autre gant ! lui dit-il franchement. Ton autre main devrait reprendre vie avec la chaleur de la mienne dans ma poche. Je garde mon autre gant ! Je n'ai pas le sens du sacrifice suffisamment grand pour y perdre ma main gauche dans la bataille. Ta main est très bien dans ma poche au chaud.

Kaya sourit. Elle put voir qu'Ethan était un peu gêné par sa prévenance, comme s'il se trahissait un peu.

— Merci... lui dit-elle doucement.

Il se contenta d'un haussement d'épaules et tous deux reprirent leur marche vers le parking, main dans la main, l'un contre l'autre, en silence. Elle pouvait sentir ses doigts entre les siens, la chaleur de sa main qui lui réchauffait la sienne. Grande, douce, protectrice. Il la serrait suffisamment fort, comme pour s'assurer qu'elle ne s'échapperait pas, qu'il ne la perdrait pas. Bizarrement, l'ambiance avait pris subitement une autre tournure. Une sorte de torpeur, une bulle dans laquelle ils s'étaient réfugiés et où ils se sentaient bien, apaisés. Kaya ne pouvait se détacher de lui, ou même éloigner légèrement son corps du sien. Elle reconnaissait que son idée était géniale, car elle se sentait moins refroidie. Sans doute le fait d'être là, à marcher contre lui, la couvrait un peu du froid. Sa grande stature faisait office de rempart à la légère brise glaciale qui soufflait. Ethan regardait droit devant lui. Les coups d'œil qu'elle lui jetait lui indiquaient qu'il ne paraissait pas vraiment perturbé par leur proximité alors qu'elle se sentait une nouvelle fois portée par une multitude d'émotions contradictoires qui se résumait par un « fuir loin de lui ou profiter ? ».

Des musiques de Noël provenant de boutiques longeant le trottoir leur parvenaient aux oreilles. Accompagnés par les décorations lumineuses de cette fin d'année, Ethan se trouva serein. Il eut l'impression d'être pour une fois comme tout le monde, au bras de Kaya, menant une vie sans tracas, sans appréhension. Une drôle de sensation qu'il ne parvenait pas à comprendre. Pourquoi ressentait-il cette tendance à la béatitude alors qu'il n'était pas du genre à s'extasier ou à montrer ses émotions ? Pourquoi se comportait-il ainsi en sa présence ? Pourquoi n'arrivait-il pas à être comme d'habitude et à poser ses limites avec elle ? Comment faisait-elle pour renverser la vapeur avec autant de facilité au point qu'il finisse par tout lui accorder ? Il jeta un regard vers elle. Il sentait une douce chaleur lui parvenir. Était-ce sa main dans la sienne, son corps contre le sien ? Sans doute, mais pas seulement. Tout son être s'apaisait au contact de Kaya et il commençait à s'y habituer de façon alarmante. Ce n'était pas bon, il allait le regretter tôt ou tard. Pourtant, il repoussait cette possibilité de plus en plus facilement. Il ne devait pas se laisser aller à éprouver des sentiments pour elle et malgré tout, il se complaisait dans cette situation où elle lui offrait des moments si particuliers. Des instants où il trouvait un écho à tout ce qui lui manquait, tout ce qu'il avait toujours cherché. Il ne pouvait s'empêcher d'envier Adam dans de tels moments. Un acte aussi anodin que se balader main dans la main avec elle l'avait-il aussi rendu heureux ? Sans nul doute. Elle avait dû lui donner bien plus que ce qu'il avait obtenu de sa part. Nul doute qu'Adam avait dû sacraliser ces moments autant que ceux qu'ils avaient eus plus intimement.

    Il observa Kaya alors avec cette même envie qu'il avait ressentie les jours précédents, une envie de plus encore, une envie de connaître ce qu'Adam avait connu. Cette idée de savoir jusqu'à quel point elle avait pu rendre heureux cet homme, sans le blesser, sans l'humilier. Être là juste pour lui, rien qu'à lui. Tout ce dont il avait toujours douté.

Il regarda alors le sol, mélancolique. Il songea à ce qu'il avait perdu et ce qu'il avait compris à cause de son passé. Avait-il finalement tort, comme le lui avaient suggéré les Abberline ? Y avait-il une chance qu'il accepte enfin l'idée que les femmes ne sont pas toutes dangereuses quand il s'agit de sentiments ? Il lorgna sur ses chaussures mécaniquement. Droite, gauche, droite, gauche. Il avançait, mais en écartant son champ de vision, il put voir que les chaussures de Kaya suivaient son rythme. Une cadence à l'unisson qui le troubla. Il n'était pas seul, elle était là, à côté de lui. Son cœur rata un battement et se serra. Il tourna prestement la tête vers elle, pour voir si elle le faisait exprès, si c'était encore une forme de provocation. Pourtant, elle était là, contre lui, regardant les vitrines des magasins sans se soucier de sa démarche. Il regarda à nouveau leurs pas. La confusion avait dû avoir raison de leur cadence qui n'était plus vraiment synchronisée. Une angoisse naquit au fond de lui. Il put la sentir prendre son cœur en otage alors qu'il tentait en vain de la repousser. Mettre des cadenas autour de son cœur était la seule solution pour ne pas se laisser envahir par cette panique irrationnelle de la savoir sur une autre longueur d'onde que lui. Il venait de se rendre compte qu'il avait peur qu'elle soit si compatible avec lui, mais aussi qu'il serait très déçu si elle ne l'était pas. Il devait se ressaisir. Retrouver de l'aplomb et cesser de cogiter sur de telles inepties la concernant.

— C'est sympa cette ambiance particulière des fêtes de fin d'année, tu ne trouves pas ? lui dit-il alors pour faire la conversation.

Kaya regarda le sol, visiblement loin de partager cet avis.

— Je ne suis pas fan des fêtes de Noël. Je ne les fête pas d'ailleurs.

— Pourquoi ça ?

— Parce que je n'ai pas eu forcément de bons souvenirs liés à cet événement. Il n'y a eu que très peu de bons Noëls dans ma vie.

Ethan observa son attitude résolue, mais triste devant son aveu. Il savait que sa famille n'était plus et la mort de son fiancé ne devait pas l'aider à en apprécier l'intérêt. Comment aimer ces fêtes alors que l'on n'a plus de famille pour partager ce moment ? Il n'osa la contredire et se tût. Kaya se rendit compte qu'elle avait un peu étouffé la bonne volonté d'Ethan à faire la conversation avec son ton catégorique sur le sujet.

— Mais je comprends que l'on puisse y attacher de l'importance. Je suppose que tu vas le fêter avec tes parents ?

— Je ne m'y attache pas particulièrement. C'est plutôt ma famille qui y met un point d'honneur... C'est un peu le rendez-vous familial incontournable qui rassure mes parents sur le fait que l'on est bien une famille. On se retrouve tous chez eux, dans leur maison aux États-Unis et on mange comme dix.

Kaya s'arrêta, ce qui obligea Ethan à en faire de même.

— Aux États-Unis ?! répéta-t-elle choquée. Tu... tu es américain !?

— Oui... j'ai la double nationalité. Je suis né français, mais j'ai vécu une partie de ma vie en Amérique.

— J'ose espérer que nous aurons signé d'ici Noël. Je ne voudrais pas être dans l'obligation de faire un repas de famille avec toi comme fausse petite amie à présenter à mes parents. Ils vont me prendre pour un fou. Cindy va s'alarmer et me coller une nouvelle thérapie !

Kaya le dévisagea. Être bel et bien une famille ? Elle savait qu'il avait été adopté, que les trois enfants Abberline avaient été adoptés et donc que les Abberline étaient une famille de substitution en quelque sorte, mais elle commençait à deviner qu'il y avait eu quelque chose de plus sombre aussi dans sa vie passée. Une nouvelle thérapie ? Était-il un garçon ayant eu besoin de séances chez un psy ? Était-ce dans la période antérieure à son adoption ou auprès de la famille Abberline ? Devant le visage perplexe et

réfléchi de Kaya, Ethan se rendit compte qu'il avait fait une gaffe. Il avait trop parlé. Il avait refusé de parler de sa cicatrice sur son arcade sourcilière et le voilà en train de s'épancher sur sa famille. *Pourquoi suis-je allé lui parler de nouvelle thérapie ? Pour qui va-t-elle me prendre ? Crétin, crétin, crétin ! Et après tu ne veux pas qu'elle se pose des questions !*
Kaya s'aperçut qu'il se sentait mal à l'aise tout à coup. Elle comprit que le mieux était de ne pas relancer sur ce sujet. Il n'était apparemment pas prêt à se confier, au vu de l'épisode du fast-food. Malgré cela, il avait parlé un peu de lui et elle était contente, même si c'était non intentionnel.

— Je ne comptais pas me faire inviter. Je suis très bien toute seule. Ne t'inquiète pas.

— Ce serait louche si Laurens venait à savoir que tu ne passes pas Noël avec moi.

— Il est hors de question que je rencontre ta famille. Je n'ai rien à y faire !

— Je suis d'accord. Signons donc vite avec Laurens.

— Tu as eu des nouvelles... A-t-il appelé ?

— Non. Mais on le verra samedi pour le lancement de ma gamme de maquillage lors du gala. Tu auras tout le loisir d'excuser ton comportement d'hier soir.

Kaya souffla pour montrer son mécontentement à ressasser les choses. Ethan ne put s'empêcher de rire. Kaya le bouscula pour qu'il cesse ses moqueries, mais sa main tenant la sienne, elle dut involontairement le suivre un peu dans sa dérive. Ethan rigola de plus belle et la poussa légèrement pour la remettre sur le droit chemin.

— Tu penses être prêt pour samedi ?

— Oui ! On le sera. On n'a pas le choix. Eddy m'a remonté une info qui nous a obligés à avancer la date pour éviter d'être pris de court face à la concurrence qui lorgne sur nos projets. Ça va nous

faire perdre des invités, mais on va jouer sur l'effet de surprise, l'inattendu. Dans un sens, ce n'est pas plus mal, car elle va tomber pile-poil avant Noël, ce qui sera un bon argument de vente. Demain, je risque de ne pas te voir de la journée, ni même de la soirée. Il faut que je sois présent pour m'assurer que tout est OK.
— D'accord.

Ils arrivèrent devant la voiture et Ethan retira leurs mains de la poche de son manteau et lâcha celle de Kaya.
— J'aimerais retourner chez moi avant, si ça ne te gêne pas ? lui demanda-t-elle, un peu confuse. Je voudrais récupérer encore quelques affaires.
— Vos désirs sont des ordres, Princesse ! C'est évident... dit-il de façon sarcastique tout en se laissant glisser sur le siège du véhicule de façon lasse.
— Je n'en ai pas pour longtemps. Arrête de râler. Je ne veux pas finir par me balader à poil dans l'appartement non plus.
Ethan haussa un sourcil, la perspective étant finalement alléchante. Kaya s'offusqua devant son air entendu et le frappa une nouvelle fois.
— Go ! lui cria-t-elle presque comme un ordre. Sale pervers !
— La prochaine fois que je sors avec toi, je me revêts d'une armure ! marmonna-t-il en se massant le bras endolori.

La voiture se gara dans la petite rue donnant sur le bâtiment où se trouvait l'appartement de Kaya. L'éclairage de la ruelle était toujours peu présent. Un frisson parcourut Kaya. Si d'ordinaire, cet appartement était son refuge, elle ressentait une certaine angoisse en le voyant ce soir. Il représentait sa vie : vide, morne, fatigante. Revenir ici lui était en fin de compte plus difficile qu'elle ne l'aurait pensé. Maintenant qu'elle avait pu savourer la joie d'un vrai appartement avec un lit, une télévision, une baignoire avec de l'eau chaude et tous ces petits détails qui font un chez-soi, elle ne put qu'accepter le fait que sa vie était vraiment minable. Il était ce dur retour à la réalité auquel elle devait s'attendre une fois le contrat fini. Sa réalité. Un appartement à l'image de sa locataire.

— Je t'attends ici... lui dit-il un peu froidement.

Kaya hocha de la tête affirmativement et sortit du véhicule, laissant Ethan au volant. Elle monta les marches menant au palier de son *home sweet home*, d'un pas lourd. Elle avait à nouveau froid aux mains. Elle avait rendu le gant à Ethan dans la voiture et se sentait à présent nue. Une sensation qu'elle n'aimait pas. Une nudité chargée d'une impression de solitude qui ne la lâchait pas. Elle inséra la clé dans la serrure et déglutit. C'était son appartement, la plus belle histoire de sa vie, car c'était le cocon qu'elle avait créé avec Adam et pourtant, elle se sentait oppressée par ce qu'il représentait à présent : un loyer en retard, des factures recouvrant le frigo, un lieu sombre éclairé à la lumière de la bougie et sans chaleur. Elle inspira un bon coup et ouvrit la porte. Rien ne semblait avoir changé. Elle fonça vers la bougie et alluma une allumette pour y déposer la faible source de lumière et de chaleur sur la mèche. D'un pas mécanique, elle alla fermer la porte et y posa son front contre. C'était ça, sa vie. Rien d'autre. Elle posa son manteau dans le placard de façon lasse, le temps de récupérer toutes ses affaires. Elle n'avait pas le goût d'arpenter son appartement pour récupérer ce qui lui manquait à la lueur d'une bougie. Elle retourna vers celle-ci et regarda un instant la flamme scintiller. Elle pensa à Adam. Cette flamme, c'était un peu Adam. La seule chose concrète dans cet appartement qui apportait de l'espoir dans ses ténèbres.

— Te voilà enfin !

La voix grave qui venait de résonner dans l'appartement la fit sursauter. Ils étaient tous deux là dans un coin sombre du salon, l'un assis, l'autre debout contre le mur. Phil avait toujours sa cigarette juchée sur son oreille et ce sourire mauvais sur le visage. Quant à Al, son regard vicieux n'ôtait rien au personnage lugubre qu'il présentait aux gens. Petit, sec, mais nerveux. Limite toxico en manque de sa dose. Elle ne les avait pas vus. Comment étaient-ils rentrés ? Comment avaient-ils fait pour rester à côté d'elle sans qu'elle ne s'en aperçoive ?

— Ce n'est pas bien de nous faire attendre... Encore pire de disparaître sans donner signe de vie. Nous avons été obligés de rendre des comptes au patron. Ce n'est pas bien ça, Kaya.

Phil s'avança lentement vers elle. Kaya sentit son angoisse prendre tout son sens, en voyant le visage sombre de Phil s'approcher vers elle, seulement éclairé par la lueur de la bougie.

— Je ne vous ai pas oubliés ! tenta-t-elle d'articuler difficilement. Je ne suis pas partie. Je suis toujours là. J'étais juste... en train de travailler !

— Et ton travail a pris autant de temps, au point de ne plus rentrer chez toi. Me prends-tu pour un idiot ?

Al se mit à glousser derrière.

— Non, non ! dit-elle en bougeant ses mains devant lui et en reculant. J'aurai une partie de mon salaire en fin de semaine. Tu auras mon versement dans la foulée ! Je te le jure.

— Ne me prends pas pour un con ! hurla-t-il alors, énervé par ses réponses. Tu as du retard sur tes versements et tu oses me demander un délai alors que ça fait cinq jours que tu as disparu ? Tu me prends pour qui ?

Phil saisit Kaya à la gorge d'une main et commença à serrer. Instinctivement, elle posa les siennes autour de l'étau qui l'empêchait de respirer pour se dégager, en vain.

— Je te promets de te payer ! bredouilla-t-elle tandis que les larmes commençaient à déborder de ses yeux.

— Les promesses, ça fait bien longtemps que je n'y crois plus. Avec Al, on a une façon bien particulière de rappeler ce qui doit être fait en temps et en heures aux récalcitrants, surtout si ce sont des femmes.

Al ricana et se frotta les mains. Phil projeta Kaya sur le matelas qui se trouvait au sol. Elle n'eut pas le temps de comprendre quoi que ce soit : Al se positionna au-dessus de sa tête et bloqua ses bras avec ses genoux pendant que Phil lui retenait les jambes.

— Pour t'excuser de ton impolitesse, on va s'amuser un peu...

9
Maudite

Elle aurait dû s'en douter. Un moment de repos ne pouvait lui être accordé sans contrepartie. On lui avait tout donné, on lui avait tout repris. Elle savait que le bonheur n'était pas gratuit. Si elle pouvait s'accorder le droit d'être heureuse, elle n'ignorait également pas que ce droit avait un prix. Adam en avait été la preuve. Elle avait été heureuse avec lui ; on le lui avait retiré. Aujourd'hui, ce cercle vicieux avait fini à nouveau sa boucle ; on allait une nouvelle fois lui reprendre cette part de bonheur, somme toute dérisoire, mais certaine qu'elle avait eu en compagnie d'Ethan. Ethan avait été une bouée sur laquelle elle avait pu s'accrocher pour espérer rester à la surface et respirer, mais Phil et Al étaient ces algues qui la tiraient irrémédiablement vers le fond. Après tant de temps, elle n'aurait pas dû être aussi insouciante. Elle les connaissait. Adam en avait fait les frais. Elle aurait dû prévoir leur colère. Elle aurait dû être plus prudente. Elle n'aurait pas dû espérer. L'espoir. Ce sentiment qui vous fait avancer. À quoi bon ? Si c'est pour finir par revenir en arrière et couler à nouveau...

Elle ne pouvait crier ; ils lui avaient bâillonné la bouche. Les voisins ne pouvaient l'entendre. Phil lui avait baissé le pantalon et retiré ses chaussures tandis qu'Al la maintenait immobile. Kaya ne pensait qu'à une seule chose, que la flamme de la bougie s'éteigne. Détail somme toute futile face à ce qui se passait et pourtant, elle ne voulait plus rien voir. Si seulement elle ne pouvait plus sentir ces sales mains sur ses cuisses, si seulement elle pouvait se séparer de son corps... Elle maudissait cette fichue flamme qui la maintenait face à la réalité. Si elle lui avait fait penser à Adam à son arrivée dans l'appartement, tel un phare toujours debout devant les affres de sa vie, elle y voyait maintenant son enfer sur Terre. Elle avait tenté de se débattre, mais à quoi bon ? Phil l'avait frappée si fort qu'elle avait eu l'impression que son ventre avait éclaté en morceaux. Elle avait cessé de gigoter immédiatement. Il n'y avait plus rien à faire, aucune solution possible, aucune échappatoire envisageable.

— C'est vraiment dommage pour toi Kaya, mais ça ne l'est pas pour moi, tu sais. Tu as une peau très douce.

Elle pouvait sentir les doigts de Phil effleurer sa peau. Ils allaient et venaient le long de sa cuisse, prenant bien leur temps au moment où ils s'attaquaient à l'intérieur de ces dernières. Un frisson de dégoût lui donnant la chair de poule la saisit. Une sensation si désagréable qu'elle repensa à Alec dans le Silky Club. Même façon de se servir de son corps sans son autorisation, sous la menace. Même écœurement, même constat d'impuissance. Elle se détestait d'être aussi faible. Passer du temps avec Léo, à apprendre les bases de self-défense au dojo, n'avait servi à rien.

Puis, elle pensa à ses prières pour qu'Ethan vienne une nouvelle fois la sortir de là. Et dire que tout se passait ici, alors qu'il était juste à côté, dans la voiture. Il ne suffisait de pas grand-chose. Gagner un peu de temps pour qu'il s'agace et monte voir ce qu'elle fichait. Juste un peu plus de temps.

Phil sortit alors son couteau de sa veste. Aurait-elle vraiment ce temps en plus ? Elle finit par en douter quand ses yeux remarquèrent la lame tranchante du couteau. Tout allait vite et pourtant, une sensation d'éternité l'accablait. Comme une bulle spatio-temporelle dans laquelle elle se trouvait et qui donnait une perception de longueur monotone, alors qu'à côté, la réalité passait bien plus vite. Il fit briller la lame de son couteau à lueur de la bougie et vérifia si celle-ci était suffisamment aiguisée en passant son pouce dessus, avec un sourire diabolique. Elle ne pouvait bouger ni même négocier. Le bâillon l'empêchait de bien respirer et la peur qu'elle ressentait ne l'aidait pas. Elle suffoquait. Le poids d'Al sur ses bras et son corps au-dessus de sa tête lui engendrait une sensation d'étouffement que la pièce obscure accompagnait. Tout se troublait autour d'elle. La douleur dans son ventre, l'air manquant, les larmes ne demandant qu'à quitter ses yeux et l'oppression de ces deux hommes sur elle provoquèrent un engourdissement qu'elle n'arrivait pas à repousser. Elle ne devait pas s'évanouir, mais se battre, même si cette idée finalement la séduisait. Ne plus être consciente allégerait sa peine, son traumatisme. Ne plus rien voir, ni ressentir. Se déconnecter du monde quelques heures le temps que cela passe. Mais lorsque Phil coupa net avec son couteau la dentelle de sa culotte, elle comprit que son corps la maintiendrait éveillée, qu'il lui rappellerait chaque sensation jusqu'à la fin de ses jours. Une croix qu'elle devrait porter jusqu'à sa mort, à moins que celle-ci n'arrive plus vite que prévu. En fin de compte, elle l'espérait. Elle n'attendait que ça, que la Grande Faucheuse vienne la chercher et qu'elle puisse enfin retrouver Adam. C'était la seule solution qui lui plaisait pour ne pas être rongée ensuite par le désarroi d'avoir été souillée. Elle pourrait enfin être en paix, loin des tracas de cette vie pourrie qu'elle acceptait avec fatalisme. Pourquoi continuer de vivre une vie si dure ? Comment dire que la vie est un cadeau magnifique, un bonheur dont on doit être reconnaissant, après de tels malheurs ? Le bonheur, c'était Adam. C'était ses lèvres sur les siennes, son nez contre son cou, ses mains contre son torse. C'était la douceur et la sécurité. C'était son sourire et ses yeux bleus qui la regardaient avec amour. Ses larmes se mirent à couler le long de ses joues. Adam. Elle repensa à tous ces moments à deux, dans le lit. Puis leur emménagement ensemble, la dispute d'Adam avec ses propres parents pour pouvoir rester avec elle, sa demande en mariage si particulière. Adam. Elle voulait le retrouver. Ce fut une évidence qui lui transperça le cœur. Elle voulait en cet instant juste mourir.

Phil lui avait retiré sa culotte sans qu'elle ne résiste. Sa douleur dans le ventre et celle qu'Al exerçait contre ses bras avec ses genoux l'avaient rendue amorphe. Al se mit à ricaner, telle une hyène devant un morceau de chair. Phil lui écarta les jambes sans ménagement. Le pouls de Kaya s'accéléra, provoqué par la panique. Il n'y avait plus de doute maintenant, c'était fini : il allait la toucher, la violer.

Elle ferma les yeux. C'était ce qui lui semblait être la seule solution. Fermer les yeux pour ne plus voir la lueur de la bougie sur le visage mauvais de Phil. Al commença à palper sa poitrine par-dessus son vêtement, toujours à califourchon au-dessus de sa tête, tout en geignant de plaisir. Puis, tout à coup, il tira d'un coup sec vers lui le pull et cacha le visage de Kaya avec. La terreur s'installa en elle et elle cria, elle hurla, tentant de gesticuler en vain. Ses cris s'étouffèrent dans le tissu et les sanglots restèrent coincés dans sa gorge, ne pouvant les libérer à cause de sa bouche obstruée par le bâillon. Al fit davantage poids sur elle pour la maintenir fermement contre le matelas sur lequel ils l'avaient poussée.

— N'aie pas peur, lui dit Al de façon doucereuse. Ça va te plaire.

Phil rit devant la remarque de son ami et glissa la lame du couteau au milieu de sa poitrine. Il sectionna le soutien-gorge de la jeune femme en son milieu, d'un mouvement sec. Al, tel un loup affamé, s'empressa alors de poser ses mains sur ses seins. Kaya pleurait toutes les larmes de son corps et pourtant avait la sensation que rien ne sortait, que sa tristesse était étouffée par son bâillon et son pull. La panique la faisait haleter. Elle n'arrivait plus à respirer correctement. Son cœur frappait contre sa poitrine, comme emprisonné et ne demandant que la liberté. Elle était fatiguée. Phil posa ses mains sur son aine et l'agrippa de chaque côté, pressant bien ses pouces dessus pour la maintenir. Il dériva ensuite vers son pubis qui se trouva encerclé bientôt par ses doigts. Kaya arracha un gémissement de tristesse quand il effleura sa féminité. Al le regardait faire avec délectation tandis que Phil était absorbé par ce qui allait suivre. Il glissa son pouce contre la chair de son clitoris et commença à le caresser. Kaya poussa un gémissement guttural, cri coincé par la crispation et la peur. Peur du maintenant, peur de l'après, peur de tout.

— Allons Kaya, pleurer ne résoudra rien. Réfléchis plutôt à la manière dont tu vas régler ta dette. En y réfléchissant, est-ce vraiment une punition ? Profite autant que nous ! Si ça avait été le patron, tu aurais morflé bien plus avant. On est plutôt sympa avec t...

La porte de l'appartement s'ouvrit. Phil se tourna et Al releva la tête vers la porte…

Ethan s'impatienta au bout d'une demi-heure. Il ne cessait de regarder la porte d'entrée de l'appartement. S'il y allait, il passerait pour un râleur et un impatient. Il ne voulait pas lui donner la joie de le lui rappeler. Il soupira, se rendant compte que ce n'était pas la première fois qu'il était devant chez elle, dans la voiture, à l'attendre. Il se sentit étrangement blasé. Rien n'avait évolué ; elle le menait toujours par le bout du nez. Toujours là à l'attendre, à espérer quelque chose d'elle. Toujours cette tergiversation impatiente de la voir venir à lui ou pas. Son tableau de bord était propre cette fois. Il ne pouvait passer plus ses nerfs dessus. Il observa une nouvelle fois de sa place, au loin, la porte de son appartement. Il devait relativiser. Il le savait. S'agacer sur de telles futilités quand il s'agissait de Kaya ne le mènerait à rien. Il posa un instant ses mains sur le volant et laissa aller son front contre, puis ferma les yeux.

Elle va arriver... Oui, elle va arriver.

Au bout d'une minute à tenter de parfaire sa séance de yoga improvisée pour se calmer, il releva la tête et sortit en trombe de la voiture. L'action, il n'y avait que ça de vrai ! Elle allait entendre parler du pays ! Il dévala les escaliers extérieurs menant à son perron et entra sans trop réfléchir, ni vraiment prêter attention aux choses.

— Putain, qu'est-ce que tu f...

Sa phrase resta en suspens quand ses yeux rencontrèrent ceux de deux hommes au milieu de ce qui semblait être un salon avec un matelas contre un mur. Il resta figé, la main sur la poignée de la porte quelques secondes. Il crut sur le coup à une hallucination. Le genre de mirage glauque que l'on retrouvait dans certains films violents. L'obscurité, une flamme de bougie, deux hommes sur une femme, les jambes écartées. Un spectacle qu'il n'aurait jamais pensé voir en ouvrant la porte. Un spectacle qu'il s'était juré de ne plus revoir. Un spectacle qui pourtant le blessait à nouveau, car ce n'était encore une fois pas n'importe quelle femme. C'était une femme partageant sa vie. Il pouvait entendre ses pleurs meurtris. Il pouvait deviner ses tremblements. Encore une fois, il sentait son impuissance face à ce qui se passait. Il arrivait trop tard. Il était toujours là quand le mal était déjà fait. Il la revoyait là, dans ce qui leur servait de taudis, avec ces deux hommes. La seule différence était qu'elle n'avait pas le visage couvert comme Kaya. La seule...

Ethan lâcha la poignée de la porte et se redressa. Non, les choses étaient différentes. Il n'était plus comme avant. Il avait changé, il avait évolué. Il était devenu plus fort. Il avait grandi. Son regard s'obscurcit immédiatement. Les choses étaient différentes, car cette fois-ci, il était davantage de taille pour se battre. Il avait gagné en puissance, en dextérité. Il s'était forgé un corps capable de contrer toutes les attaques, de ne pas s'étaler comme un vulgaire moucheron contre un mur.

Un silence lourd régnait dans l'appartement. Seuls les pleurs étouffés de Kaya résonnaient. Phil lâcha Kaya et se leva. Il se lécha le doigt, imprégné de l'odeur de sa proie et fit face à Ethan.

— T'es qui, toi ? lui lança Phil avec un sourire mauvais. Tu nous avais caché que tu avais remplacé Adam, Kaya ?!

Il se tourna vers Kaya, immobile et toujours à la merci d'Al, ignorant tout de ce qui se tramait entre Ethan et Phil. Trop acculée par sa peur pour penser à répondre et toujours le visage caché par son pull, elle n'avait sans doute même pas réalisé l'arrivée d'Ethan.

— Tu m'excuseras mon pote, mais on est en train de régler deux, trois détails avec ta copine donc il vaut mieux que tu attendes dehors. C'est dans ton intérêt.

Phil lui fit miroiter son couteau. Ethan ne flancha pas. Ses poings se fermèrent et son cœur se resserra, se transformant lentement en une énorme pierre dure, incassable. Un poids dans sa poitrine tellement marquée par la souffrance, que le rendre imperméable à toute tristesse était son seul salut. S'endurcir. Ne plus rien ressentir. Pas de sentiments, pas de pitié. Avoir suffisamment de recul pour ne pas être affecté et le regretter. Ses pupilles se rétractèrent ; son regard se fit noir, balayant toute émotion pouvant le trahir.

Il se retrouvait subitement replongé en enfance. Il la revoyait avec ces deux hommes, en train de profiter de son corps. Sa mère ne les empêchait pas, mais il voyait qu'à son visage, cela ne lui plaisait pas des masses. Ils étaient là à la peloter, à la prendre sans vergogne, à ricaner. Cela arrivait souvent. Des hommes sur elle, réguliers ou différents, se servant de son corps. Elle se justifiait en disant qu'ils étaient gentils, mais il voyait bien que sa mère n'était pas heureuse. Ces hommes lui donnaient de l'argent pour qu'ils puissent manger. C'était le but. Mais il n'aimait pas l'idée qu'elle puisse être malheureuse. Elle n'aimait pas ça. Il le savait, mais l'enfant qu'il était ne pouvait pas grand-chose. Il avait pourtant essayé...

 C'était lorsqu'il était rentré une fois de l'école, avec un sourire jusqu'aux oreilles, car il venait de ramener un dix sur dix en maths... Sa fierté s'estompa quand il vit ce spectacle blessant son jeune cœur. Il était entré dans la chambre avec cette peur viscérale pour elle et elle lui avait dit : « Mon chéri, veux-tu m'attendre dehors s'il te plaît ? ». Il avait bredouillé un « mais... » inquiet. Elle lui avait alors souri en lui disant que tout allait bien, qu'elle allait vite le rejoindre. Encore une fois, tout allait bien... Et il devait la croire... Il était alors sorti et avait attrapé sa batte de base-ball que Stan lui avait offerte. Puis, il était entré à nouveau dans cette pièce de débauche et avait hurlé « Lâche ma mère ! » sur un des gars tout en frappant. Si son coup avait été fort, celui qu'il eut en réponse l'avait été encore plus. Il avait atterri contre un des murs de la pièce, à moitié sonné. Il avait pu entendre vaguement ensuite les excuses de sa mère auprès de ces deux hommes, la promesse que cela ne se reproduirait plus.

 Sa mâchoire se serra. Cela s'était reproduit. Plusieurs fois, il avait essayé de la sauver. Et toujours le même sourire désolé sur le visage de sa mère après. Toujours cette perpétuelle vision d'hommes qui défilaient dans son lit.

 Il baissa les yeux vers Kaya et sourit de la même manière. Si à l'époque, il avait été triste de ne pas pouvoir aider sa mère, il l'était encore aujourd'hui, car il s'était contenté de rester dehors, à attendre... encore une fois...

— Il fait trop froid dehors, donc je reste. Mais par contre, c'est vous qui allez sortir.

— Voyez-vous ça ! Tu entends, Al ! Il nous provoque, ce fou ?

— Tu ne manques pas de cran ! fit Al. Il a un couteau, nous sommes deux et tu prétends pouvoir nous sortir d'ici.

Tous deux se mirent à ricaner. Ethan souriait toujours. Ce n'était à l'évidence pas du bonheur ni de la joie, mais un sourire triste. Une autre personne, une autre femme, mais un même constat.

— Je ne sais pas si c'est de la folie, mais si je sors, c'est moi qui m'ouvrirais la poitrine avec un couteau...

Une sentence qui paraissait logique dans sa bouche. Il sentait encore son cœur s'alourdir ; la pierre devenait plomb.

— Laisse-moi t'épargner cette peine ! lui asséna Phil tout en se jetant sur lui avec son couteau.

Il donna plusieurs coups qu'Ethan esquiva sans mal et qui finirent dans le vide. Son regard devint plus sombre encore, quand une ouverture s'offrit à lui pour contre-attaquer. Il l'attrapa par le poignet et l'envoya alors valser contre la porte d'entrée, tête la première. Le choc fut suffisamment important pour que Phil titube, sonné. Al enjamba Kaya et se mit en position pour se préparer au combat. Ethan baissa la tête de côté. Aucune émotion ne ressortait de son visage. Son sourire avait disparu. Pas de peur, pas de doutes, rien. Une impassibilité qui interloquait Al, voyant que son ami était déjà bien amoché par sa lutte contre lui.

— Tu as un regard que j'ai déjà vu. Ce vide en toi, je le connais. Tu connais le milieu, pas vrai ?

Ethan l'ignora et retourna s'occuper de Phil qui se secouait la tête pour se ressaisir. Son couteau était au sol, perdu lors de son impact contre la porte. Ses mains étaient couvertes de sang. Il comprit qu'il saignait de la tête, mais n'eut pas le temps de réagir : il se sentit partir sans retenue dans un coin du salon et s'étala mollement contre un des murs. Ethan ouvrit la porte d'entrée et

donna un grand coup de pied au couteau qui passa par-dessus le balcon servant de palier. Puis, il attrapa à nouveau Phil, par le col cette fois-ci. Incapable de retrouver entièrement l'équilibre, il se laissa éjecter sans résistance sur le perron. Ethan se tourna ensuite vers Al, son regard toujours aussi lugubre.
— Dehors ! ordonna sèchement Ethan, les sourcils froncés.

Al n'aimait pas qu'on lui donne des ordres, surtout venant d'un type dont il ignorait tout. Même si son regard noir ne lui disait rien de bon, il n'était pas le sbire de Gianni Barratero pour rien ! Il jeta un œil vers Phil qui ne cachait plus sa rage de s'être fait rétamer et qui se relevait tant bien que mal sur le palier. En un sourire complice, ils attaquèrent ensemble Ethan, bien décidés à avoir le dernier mot. Ethan contra Phil en bloquant son bras, puis prit appui sur lui pour frapper du pied le ventre d'Al. Celui-ci se plia en deux sous la force du contact. Alors que l'attention d'Ethan était sur Al, Phil enchaîna un coup de poing de sa main libre, qui toucha sa cible. Un sourire se dessina sur son visage. Ethan le lâcha et perdit légèrement l'équilibre sous l'impact. Il se frotta la joue et les regarda avec haine.
— On est froissé ? lança Phil, ravi de l'avoir touché.
Ethan vérifia s'il saignait en passant son pouce sur ses lèvres.
— Tu as un coup de poing de fillette !
Phil grinça des dents devant la provocation. Ethan regarda Al un instant.
— C'est ça, les caïds du milieu ? Pfff ! Vous avez encore du travail !
Sentant leur sang bouillir dans leurs veines, Al et Phil lancèrent une nouvelle attaque simultanée. Ethan se mit à sourire tout à coup. Phil et Al se trouvèrent décontenancés par ce sourire, alors qu'ils étaient en plein assaut. Un sourire vil. Un sourire funeste. Un sourire diabolique. Un sourire malsain.

Ethan plia ses genoux, pour bien s'ancrer au sol. D'un bras, il para le poing d'Al qui dévia sa route pour trouver le vide pendant qu'il armait son autre bras pour balancer un coup de poing dans le visage de Phil.

— Voilà un vrai coup de poing ! lui cria-t-il avec rage, presque possédé.

Phil recula et tomba sur les fesses. Ethan avait dû lui casser une dent, car il saignait de la bouche. Al laissa parler sa colère et enchaîna les tentatives de coups de poing. Ethan évita, para avec une aisance qui ne faisait que renforcer la colère d'Al et donc sa maladresse. Ethan finit par lui saisir son bras et lui murmura :

— Et si je te pétais le bras ?

Sa proposition ne trouva d'écho que dans son acte. Il tira vers le bas son bras et donna un grand coup de genou dedans. Al poussa un hurlement de douleur et se plia à nouveau en se tenant son membre. Ethan en profita pour lui donner un coup de pied aux fesses. L'homme de main tituba vers la porte d'entrée et s'étala finalement sur le perron. Phil n'attendit pas son reste et se précipita vers la porte d'entrée, relevant comme il put son acolyte gémissant.

— On n'en a pas fini avec elle ! lui déclara-t-il alors, véhément, tout en soutenant son ami avant de disparaitre.

Ethan regarda un moment la porte d'entrée par où le froid s'engouffrait. Sa montée d'adrénaline l'avait porté vers une excitation dans laquelle il trouvait encore de la frustration. Deux hommes ne lui suffisaient pas. Il était tellement à fleur de peau qu'il aurait pu être un soldat de péplum, se battant pour son royaume dans une guerre où son armée n'avait pas l'avantage du nombre. Il se souvint d'une époque où ces montées d'adrénaline étaient si bienfaisantes, où il se sentait rempli, plus serein, plus vivant. Il aimait la baston. Il aimait prendre des coups et surtout en donner. Le taekwondo lui permettait de se défouler tout en améliorant sa technique, mais l'absence de cadres lui manquait aussi parfois. Une époque vécue où peu importait le résultat tant qu'il pouvait se défouler, exulter sa colère, exprimer par les poings son désarroi. Donner des coups ou en recevoir, c'était le seul prétexte à son autodestruction.

Les pleurs de Kaya, toujours prostrée avec son pull retourné sur sa tête lui firent reprendre pied. Il la regarda, recroquevillée et immobile, et la panique le submergea tout à coup. Son cœur si lourd trembla pour elle. Il n'avait pas eu peur un instant devant ses deux agresseurs, mais face à elle, il était pétrifié.

Il ferma la porte, retira son manteau et tourna sur lui-même, cherchant comment réagir.
— Putain... Je ne sais pas consoler... se lamenta-t-il alors, en ne sachant quoi faire.

La vérité était qu'il ne voulait pas consoler. Consoler signifiait livrer une partie de soi pour l'autre. Faire preuve d'une abnégation totale de soi pour apaiser l'autre, mais dont le revers de la médaille pouvait être encore plus douloureux, car personne ne viendrait vous soulager en contrepartie. Il savait consoler. Trop bien. Mais il était hors de question de replonger dans ses vices. Et pourtant, il avait failli. Au Silky Club, il s'était laissé aller. Dans ces vestiaires, il avait ouvert une brèche dans ses convictions : il l'avait touchée pour la réconforter. Il avait oublié toutes ses mesures de défense. Elle l'avait foudroyé en un regard et il avait agi comme avant. Il avait utilisé son corps pour apaiser leurs peines. Kaya était en train de le replonger dans le passé, faire remonter à la surface des détails qu'il voulait oublier.

Il savait qu'il devait la prendre dans ses bras, la rassurer en lui disant que c'était fini, que tout allait bien, mais il s'y refusait, car il ne s'en contenterait pas. C'était prendre le risque de revenir en arrière et retrouver ses vieux démons. Pas d'étreintes, pas de mots doux, pas de promesses. Et pourtant, seulement l'action de ses doigts avait suffi pour qu'il reparte dans ses travers dans les vestiaires de ce foutu club...

Ne surtout pas consoler...

Il tomba à genoux devant Kaya, complètement dans la détresse. Lentement, il s'approcha d'elle. Elle trembla davantage en sentant le matelas s'affaisser sous son poids. Tout doucement, il lui retira le pull de son visage puis le bâillon, elle-même n'ayant pas percuté qu'elle pouvait à présent retrouver l'usage de ses mains, Al n'étant plus sur elle. Elle poussa un cri et cacha son visage dans ses bras.

— La lumière ! La lumière, c'est la réalité. Il ne faut pas la voir. Il faut rester dans l'obscurité pour ne pas voir les ombres danser sur les murs.

Ethan fut tétanisé par l'attitude de Kaya. Elle était sous le choc, répétant son délire sur la lumière encore et encore. Il regarda la bougie sur le comptoir. Il se leva et en profita pour mieux voir l'appartement. Quatre murs. Seulement quatre murs. Pas de meubles, pas de décorations. Des murs blancs, un rideau opaque à la fenêtre menant sur le balcon. Un comptoir, mais rien dessus, même pas une corbeille à fruits. Seul le réfrigérateur appelait son attention. Il pouvait y deviner des factures. Un bon paquet. Il la regarda à nouveau, toujours dans son traumatisme, allongée sur ce matelas qui devait lui servir de lit. Il repensa à son besoin d'argent, à la colère qu'elle avait éprouvée contre lui quand il l'avait fait virer, à sa façon de négocier le moindre sou. Il comprit en voyant cet appartement que son niveau de vie était bien loin du sien, qu'elle était vraiment aux abois, qu'il était vraiment qu'un connard à s'être entêté contre elle.

Il attrapa alors la bougie et la déposa au sol, juste devant Kaya. Celle-ci hurla et tenta de reculer le plus loin possible, mais Ethan s'allongea derrière elle sur le matelas et la bloqua. Il la prit dans ses bras et la serra contre lui, refermant sur eux la couette qui était abandonnée au sol, à côté du lit de fortune. Kaya cria à nouveau, se sentant à nouveau prisonnière et à la merci de quelqu'un. Elle gesticula pour se dépêtrer de son étau, mais Ethan ne lâcha rien. Il tenta de se raisonner : la prendre dans ses bras, ce n'était pas mal. Tant qu'il n'allait pas plus loin, tout irait bien.

Juste ne pas aller plus loin...

— Calme-toi Kaya. Tu n'as rien à craindre avec moi, murmura-t-il. Chuuuutttt.

— La lumière ! Il faut éteindre la lumière ! cria-t-elle dans son sanglot. La réalité, je ne veux plus voir... Fermer les yeux, c'est mieux. L'obscurité, c'est l'oubli. Oui, il faut oublier ! Éteindre la lumière pour être enfin heureuse... Fermer les yeux pour éteindre la lumière et ne plus rien sentir, ne plus voir personne...

— Regarde Kaya, ce n'est pas la même lumière... lui chuchota-t-il à l'oreille doucement.

Il lui caressa les cheveux tendrement pour qu'elle s'apaise, qu'elle retrouve la raison.

— Ce n'est pas la lumière sur le comptoir, ça en est une autre. Elle est à côté de nous. Ouvre les yeux s'il te plaît. La flamme est chaude et douce. Tu la sens ? Regarde comme elle est belle.

Kaya secoua la tête négativement, refusant de l'écouter et de le croire. Ethan chercha les mots justes, pouvant la ramener à lui, pouvant lui faire comprendre qu'elle était en sécurité. Dans un élan de tristesse, mélangé toutefois d'espoir, il lui chuchota alors :

— C'est ma réalité. Tu n'as rien à craindre dans ma réalité.

Kaya ouvrit les yeux doucement. Elle regarda la flamme scintiller sous ses yeux. Ethan continua à lui caresser les cheveux tandis qu'il souriait, heureux de la voir par-dessus son épaule.

— Tu vois comme elle est tranquille ? Regarde... C'est mon

jardin secret maintenant... Tu te souviens ?

— Elle va faire apparaître les ombres sur les murs... murmura-t-elle fatiguée, tout en se rongeant les ongles.

— Impossible ! C'est ma caverne. On n'y entre pas facilement ! Il faut mon autorisation ! Elles ne rentreront pas si je ne le veux pas.

Il resserra son étreinte d'un bras autour de sa taille et les recouvrit tous deux un peu plus avec la couverture.

— C'est mon cocon et personne ne peut nous déranger.

Kaya regarda la flamme se mouvoir dans l'obscurité de l'appartement, envoûtante, intrigante, fascinante à présent.

— Ils ne vont plus me faire du mal ?

Ethan s'arrêta un instant de lui caresser la tête.

— Non, ils ne te toucheront plus. Je suis là. Je reste près de toi.

Elle se mit à pleurer de plus belle, la panique faisant place au soulagement. La voix tranquille, rassurante, détachée d'Ethan, réussissait à l'apaiser. Ce dernier la retourna lentement pour la prendre contre lui. Elle se colla contre son torse, mais en cet instant, tout ce qu'il souhaitait, c'était qu'elle lui fasse confiance et qu'ils retrouvent leurs habitudes. Il lui caressa l'arrière de la tête pour la rassurer, lui montrer qu'il était là. Kaya lâcha complètement les vannes, ne pouvant plus contenir toute sa peur et sa tristesse. Elle pleura encore et encore. Plus elle exprimait sa tristesse, plus elle se collait à Ethan. Bientôt, elle passa ses bras autour de son cou et l'agrippa avec force, comme pour s'assurer que même le vent et les marées ne lui feraient pas quitter son cou. Ethan lui déposa alors des baisers légers sur son front et sa tempe.

— C'est fini... lui chuchota-t-il. Je ne pense pas qu'ils reviennent de sitôt.

Sortant de son apathie, Kaya lui fit alors face ; son regard était inquiet malgré les larmes.

— Ils vont s'en prendre à toi ! Tu es en danger. Il ne faut pas que tu restes avec moi !

— Calme-toi. Tout va bien.

— Non ! dit-elle fermement en repoussant la main caressant sa joue. Adam m'avait dit la même chose et il...

Un sanglot étouffa ses mots.

— Je ne suis pas Adam.

— Ils vont revenir et s'attaquer à toi pour m'atteindre. Il te faut m'éviter. Je dois rompre le contrat.

— JE NE SUIS PAS ADAM ! affirma-t-il en haussant la voix et en saisissant cette fois de ses deux mains ses joues, et collant son front et son nez contre le sien pour qu'elle lui fasse bien face.

Kaya fut surprise par sa brusquerie soudaine, mais si affectueuse.

— Ne me compare pas à lui ! dit-il moins fort, mais toujours agacé. Regarde autour de toi ! Tu les vois ? Non ! Évidemment ! Je m'en suis chargé ! Ils sont repartis la queue entre les jambes. J'ai même cassé le bras de l'un d'entre eux ! Il ne m'arrivera rien. Ne t'inquiète pas.

Les larmes de Kaya dévalèrent ses joues sans qu'elle ne puisse les retenir.

— Ils reviendront plus nombreux, Ethan. Tu ne fais pas le poids seul. Je t'en prie, il faut que tu m'évites. Tu ne sais pas à qui tu as affaire. S'il venait à t'arriver quelque chose à toi aussi, je...

Ethan lui caressa le bout du nez avec le sien et la regarda plus tendrement.

— Et bien, dis-moi qui sont ces types. Raconte-moi tout, pour que je puisse évaluer moi-même le danger !

Kaya tourna la tête et se détacha de ses mains. Elle savait ce qu'il cherchait à faire...

— Non, je ne veux pas que tu sois davantage impliqué. Cela ne te regarde pas.

— Kaya.... lui lança-t-il d'un ton plus menaçant, mais gardant toujours avec insistance les mains sur ses joues, malgré son rejet. Je crois que c'est un peu tard. En signant ce contrat, tu es entrée dans ma vie, mais je suis aussi entré dans la tienne.

— Non ! Je peux encore changer les choses. S'il te plaît...

Elle lui lança un regard implorant qui ne trouva pas la pitié qu'elle espérait. Il voulait savoir. Pourquoi ces gars en avaient-ils après elle ? Pourquoi sa vie était-elle si austère et par-dessus tout, comment Adam était-il mort ? Était-ce à cause de lui qu'elle vivait ainsi ? Comment avait-il pu lui infliger ça ? Comment pouvait-elle encore l'aimer ?

— Très bien, puisque tu ne veux rien me dire, je vais devoir moi aussi devenir méchant...

— Quoi ? chuchota-t-elle, tout à coup paniquée par ses propos. Que vas-tu faire ?

Ethan adopta son visage taquin : sourire malicieux, sourcil relevé, qui indiquait que le jeu allait commencer. Elle vit quelque chose bouger sous la couverture, puis soudain sentit un pincement à son téton.

— Ne me touche pas ! fit-elle scandalisée, tout en prenant de la distance et se cachant la poitrine sous la couverture avec ses bras, qui quittèrent le cou d'Ethan précipitamment. Qu'est-ce qui te prend ?

— Alors ? Je continue ? Moi aussi, je peux devenir méchant. N'oublie pas, je peux être un vrai connard si je veux ! Parle !

Kaya déglutit, mais ne pipa mot. Il ne pouvait que plaisanter. Il n'irait pas aussi loin dans la provocation. Pas après ce qu'elle venait de vivre. Ce n'était pas possible qu'il joue à ce genre de jeu. Elle ne voulait pas le croire capable d'une telle intention. Ethan se mit à sourire devant son petit courage et son incrédulité, malgré sa triste expérience. Elle avait protesté. Pas de façon violente certes, mais elle avait réagi. Il lui restait encore un peu de volonté pour résister, pour protester, pour ne pas se laisser faire. Il l'admirait, mais surtout s'en ravit, car le principal de leur relation était toujours là : tenir tête à l'autre coûte que coûte. Pouvait-elle être comme ça avec quelqu'un d'autre ? Était-ce seulement lui qui la poussait à trouver cette force au plus profond d'elle pour lui résister ? Pouvait-il espérer être le déclencheur de son assurance qu'elle mettait à profit à chaque fois qu'elle était poussée à bout ? Il aimait son caractère fort. Sa façon de se relever à chaque fois. De garder la tête haute quoiqu'il arrivait face à l'imprévu ou au malheur. Ce soir encore, elle avait encore une once de volonté pour lutter à nouveau et ne pas accepter la fatalité. Ce simple fait le rassura. Elle était choquée, mais gardait encore de l'entêtement pour faire face. Tout n'était donc pas perdu.

— Tu ne me ferais pas ça... Pas après eux... lui dit-elle, inquiète, mais confiante.

— Je peux être prêt à beaucoup de choses pour obtenir des réponses. Alors, parle.

Kaya ne lui donna pas raison. Entre parler et le sauver ou protéger sa vertu, le choix était vite fait : elle toucherait sa compassion et il cesserait. Aucune option était envisageable. La voyant toujours douter sur ses objectifs, Ethan réajusta la couette qui les couvrait et lança son second assaut en posant ses mains sur ses fesses, toujours nues sous la couverture. Il avait besoin de la retrouver. Retrouver leur jeu, leurs provocations, leurs chamailleries. Il voulait retrouver sa combattivité et s'assurer qu'elle allait bien. Elle devait se défendre, le frapper comme d'habitude puis, au mieux, cracher le morceau sur l'identité de ces gars. Kaya ferma les yeux et se mordit la lèvre, mais ne bougea pas, ni ne protesta. Devant son manque de résistance, Ethan se trouva alors comme un idiot. Il avait ses mains plaquées sur les fesses de Kaya, celle-ci collée à lui et voilà. Pas de rejet, pas de sentiment vraiment offusqué, pas de reproche et encore moins de révélations. C'était pire que la première attaque. Reculait-elle finalement ? Il ne sut comment interpréter son inaction : déni, provocation, résignation, invitation ?

— Euh Kaya... Tu es censée me frapper, me traiter de connard, puis tout me déballer, là ! C'est de la torture, ce que je te fais ! Bats-toi, quoi ! Fais quelque chose, bon sang ! Bouge ! Frappe-moi, au pire !

— Ta technique pour me faire parler est obsolète. Je ne te dirai rien. Et je n'ai plus la force de me battre avec qui que ce soit. Pas ce soir... Mais si je peux encore sauver ta vie en te protégeant par mon silence, je le ferai... Je préfère encore sentir tes mains sur moi que celles de Phil et Al, s'il le faut ! fit-elle alors d'une toute petite voix. Tant que je ne te mets pas en danger, ce n'est pas grave. Ce ne sera pas la première fois que tu me touches... Quoi qu'il en soit, je ne parlerai pas !

Il ignorait si elle se rendait compte de l'ampleur de ses propos, mais lui s'en trouva confus. Il ne savait s'il devait garder ses mains en place ou les retirer. Pire que cela, il se savait en train de rougir. Les battements de son cœur s'accélérèrent tout à coup.

— Kaya, tu analyses ce que tu viens de me dire ou pas ? Car on pourrait presque croire à... euh... une... invitation à continuer ?

Kaya cacha son visage entre leurs deux poitrines, gênée. Mais son silence confirma son impression. Malgré la faible lueur de la bougie, il devinait qu'elle aussi était confuse.

— Te crois-tu vraiment capable d'être plus connard qu'eux deux réunis, dis ? lui murmura-t-elle toujours sans oser le regarder. Tu es plus doux qu'eux, non ? Tu ne me ferais pas de mal. Surtout pour atteindre un tel objectif... Je n'arrive pas à croire que tu puisses forcer quelqu'un.

Kaya se rendait compte qu'elle était en train de jouer avec le feu, que ses questions mettaient en avant un constat que chacun des deux se refusait à accepter réellement : une certaine familiarité.

Il pouvait être un vrai connard, elle n'en doutait pas. Mais elle se sentait bien plus apaisée depuis qu'il l'avait rassurée, depuis qu'il l'avait prise dans ses bras et qu'il lui avait caressé les cheveux. Elle avait senti sa chaleur se répandre autour d'elle. Une chaleur si douce, si réconfortante qu'elle en voulait encore, juste pour être un peu plus réconfortée. Même si c'était lui. Ethan. Son pire ennemi depuis une semaine.

Ethan sentit le doute prendre de l'ampleur en lui. Elle le trouvait « doux ».

Depuis quand suis-je « doux » ? Putain non ! Ne me dis pas que je suis gentil ! Surtout pas toi !

Si la gentillesse était devenue pour lui un défaut, pour elle cela semblait être une aptitude appréciable. Elle ne le repoussait plus avec autant de ferveur qu'à ses débuts. Elle commençait à cerner une de ses pires faiblesses. C'était tellement improbable venant d'elle et de leurs défis permanents, qu'il ne savait quoi dire. Quand avait-elle senti sa douceur, sa gentillesse ?

Et merde... tu es un connard, un enfoiré ! Mais effectivement, je ne suis pas non plus un salaud... Je ne peux pas la violer ! Mais je ne suis pas un gentil non plus ! Je ne dois pas l'être !

Être un connard. Ce mot avait une connotation négative. Cela lui convenait. Au moins, il la tenait un minimum à distance avec ce statut. Mais avait-on déjà vu un connard doux ? N'y avait-il pas un paradoxe ? Son refus de la consoler était en train de lui exploser en plein visage et de lui dire « qu'est-ce que tu attends ? Vas-y ! Agis en vrai connard, maintenant que tu t'évertues à le revendiquer ! Puisque tu n'es pas un gentil, prouve-le vraiment ! Continue de l'agresser, crétin ! » Oui, il était un connard. Un vrai de vrai... enfin, jusqu'à une certaine limite !

— Et bien... ça dépend... répondit-il, incertain de ses réponses et de plus en plus inquiet par le doute qui s'installait en lui. Il faut voir ce qu'ils ont fait pour que.... je puisse juger si je peux... faire pire. Sa bouche se fit tout à coup plus pâteuse. Il avait du mal à retrouver une contenance. Leur discussion avait pris une nouvelle tangente qu'il n'aurait soupçonnée. Sa provocation bon-enfant avait trouvé une réponse pour le moins surprenante et surtout imprévue.

— Tu penses donc pouvoir être plus odieux et immoral qu'eux ?

— Je l'ai déjà été au Silky Club, non ? N'ai-je pas un peu abusé de la situation et de ta bienveillance, sans regret ?

Kaya se figea et le regarda dans la pénombre. Celui-ci semblait crispé, mais certain que son propos ferait mouche. Il était bien un connard. Il ne pouvait que refuser d'être classé comme un type gentil, un homme doux avec les femmes. Il ne l'était pas ; ils le savaient tous les deux. Il était une peau de vache, loin d'avoir de bons sentiments. Il devait le lui rappeler. Il avait abusé de la situation. Il avait abusé de sa faiblesse. Pouvait-il avoir des gestes plus déplacés que ces gars ? Rien que son passé était un outrage ! Il ne valait sans doute pas mieux qu'eux, et il devait le lui faire savoir. Il n'y avait pas de douceur chez lui. Encore moins de gentillesse. L'idée était que cela était tout bonnement impossible qu'eux deux, et malgré son désir pouvant flirter avec la frustration, puissent trouver un terrain d'entente à ce niveau. Elle ne devait pas se méprendre. Même le sexe chez lui était un acte distant, dénué d'une quelconque bonté. Et pourtant... Il avait envie de lui prouver qu'il pouvait aller plus loin que ses deux oppresseurs. Pas dans l'oppression qu'elle avait pu ressentir, pas dans la violence et la subordination, mais en étant le même connard conciliant des vestiaires. À la fois ignoble, mais présent pour son bien-être. Il était prêt à lui proposer le même genre de prestation qu'au Silky Club. Finalement, elle le poussait encore une fois à rompre ses engagements contre son passé et à consoler. À la différence que cette fois-ci, avec Kaya, il n'y avait pas de promesses, ni de sentiments. Il s'imaginait pouvoir la consoler, mais d'une autre façon : à la manière du connard qu'elle connaissait. Finalement, cette perspective le séduisait. Un réconfort bien particulier pour une femme tout aussi particulière.

— C'est vrai... dit-elle en riant amèrement. Je n'ai toujours pas compris par quel tour de force tu as réussi cet exploit ! Tu as raison… Je raconte vraiment n'importe quoi ! Oublie ma question... Tu n'es pas mieux.

Kaya resta interdite quelques secondes. Avec du recul, il avait bien été un opportuniste si on y réfléchissait, mais en même temps, il avait réussi à lui faire oublier les mains d'Alec sur sa poitrine. Il l'avait libérée d'un poids. Elle s'était sentie désirée d'une autre façon. Devant sa passivité, Ethan s'inquiéta et ne sut comment lui faire comprendre que le connard qu'il était, pouvait toutefois lui apporter du bon. Maintenant que la possibilité s'était insinuée en lui, il ne pouvait la faire partir si facilement. Il pouvait la consoler de la même façon qu'au Silky Club. Être odieux, immoral, mais dont le résultat pouvait la soulager. Il pouvait la réconforter d'une façon différente de celle qu'il connaissait et dont il refusait la possibilité. Même si c'était annonciateur d'un danger possible en cet instant, il la voulait. Aussi inconcevable et ridicule que tout cela puisse être, il avait trouvé un moyen de contourner tous leurs problèmes. Il ne devait pas la laisser réfléchir, ni la laisser douter. Il lui fallait agir, vite. C'était devenu une évidence. Il en avait besoin et elle aussi.

— Tu veux qu'on teste ? Voir si je suis un connard toujours aussi bon ? lui dit-il avec un petit sourire plein d'espoir dissimulé.

Kaya le regarda, confuse. La proposition n'était plus vraiment pour répondre à un débat sur sa qualité de connard à faire pire que ses deux agresseurs, mais bien sûr ce qu'elle pouvait aussi attendre de lui, ce qu'elle pouvait espérer grâce à son intervention. Le sujet avait dévié sur le bien qu'il pouvait lui apporter sous couvert de faire pire qu'eux. Ils s'en rendaient compte tous les deux avec cette mention du Silky Club. L'atmosphère entre eux deux venait de changer. La peur faisait place à une attente silencieuse des deux côtés.

— Je peux essayer de te faire tout oublier, Kaya... lui murmurat-il avec une voix presque étranglée par l'émotion qui le submergeait, à l'idée de ce qu'il pourrait ressentir si elle disait oui. Je ferai mieux qu'eux, mais à ma manière. Comme au Silky Club. Tu veux ?

Kaya se figea. Plus de doute. Il pensait la même chose qu'elle, maintenant. Il ne voulait plus vraiment la toucher pour la faire parler, mais bien la toucher pour la consoler à sa manière. Tout son corps fut partagé entre le « non, ce n'est pas raisonnable et complètement inconcevable ! » et le « oui, sauve-moi ! ». La proposition la plus indécente qu'on ait pu lui faire. Malgré tout, sa promesse trouvait une résonance qui lui serrait le cœur. Tout oublier. À sa façon. Comme au Silky Club. Devant son mutisme et son immobilisme à lui répondre, Ethan s'allongea alors de tout son dos sur le matelas en la portant sur lui. Kaya se sentit soulevée soudainement et sortit de sa réflexion. Elle se trouva bientôt à califourchon sur lui sous la couette, sans culotte, les fesses à l'air et son pull cachant sa poitrine libérée de toute entrave. Elle se mit à rougir outrageusement, ce qui fit sourire Ethan.

— Montre-moi, Kaya. Montre-moi où je dois poser mes mains...

10
Réconfortant

Kaya regarda Ethan sans trop savoir quoi faire ni ce qu'elle attendait de lui. Elle ne voulait pas d'un autre homme qu'Adam contre elle, et pourtant la présence d'Ethan la rassurait, l'exhortait à vouloir qu'il la réconforte. C'était elle, la plus blessée et c'était malgré tout lui qui était à sa merci, à attendre ses réponses. Elle le détestait d'habitude, il ne l'aimait pas non plus. Et malgré tout, ils étaient là, tous les deux, à espérer des gestes aventureux, invraisemblables, mais souvent rêvés. Comment avaient-ils pu en arriver là ? Elle ne réalisait pas vraiment ce qu'elle faisait. Et malgré tout, elle ne trouvait pas la demande d'Ethan si inconsidérée que cela. Elle voulait juste...

D'un mouvement hésitant, elle attrapa la main d'Ethan. À son contact, celui-ci sentit son cœur se gonfler d'impatience, mais aussi de désir. Il observa sa main dans la sienne avec une certaine appréhension. Peur d'être déçu de ce qui allait suivre, peur d'être trop heureux si elle répondait à ses envies les plus absurdes de la posséder. Kaya regarda la main d'Ethan, indécise. Elle se sentait mal à l'aise. Comment pouvait-elle lui demander de la toucher, juste pour effacer les traces de Phil et Al sur elle ? Quelle femme était-elle, pour le contraindre face à sa détresse à faire quelque chose dont il n'avait sans doute pas réellement envie, juste pour soulager sa détresse ? Elle ne se reconnaissait pas. Elle ne se comprenait pas. Elle devrait souhaiter être loin de tout homme, les maudire et leur cracher au visage, mais avec Ethan, tout était différent. Elle devrait le repousser, lui aussi ; c'était un homme après tout. Mais curieusement, elle ne souhaitait pas partir en guerre contre lui ; elle voulait qu'il soit son territoire de paix, le seul qu'elle connaissait suffisamment aujourd'hui, au point de pouvoir se relâcher un peu, se laisser aller comme elle avait pu le faire dans certains autres cas. Elle avait besoin d'un refuge, il pouvait être son havre de sérénité. Le seul présent auprès d'elle aujourd'hui. Vers qui d'autre pouvait-elle se tourner finalement ? Elle n'avait plus d'amis et Adam n'était plus là. Il ne pouvait plus la prendre dans ses bras, effacer ces marques sur sa peau par son amour pour elle, lui faire oublier ce si pénible souvenir. Lui dire qu'elle avait juste fait un vilain cauchemar, qu'il était là. Juste là pour elle.

 Ethan était là. Pas d'amour. Pas de tendresse. Son réconfort ne serait pas à la hauteur de ce qu'elle souhaitait. Mais il était là à la regarder avec ses yeux marron pleins d'attente. Il avait déjà effacé les souvenirs du Silky Club d'une façon si surprenante et pourtant si efficace. Elle n'aurait jamais songé qu'un autre homme qu'Adam puisse arriver à de tels gestes sur elle et pourtant, il l'avait hypnotisée. Il avait réussi à mettre ses doutes et ses craintes de côté, le temps d'un instant dont lui seul en contrôlait le sablier du temps. Il avait repoussé ses certitudes sur son amour pour Adam, pour révéler ses besoins de femme.

 Elle regarda sa main, mais comprit qu'elle ne pouvait se permettre de changer de comportement avec lui. En fin de compte, elle abusait de lui, de sa gentillesse à vouloir la réconforter malgré ses excuses de mauvais garçon. Il composait en fonction de ses réactions. Elle ne pouvait pas lui imposer ses lubbies. Effacer le contact de deux hommes par un autre, sous prétexte qu'elle préfère encore que ce soit lui ? Autant se donner au plus offrant ! Autant perdre tout amour propre. Qu'était-elle devenue ? Que faisait-elle de son amour pour Adam ? Une fumisterie ?

Pourtant, sa main chaude dans la sienne adoucissait sa solitude, la délestait de ce froid qui lui avait glacé les entrailles. Sa main allégeait ses tourments. Elle savait ce qu'il pouvait faire avec ses mains. Elle savait comment elles l'apprivoisaient, comment elles arrivaient à étancher ses besoins. Non, il n'était pas Adam. C'est vrai. Il n'avait rien à voir avec lui, mais ses mains étaient aussi douces que les siennes, son intérêt dans son regard était chargé de la même envie pour elle que celle qu'Adam avait pu ressentir.

De nouvelles larmes se mirent à couler le long de ses joues. Elle ne devait pas attendre après cette douce chaleur. Elle ne devait pas jouer avec lui. Elle aimait Adam ; il n'y avait donc pas de suite possible entre eux. Il n'était pas Adam. Il n'était pas lui. Elle ne devait pas prendre sa main pour celle d'Adam. Elle ne devait pas tout confondre. Le laisser s'immiscer dans sa vie, c'était prendre le risque de le rendre malheureux, de l'entraîner dans son tourbillon et ne plus en sortir... comme Adam.

Elle lâcha alors sa main à regret. Ethan vit que son trouble l'avait menée à un choix de retrait. Elle reculait. Elle renonçait à sa demande, elle refusait de se laisser aller contre lui, elle repoussait sa main tendue vers elle.

— Kaya... parle-moi. Dis-moi où ils t'ont touchée. Dis-moi où tu veux que j'efface tout ça.

La jeune femme secoua la tête négativement tout en sanglotant. Ethan se redressa et passa ses bras autour d'elle.

— Pourquoi ? lui dit-il de façon étranglée.

Son regard chercha une réponse dans la prunelle vert-marron de Kaya, mais elle refusait de le voir. Elle préférait garder son visage tourné loin de lui. Comme si le regarder, c'était craquer.

— Qu'est-ce qui te fait changer d'avis ? Je sais que je ne suis sans doute pas le mieux placé pour t'aider, mais...

Il baissa alors les yeux et soupira. Il se rendait compte qu'en définitive, tout n'était pas aussi simple entre eux. Leurs divergences étaient sans doute trop fortes pour que ce qui devait suivre trouve une logique.

— Kaya... si tu en as envie... si tu en éprouves vraiment le besoin, j'effacerai... comme la première fois.

Il releva les yeux vers elle pour qu'elle comprenne qu'il n'y avait pas à s'inquiéter de son côté, pour qu'elle voie qu'il ne lui porterait pas atteinte si elle ne le souhaitait pas, pour lui dire que sa seule envie, c'était d'être son réconfort. Il ne pouvait plus reculer maintenant ; ses vices revenaient en lui aussi évidents qu'avant. Il en voyait tout son intérêt. Ne faire qu'un pour qu'elle ne se sente plus seule, pour qu'elle soit à nouveau heureuse.

— Kaya... regarde-moi, s'il te plaît.

Kaya se mit à pleurer à nouveau à chaudes larmes. Elle porta ses mains sur son visage. Il serra alors ses bras autour de sa taille, faute de réponses concrètes, pour s'assurer qu'elle ne lui échapperait pas. Il éprouvait le besoin de l'avoir contre lui. Trop d'espoirs en quelques minutes ne pouvaient être aussi facilement oubliés. Pas après ce qu'il avait pu ressentir après le repas de Laurens quand les choses avaient chauffé entre eux ou dans l'ascenseur, après leurs baisers enflammés. Il devait rassasier cette éventualité d'un « deux » par des actes palpables, des gestes physiques. Les mots n'étaient pas son fort ; seuls les gestes étaient éloquents. Il fallait s'assurer qu'elle reste bien près de lui pour pouvoir mieux la réconforter, mieux soulager son attente grandissante.

— Kaya... arrête... arrête de pleurer. J'ai compris. Tu ne veux plus... dit-il malgré tout, à contrecœur. D'accord. Je n'insiste pas, mais arrête de pleurer.

Après une bonne minute assise sur lui, Kaya tenta de se calmer et de sécher ses nouvelles larmes. Ethan lui caressa les joues pour les essuyer et lui sourit tendrement. Sentir ses mains sur son visage lui faisait un bien fou. Plus il la regardait, plus elle voulait fermer les yeux et se laisser aller contre lui. Elle colla alors son front contre le sien. Ethan ne lâcha pas son visage en coupe dans ses mains, mais sourit un peu plus. Elle revenait vers lui, elle relâchait à nouveau sa méfiance. Il resta ainsi quelques secondes à fermer les yeux et sentir sa respiration et ses sanglots contre son visage. Puis, il décida de la presser un peu plus dans ses bras. Kaya n'avait toujours pas décroché son front du sien et s'était maintenant mis en boule. Petit à petit, son chagrin diminua. Il restait là, contre elle, sans rien dire. Son silence la tranquillisa. Elle pouvait même sentir son pouce faire un demi-cercle contre ses reins. Un contact léger, régulier, mais bienfaisant. Puis, ce fut tous ses doigts qui entamèrent une danse lascive sur tout le bas de son dos. Elle laissa alors son front se détacher de celui d'Ethan pour aller se nicher dans son cou. Ethan put s'apercevoir qu'elle se laissait vraiment réconforter contre lui, qu'elle acceptait temporairement son soutien.

— Je te demande pardon... lui murmura-t-elle, toujours nichée dans son cou.

— Pourquoi ? lui demanda-t-il, interloqué.

— Je te dis tout le temps que je te déteste et pourtant, je suis là, à solliciter du réconfort, à te demander des choses idiotes, dont moi-même j'ai honte. Souhaiter que tu te comportes comme au Silky Club, c'est... minable. Tu es peut-être un connard parfois, mais cela ne doit pas induire que tu l'es sur commande. Ma détresse ne doit pas t'obliger à agir autrement qu'à tes habitudes. Pardon.

Ethan fut surpris par cet aveu, certainement vrai, mais aussi chargé d'une grande sincérité. Elle n'avait pas tout à fait tort. Il ne voulait pas la consoler au départ, et pourtant il était prêt à être plus intime encore, à dépasser ses limites, à se libérer de ses convictions, juste pour elle. Son cœur battait de façon irrégulière depuis maintenant plusieurs minutes. Il sentait tout son corps prêt à répondre à ses moindres désirs. Il pouvait identifier sans mal cette vague de plaisir le traverser et lui serrer le cœur. Son odeur contre ses narines, ce contact qu'il devinait du bout de ses doigts à travers son pull, son souffle dans son cou... autant de détails auxquels il était sensible et qui le rendaient fébrile. Il éprouvait le besoin de ressentir encore ce petit bonheur qui le grisait, l'aider à se sentir vivant. Aimer cette sensation qui papillonnait en lui et à la faire grandir encore et encore.

— Princesse idiote ! dit-il doucement. Depuis quand me force-t-on à faire ce que je ne veux pas ? Depuis quand suis-je censé t'obéir si je n'en ai pas envie ?

Kaya se redressa alors et le contempla. La lueur de la bougie éclairait son visage sûr de lui, arrogant, mais aussi espiègle et exaspérant. En parfait contraste avec ses yeux rougis, fatigués et mouillés par les larmes.

— Tu veux dire que cela ne te gênerait vraiment pas de faire… enfin, tu vois quoi... d'être un connard altruiste.

Elle se mit à rougir et jura devant l'absurdité de son dernier mot. Ethan s'esclaffa devant sa soudaine timidité à reconnaitre l'inavouable. Il approcha alors ses lèvres de son oreille et lui chuchota :

— N'oublie pas le contrat, Kaya. Pas d'amour, pas de sentiments. N'oublie pas quel homme je suis. Pas de promesses. Pas de compassion. Juste des arrangements. Juste des négociations. Des accords pour que chacun y trouve son intérêt.

Kaya s'écarta de lui pour lui faire face. La prunelle de ses yeux indiquait à quel point sa détermination était présente, à quel point il croyait dur comme fer en ses paroles.

— Je vois cette possibilité comme telle. Un accord entre deux personnes où chacune des deux parties y trouve un intérêt. Toi, c'est que tu ne sentes que mes mains sur ta peau, uniquement mes mains, effaçant les traces de ces deux abrutis.

Ethan glissa soudainement ses deux mains sur les fesses nues de Kaya et les agrippa fermement, ce qui fit sursauter légèrement la jeune femme.

— Et devine quel peut être mon intérêt ?! lui dit-il alors, visiblement très amusé et soudainement plus joueur que prévu.

Devant son air malicieux, Kaya fronça les sourcils et le repoussa de ses deux mains sur les épaules. Ethan se laissa retomber contre le matelas en rigolant, mais gardant toujours ses mains contre elle. Puis, il prit un air plus sérieux et lui répéta plus posément :

— Dis-moi où tu veux que je pose mes mains, Kaya...

— Pervers... murmura-t-elle finalement attendrie. Les hommes sont tous pareils ! Dès qu'il s'agit de toucher une femme, ils sont tous présents !

Comment puis-je être à califourchon sur lui ? Comment a-t-il fait pour que j'en arrive à un tel résultat, alors que je devrais repousser tout contact sur ma peau ?

— Hééé ! Mon objectif premier est quand même de soulager la conscience de ma pseudo petite amie, qui a encore beaucoup à faire et qui doit vite remonter sur son vélo pour avancer ! Je veux mon contrat avec Laurens !

— Évidemment !

— Évidemment...

Ethan lui sourit de façon entendue. Son regard brillait à la lueur de la bougie. L'art de toujours retomber sur ses pieds, de toujours avoir le dernier mot.

— Effectivement, aucune compassion, juste servir tes intérêts. Une prévenance aux allures de dessein plus machiavélique !

Kaya sourit, mais le cœur n'y était pas. À quoi songeait-elle au juste ? Plus de sentimentalisme ? Plus de reconnaissance ?

Je voulais juste...

Ses intérêts... Il était seulement fidèle à lui-même. Comme d'habitude.

Comme d'habitude...

— Bon, je te promets d'essayer d'être le plus agaçant possible ! lui fit-il avec un clin d'œil. Tu vas me supplier de continuer à être horrible !

— Pfff ! lui lança-t-elle désabusée, mais finalement amusée.

Oui, comme d'habitude... Juste comme d'habitude... Toi. Moi. Et nos accords bizarroïdes...

— Tu veux retrouver le connard en moi, le voilà ! dit-il en haussant les épaules.

— Rhhaaaa ! Voilà ! cria-t-elle agacée, tout en passant ses mains autour du cou de l'homme qui lui faisait face. Tu m'énerves maintenant ! J'ai plutôt envie de t'étrangler !

— La colère ne résoudra pas ton problème, tu sais. Si tu m'étrangles, je ne pourrais pas continuer mon escapade.

Ethan joignit les gestes à ses mots et fit glisser lentement ses mains sur ses cuisses. Kaya se crispa soudainement, sentant les frissons brusquement remonter son échine. Ses joues s'empourprèrent à nouveau et Ethan se mit à rire à nouveau.

— Vas-y ! Serre ! Mais si je meurs, tu rateras le reste !

Il pouffa de plus belle en voyant le doute s'insinuer dans l'esprit de la jeune femme. Elle le regardait sans vraiment le voir. Toutes ses synapses étaient focalisées sur ce contact cajoleur sur ses cuisses. Ses doigts faisaient de petits cercles, la pulpe de son pouce s'enfonçant un peu plus sur sa peau pour effacer les doigts dégoûtants de Phil et y poser sa marque. Elle sentait la chaleur prendre forme sous ses doigts et regrettait même qu'il ne revienne pas à nouveau vers ses fesses. Elle desserra alors ses mains de son cou et posa sa tête contre son épaule, s'allongeant à moitié sur lui.

— Je te déteste...

— Je sais. Il ne peut en être autrement. Pas vrai ? lui dit-il tout doucement.

Kaya ne répondit pas, ne se sentant pas la force de parler.

Comme d'habitude... je finis par aimer tes attentions déplaisantes...

Ethan accentua ses caresses par des gestes plus amples, qui revinrent à nouveau vers ses fesses. Sa peau s'imprégnait pas à pas, doucement, de ses doigts et de ses mains. Elle pouvait ressentir le dégoût disparaître pour laisser la place à un plaisir qui appelait sa libido à se réveiller malgré elle.

— Peut-être devrais-je arrêter ? lui dit-il au bout d'une vingtaine de secondes. Si tu me détestes, tu dois aussi détester ce que je fais... lui souffla-t-il toujours à l'oreille.

Il stoppa ses gestes subitement. Kaya se redressa instantanément et protesta par un « Non ! » sans équivoque. Elle porta la main à sa bouche comme si elle voulait retenir, mais trop tard, ses paroles. Elle se mit à rougir, prise en flagrant délit de délectation.

Je te déteste...

Ethan se mit à sourire.

— Il semblerait que je sois un connard efficace ! constata-t-il amusé.

Devant l'évidence, Kaya ne put contredire ses propos. Elle laissa alors retomber sa tête contre lui en lâchant un gémissement désabusé.

— OK, je continue donc...

Il la projeta alors soudainement contre le matelas, la retournant afin de se retrouver à présent au-dessus d'elle. Kaya se figea, surprise par ce revirement de situation. Délicatement, il fit glisser ses doigts sur son ventre. Kaya se contracta un peu plus. Ethan ne la lâchait pas du regard. Il avait retrouvé son air sérieux, comme si chacun de ses gestes était calculé pour qu'il la fasse parler à travers les expressions de son visage.

— Héééé... regarde-moi.

Kaya le regarda sans vraiment accrocher ses prunelles.

— Kaya, regarde-moi ! dit-il, plus menaçant.

Elle s'agaça et fixa son regard dans le sien. Son angoisse et son énervement furent, au fur et à mesure de ses caresses, remplacés par une sorte de torpeur dans laquelle tous les deux se noyaient à travers le regard de l'autre. Une attraction visuelle qui permettait à Kaya de relâcher ses craintes et d'apprécier à nouveau ses effleurements. Un moyen pour ne penser à rien d'autre. Une façon de dériver dans son regard, comme un bateau se laissant aller là où les vagues le mèneraient, au hasard de leur volonté. Ethan menait ses actes tel un capitaine sa barque. Il maintenait par son regard le gouvernail de ses émotions. Il les contrôlait au gré de ses envies. Ses doigts se déportèrent une nouvelle fois vers ses cuisses. Il put s'apercevoir que les peurs de Kaya s'animaient dans ses yeux lorsqu'il laissait aller sa main vers l'intérieur.

— Ne quitte pas mes yeux Kaya... lui dit-il posément, mais sans la brusquer. Regarde-moi !

Kaya sentait son cœur s'affoler au fur et à mesure qu'il s'approchait de son pubis. Elle n'arrivait plus à vraiment s'accrocher à son regard. Ses yeux bifurquaient inconsciemment vers ses cuisses, vers sa hantise, jusqu'à ce que sa main vienne stopper distinctement celle d'Ethan. Celui-ci soupira et retira brusquement sa main caressante, sous le visage stupéfait et alarmé de Kaya qui regrettait toutefois son geste.

— OK, dit-il avec indulgence. On va faire autrement !

Il lui sourit, puis se déporta alors sur le côté et l'attrapa par la taille pour coller son dos contre son torse. Kaya cria un « Ethan ! » de surprise devant sa façon de la manipuler sans ménagement.

— Aaaah ! Je crois que même le pire des connards ne peut pas grand-chose... lui révéla-t-il doucement. Je ne t'en veux pas.

Il serra sa taille un peu plus contre lui et ferma les yeux un instant pour tenter de retrouver cette sérénité entre eux. Kaya était perdue. Il lui soufflait le chaud puis le froid. Elle-même était parcourue d'une douce chaleur qui était à nouveau contrebalancée par cette vague glaciale, souvenir terrible que sa peau avait encore du mal à oublier. Ethan cala alors sa respiration sur celle de Kaya. Celle-ci sentit sa poitrine se soulever dans son dos, au rythme de la sienne. Elle appréciait une nouvelle fois cette sécurité dans ses bras. Cette bienveillance, cette prévenance qui la réconfortaient même si elle ne savait plus vraiment quelle attitude avoir à présent.

— Kaya... guide-moi... dis-moi où je peux poser mes mains... lui dit-il tel un murmure dans son dos. Laisse-moi effacer ta tristesse.

Toujours la même phrase. Toujours la même demande qui prenait de plus en plus des allures de suppliques. Kaya déglutit au son de sa voix quémandeuse. Accepter qu'il la touche était une chose, le guider vers ce qui lui plaisait en était une autre. Pourtant, elle éprouvait le besoin de sentir ses mains contre elle. Un besoin aussi incroyable qu'improbable si son état psychologique n'avait pas été marqué par la perfidie de Phil et Al. Elle voulait que ses mains prolongent le pouvoir protecteur de ses bras sur son corps, qu'elles laissent une couche sécurisante sur sa peau, toute sa peau. Ce qui lui était difficilement admissible il y a quelques minutes était devenu évident à présent. Plus elle y pensait, plus l'échéance était repoussée, plus son besoin finalement augmentait. Juste sentir qu'elle n'était pas seule, que l'on pouvait être là pour elle, que l'on s'intéresse à elle et à ses envies.

Elle se saisit alors de la main d'Ethan qu'elle enveloppa, et glissa ses doigts dans les siens. Ethan s'enthousiasma intérieurement. Elle avait entendu sa requête et tentait d'y répondre malgré les dernières tentatives infructueuses. Docilement, il se laissa guider par la main de Kaya qui glissa sous son pull jusqu'à ce qu'elle écrase sa main sur son sein. Ethan crut se liquéfier sur place quand il sentit son téton contre sa paume.

— Il m'a touchée là... murmura-t-elle la gorge serrée, tout en cachant son visage dans le matelas.

Ethan déglutit. Il n'osa bouger sa main. Celle-ci tenait fermement son sein, mais était aussi prise en étau par celle de Kaya. Il pouvait sentir la poitrine de celle-ci se soulever par intermittence rapide et démesurée, indice de son angoisse, de son malaise.

— OK, alors effaçons cela, tu veux ?

La voix suave et faussement posée d'Ethan, pas du tout agressive, encouragea la jeune femme. Elle bougea la tête affirmativement, mais ne dit pas un mot. Lentement, il commença à bouger sa main et à caresser son sein. Ses gestes étaient précis, ne souhaitant aller trop vite pour ne pas la faire reculer. Il se saisit de son téton et commença à le titiller délicatement. Kaya ne disait rien. Elle fermait les yeux. Ne pas le repousser signifiait qu'elle acceptait ses attouchements. Très vite, une main ne suffisait plus à Ethan et il glissa la seconde sous son pull délicatement pour se saisir de son second sein afin de les palper simultanément. Il pouvait enfin la réconforter comme il savait le faire.

La poitrine de Kaya se gonflait et se retirait de plus en plus nettement. Les caresses d'Ethan la perturbaient. Elles étaient à la fois douces et engagées, la faisant osciller entre recherche du plaisir enfoui et crainte de voir ce qu'elle avait vécu, recommencer. Ethan ferma les yeux et posa sa joue contre la sienne, cherchant plus de contact, à défaut de pouvoir voir son regard. Ses lèvres n'attendaient que d'effleurer son visage, mais il la sentait encore fébrile sous ses doigts. Il devait la rassurer, lui faire comprendre qu'elle n'avait rien à craindre avec lui, que ses gestes se voulaient seulement doux et dévoués à son seul bien-être. Il lâcha alors un de ses seins et descendit précautionneusement vers son ventre, puis

commença à le lui caresser avec son pouce. Les mouvements circulaires avaient un effet apaisant, hypnotique, sur Kaya qui commença à relâcher la tension qu'elle exerçait sur son corps à cause de sa peur. Sa pudeur s'effaçait lentement et son visage avait quitté le matelas pour se laisser aller sous les caresses de son sauveur improbable. Ethan pouvait la sentir se cambrer au fur et à mesure et lui donner libre accès à ses zones érogènes pour améliorer son travail. Rapidement, sa poitrine ne lui suffisait plus. Son ventre non plus. Il voulait l'explorer davantage.
— Kaya... où encore... Montre-moi.

Sa demande avait cette fois-ci un goût empressé que Kaya approuva sans réelle difficulté, sentant que son désir s'éveillait à nouveau en elle, que son corps ne réagissait pas avec dégoût, mais avec alanguissement. Elle attrapa sa main sur son sein et la guida le long de son abdomen, retrouvant l'autre, puis continua son chemin sur ses fesses.

Sa bouche s'entrouvrit en sentant la main d'Ethan effleurer sa peau et y laisser des picotements de plaisir dans son sillon. Une sensation tellement délicieuse qu'elle en arrivait à la vouloir plus forte, plus volontaire. De son autre main, elle dirigea Ethan vers ses cuisses. Ethan sentait son sang-froid s'émietter. Son désir augmentait en même temps que son sexe gonflait dans son pantalon. Il devait garder la tête froide. C'était un accord. Pas de sentiments. Ne pas se laisser aller à des émotions. Ne pas se laisser submerger pour que son cœur ne soit pas blessé. Il plongea son visage dans son cou pour ne pas voir ses réactions en réponse à son toucher. Elle stoppa cependant sa migration. La partie la plus délicate arrivait et elle ne trouvait pas la force de sentir quelqu'un y poser ses doigts dessus. Ethan le devina. Sa respiration était toujours forte, mais son entrain était moindre ; elle bloquait.

Il releva la tête pour voir comment elle se sentait. Elle se mordait la lèvre, tentant de se forcer à braver son angoisse, mais en vain. Il retira alors sa main de sa cuisse et la posa finalement sur la main de la jeune femme.

— Fais-le... lui dit-il doucement. Cette fois, c'est moi qui t'accompagne ; on inverse les rôles. Trouve ton plaisir, Princesse. C'est toi qui commandes ton corps, c'est toi qui le connais pour savoir ce qu'il lui faut ou pas. Moi, je suis là, je te suis. Je suis ton... accompagnateur !

Ethan lui massa alors la fesse doucement, pour tenter de calmer son angoisse. Kaya se tourna légèrement vers lui pour vérifier qu'il était bien le dépositaire de cette proposition. Ethan comprit à son regard qu'elle était perplexe. Il l'interrogea du regard, puis sourit.

— Il n'y a pas de gêne là où il y a du plaisir ! se défendit-il avec un air un peu désolé. Il n'y a rien de choquant ou de gênant là-dedans.

La jeune femme se repositionna, lui tournant à nouveau la tête.

— Ce n'est pas une... pratique... que j'ai pour habitude de faire ! lui confia-t-elle alors timidement, sans oser recroiser son regard.

Ethan se mit à sourire et laissa tomber son visage sur son épaule, déconcerté.

— Je t'interdis de te moquer ! lui invectiva-t-elle, agacée par son peu d'indulgence.

— Je ne me moque pas. Je suis juste... chamboulé.

Un silence suivit, symbole d'une gêne des deux côtés.

— Je ne vois pas pourquoi, lui répondit Kaya de façon un peu plus emportée. Celle qui doit l'être, c'est plutôt moi !

Ethan releva la tête et lui souffla à son oreille :

— Parce que tu peux avoir une première fois avec moi. C'est... assez grisant pour un connard !

Kaya se retourna subitement vers lui une seconde fois, stupéfaite. Une première fois avec lui... Autant signifier qu'ils étaient intimes, qu'ils partageaient vraiment quelque chose de personnel. Même si les circonstances les avaient poussés à se retrouver dans un contexte plus privé parfois, une première fois avec lui, c'était différent. C'était accepter qu'il en soit le témoin privilégié, qu'il soit l'unique acteur d'une initiation dont elle était la novice, c'était un partage secret les unissant.

Ethan se mordit la lèvre, le regard charmeur, lui demandant implicitement si elle était sur la même longueur d'onde que lui, si elle voulait être sa novice. Elle reprit aussi vite sa position originale, se crispant devant l'éventualité qu'elle puisse vraiment accepter cette première fois avec lui.

Kaya, arrête de réfléchir ! Tu ne peux pas ! C'est grotesque ! Tout est grotesque !

Ethan lui caressa à nouveau sa fesse et sa main pour dédramatiser sa demande. Outre le besoin de la consoler, il la désirait réellement. Il l'avait compris après la soirée chez Laurens. Sur ce trottoir, c'était son désir qui avait prédominé. C'était des pulsions purement physiques qui l'avaient poussé à cette étreinte sauvage contre le mur de la propriété de Laurens. Ce soir, il la désirait toujours autant, il voulait la réconforter, mais avec cette même envie inconsidérée. Tout le reste n'avait plus d'importance.

Kaya serra les dents, ne sachant comment réagir. Elle aimait ses caresses, mais ne savait comment continuer, quelle fin donner à tout cela. Ethan passa alors ses doigts entre les siens et elle sentit à nouveau cette intention protectrice de la part de son partenaire. Sa main chaude couvrait la sienne, la serrait pour la rassurer, pour la conforter. Bientôt, son autre main se déplaça sur sa hanche. Pas un mot ne sortait de leur bouche. Seuls les légers mouvements des mains d'Ethan effleurant le dessous de la couette en cajolant sa peau devenaient audibles. Ses caresses finirent par s'étendre de ses fesses en passant par ses hanches puis redescendre vers le haut de ses cuisses. Kaya ferma les yeux, se laissant bercer par ses attouchements sensuels. Elle pouvait sentir ses doigts danser sur sa peau. Ils les faisaient glisser, puis rouler, la laissant dans une langueur temporaire pour finalement la saisir plus fermement et éveiller en elle sa sexualité.

Lentement, il dirigea l'autre main de Kaya avec la sienne vers l'intérieur de ses cuisses. Elle put sentir bientôt l'empreinte de ses propres doigts sur ses poils pubiens, puis traverser cette zone humide qu'étaient ses lèvres génitales. Lentement, elle commença à remuer ses doigts, poussée par les encouragements de la main d'Ethan sur la sienne. Son désir montait en écho devant le contact franc de ses propres doigts. Elle contrôlait ses envies. Un effet enivrant que de dominer ses pulsions et choisir comment les satisfaire. Une gêne à la fois de se retrouver ainsi à le faire en oubliant tout le reste. Un empressement la saisit à vouloir décupler sa libido.

Ethan retira délicatement ses doigts pour la laisser gérer totalement son bien-être au bout de quelques minutes, tandis qu'il se languissait déjà de sa poitrine. Il attrapa alors ses deux seins à pleines mains sous son pull et colla d'un geste sec la jeune femme un peu plus contre lui. La surprise lui coupa l'air vers ses poumons quand elle sentit l'anatomie d'Ethan poindre contre ses fesses. L'excitation monta d'un cran supplémentaire en elle. Ethan cacha son visage dans son cou, respirant sa douce odeur tout en continuant son délicieux supplice. Ses grandes mains encerclaient ses seins et ne les épargnaient maintenant plus. Ce fut une raison suffisante pour qu'elle glisse un doigt en elle, exacerbée par ses manières plus viriles, plus affirmées. Elle grogna alors de satisfaction et bougea son bassin pour sentir davantage les bienfaits de son geste en elle. Ethan enfonça alors ses doigts sans retenue dans sa peau, broyant littéralement ses seins et supportant difficilement le supplice que son derrière imposait contre son sexe.

Il ne savait plus si c'était de tenir si fermement sa poitrine dans ses mains, le frottement de ses fesses contre son pénis ou de la voir se donner du plaisir seule qui l'excitait le plus. Il voulait l'embrasser. Encore. Ressentir cette folie dans l'ascenseur quelques heures plus tôt. Mais l'embrasser, c'était prendre un risque pour eux d'eux. La possibilité qu'elle rejette une nouvelle fois tout en bloc.

Putain, tu vas me rendre fou...

Kaya enfonça un second doigt en elle et se mit à gémir, son souffle devenant chaotique. Les soupirs lascifs de sa belle eurent raison de lui. Il quitta brusquement les seins de Kaya et s'écarta d'elle. Kaya se stoppa net, se demandant ce qui lui prenait. Il jeta la couverture qui les recouvrait et se posta à ses pieds avec empressement. D'un geste déterminé, il se saisit de ses chevilles et la tira à lui, l'obligeant à retirer ses doigts en elle. Elle poussa un soupir surpris, mais comprit vite qu'il n'était plus apte à tergiverser, à réfléchir ou même à négocier. Ses yeux chocolat montraient ses intentions : il en voulait plus. Il passa sans un mot ses bras par l'intérieur de ses genoux et se pencha sur elle. Kaya posa instinctivement ses mains sur sa chevelure pour stopper son action.

— Non ! lui fit-elle catégoriquement. Pas ça...

Ethan lui lança un regard qui n'admettait aucune objection, puis commença à l'embrasser autour de son pubis sans attendre une quelconque approbation. Kaya plissa ses paupières face au supplice. Son excitation lui implorait la bienveillance à le laisser continuer ; sa raison lui imposait de tout arrêter. Mais la langue d'Ethan trouva son chemin à l'intérieur de ses lèvres et il se mit à titiller outrageusement son clitoris. Sa raison s'envola en même temps qu'elle desserra lentement son étreinte sur sa chevelure. Un répit qui enorgueillit Ethan et amplifia ses attentions, la dévorant sans relâche. Sa soif d'elle devenait inextinguible.

Il la voulait. Peu importe comment, peu importe les raisons.

Dans un mouvement précipité, il la souleva pour pouvoir poser ses mains sur ses fesses tout en continuant ses assauts linguaux.

Je te veux ! T2 – Chapitre 10

Kaya se cambra de plaisir et s'essouffla. Elle se sentait désirée, elle se savait offerte, elle se sentait vivante. L'emprise physique qu'il avait sur elle la galvanisait. Elle haleta de plus en plus fort, appuyant un peu plus sur sa tête pour qu'il intensifie le contact de sa langue contre son clitoris, voulant ressentir encore plus franchement le plaisir qui partait de son bas-ventre, envahissait son corps et faisait palpiter son cœur. Elle prononça alors un « Ethan ! » à la fois suppliant, inquiet, mais plein de promesses quand la jouissance la saisit, telle une décharge qui traversa son corps de part en part. Ethan grogna, pris par la douleur qu'elle exerçait sur sa tignasse décoiffée. Puis, quand l'extase se dissipa doucement et qu'elle relâcha son emprise, il la reposa délicatement et s'essuya la bouche du revers du bras.

Kaya s'allongea sur le côté et attrapa la couverture pour se couvrir. Elle jeta un œil vers Ethan toujours à genoux à ses pieds. Il lui afficha son plus grand sourire de vainqueur, fait d'un soupçon de taquinerie qui la stupéfia. Elle attrapa alors son oreiller et le lui balança à la figure. Ethan se mit à rire, savourant sa gêne qu'il trouva mignonne. Il se trouvait comblé, même s'il n'était pas allé en elle. Il l'avait réconfortée, il l'avait eue contre lui. Il pouvait s'en contenter.

Celle-ci se cacha un peu plus sous sa couette, encore plus honteuse, lorsqu'il vint à ramper au-dessus d'elle et tenter de soulever la couverture de l'index pour voir son visage.

— On veut jouer à cache-cache, mademoiselle Lévy ? lui demanda-t-il amusé, tout en tirant sur la couverture qu'elle s'évertuait à garder.

Kaya concéda à sortir le bout de son nez de sous la couverture.

— Tu m'énerves ! Tu n'es pas obligé de sourire comme ça !

Ethan ria de plus belle.

— Ce n'est pas ce que tu voulais ? Tu as oublié les deux zigotos

pour avoir à la place une jolie... gâterie !
— Non ! Ce n'est pas ce que je voulais !
Ethan haussa un sourcil, sous-entendant un « en es-tu sûr ? ».
— D'accord ! Au début ! Mais quand même... qu'est-ce que j'ai fait ? dit-elle d'une voix plaintive.
— Tu vas me la refaire comme la première fois ? Tu vas te fâcher et ne plus vouloir me parler ? lui demanda-t-il en souriant de façon provocante. Je t'ai pourtant écoutée. Je n'ai fait que répondre à tes demandes...
— Je te déteste ! marmonna-t-elle. Vas-y ! Vante-toi ! Tu es mon sauveur ! C'est vrai.

Ethan tira un peu plus sur la couverture pour pouvoir voir enfin son visage entièrement. Il voulait savourer sa torture en appréciant chaque mimique qu'elle pouvait lui offrir.

— Je peux bien mériter des louanges. J'ai été plutôt bon, non ? Ne suis-je pas le meilleur connard qui soit ?

Kaya repoussa la couverture brusquement, le bousculant au passage.

— Évidemment ! Tu es trop fort. Mission accomplie. Un connard king size ! Le must du connard ! Tu n'étais pas obligé d'aller si loin quand même !

— C'est vrai, mais reconnais que ma langue est bien plus agréable que les deux doigts de l'autre enfoiré. Et puis.... pour le king size, ne va pas trop vite en besogne ; je n'ai pas encore baissé le pantalon !

— Pas encore... quoi ? !

Ethan éclata de rire. Kaya tenta de le frapper, mais il para sans problème ses coups de poing.

— Même pas en rêve ! Je ne veux même pas me l'imaginer ! Oh mon Dieu ! De pire en pire...

Elle attrapa la couette pour disparaitre, pleine de honte, et se cacha le visage dans ses mains pour ne plus voir son satané sourire fier ni s'imaginer ce que dissimulait son pantalon. Mais Ethan s'amusa à la taquiner en tentant de tirer de ses doigts la couette pour entrapercevoir la prunelle de ses yeux. Il rigola encore lorsqu'elle grogna pour se défendre. Finalement, dans un geste précipité, elle le repoussa à nouveau et se réfugia complètement sous la couverture en mode hérisson. Ethan continua à s'esclaffer. Il s'amusa à appuyer avec son index sur la couette dans le but de toucher des parties sensibles de son anatomie. Kaya se tortilla sous ses assauts tout en râlant. Ethan s'arrêta un instant et regarda l'amas devant lui. Il se sentait bien. Serein. Il avait failli. Il avait craqué. Il l'avait réconfortée, mais même s'il se devait de le regretter, il n'y arrivait pas. La consoler était un cadeau finalement. Il pouvait enfin l'avoir pour lui tout seul dans ces moments-là. Des minutes si rares qu'elles en devenaient précieuses. C'était un risque qu'il prenait. Cela pouvait mal finir, mais qu'importe ! Cela répondait à sa curiosité malsaine à vouloir en découvrir toujours plus sur elle et en cet instant, il pouvait dire qu'il adorait ce qu'il voyait. Il était même à deux doigts de lui sauter dessus pour l'embrasser. Il ne comprenait pas vraiment ce sursaut de bonheur, cette attirance toujours plus forte, mais tant pis, le risque en valait la chandelle même pour une heure de bonheur...

— Inutile de te cacher, princesse. Je n'en ai pas fini avec toi. Tu risques de voir mon king size si tu ne me dis pas qui étaient ces hommes.

Kaya sortit un œil par-dessus la couverture.

— Tu insinues quoi ?

Ethan la renversa sur le dos, vira sa couverture, puis se mit alors à califourchon sur elle et prit son air sournois.

— Que si tu ne me dis pas qui ils sont, je continue et baisse mon pantalon ! Après tout, tu as eu ton petit plaisir et moi, tu me laisses une deuxième fois avec mon « copain » sur la touche. L'altruisme a ses limites.

— Tu n'es pas sérieux, là ?

— Tu veux parier ? lui rétorqua-t-il, avec plus de gravité dans la voix et un visage bien plus fermé maintenant. Je veux savoir contre qui je me suis battu. En plus, il y en a un qui m'a retourné une droite, donc je trouve logique de vouloir connaître celui qui a osé me frapper.

Kaya tenta de le repousser.

— Ethan, c'est ma vie. C'est mon problème. Je suis désolée pour la bagarre, mais je fais ça pour toi.

Ethan soupira, peu convaincu.

— OK, j'aurais tendance à croire que tu n'attends que ça. Je ne te pensais pas si coquine. Tu veux plus que des attouchements. Avoue !

D'un mouvement rapide, il s'allongea sur elle.

— Qu'est-ce que... ? Tu plaisantes ! Le jeu est fini. La parenthèse est refermée. Ôte-toi de là !

— C'est ça ! Cause toujours !

Ethan commença à l'embrasser dans le cou, tandis qu'elle se débattait.

— Lâche-moi ! Je ne trouve pas ça drôle !

— Parle alors !

— Non !

Ethan attrapa son pull et tenta de le lui enlever, mais celle-ci lutta pour qu'il reste en place.

— Ne me touche pas ! cria-t-elle de façon bien plus inquiète maintenant.

— Qui sont ces types ? lui cria-t-il tout en essayant de remonter son pull plus haut. Comment ton si merveilleux petit ami a-t-il pu te mettre dans une telle merde ? C'est comme ça qu'il t'aime ?

Ethan avait réussi à libérer la poitrine de Kaya, prêt à en saisir son téton de ses lèvres. Il bloqua alors les jambes de la jeune femme avec ses genoux, tout en empêchant ses bras de le repousser.

— Arrête ! hurla-t-elle maintenant, tandis qu'Ethan glissait sa tête contre sa poitrine en vue de lui lécher le sein.

— Tu parles à un connard, je te rappelle. Je fais ce que je veux ! Ça tombe bien que tu sois consentante, car il y a plein de trucs que j'ai envie de faire !

— Où as-tu vu que j'étais consentante, là ? S'il te plaît, arrête ! l'implora-t-elle à bout de force.

— Je n'entends pas ! lui dit-il alors que son sein n'était plus qu'à un centimètre de sa bouche. Je vais croquer ton sein tout cru ! Attention, j'arrive !

Ethan se mit à sourire de façon suffisamment machiavélique pour la faire craquer.

— Il n'y est pour rien ! cria-t-elle enfin, abattue. Adam n'a rien fait, c'est moi ! Tu ne comprends pas, c'est moi la responsable. C'est moi qui l'ai tué !

11
Repentant

Ethan cessa net ses attouchements devant sa révélation. Kaya se mit à pleurer. Le chagrin la saisit à nouveau. Se sentant plus libre une fois qu'Ethan se fût redressé et poussé, elle se recroquevilla pour laisser parler sa peine tandis qu'il analysait sans cesse ses mots dans sa tête.

— Comment ça, tu l'as tué ? demanda-t-il, choqué.

Tout est de ma faute. S'il ne m'avait pas rencontrée, il serait encore en vie.

Les larmes dévalaient ses joues. Sa tristesse était perceptible, car elle était accompagnée par des gémissements plaintifs. Ses larmes n'étaient pas une réponse à ses gestes déplacés, mais bien à une peine plus lourde. Révéler sa culpabilité à voix haute avait dû la replonger dans ses pires souvenirs. Sa douleur était finalement bien plus profonde que celle qu'elle avait ressentie plus tôt, avec l'agression de Phil et Al. Ethan se trouva bouleversé par son aveu et sa résonance. S'il en avait connaissance auparavant, il pouvait à présent avoir la certitude que cet homme comptait pour elle d'une façon incommensurable. Il ne la pensait pas coupable d'un tel acte, car il voyait bien que ses larmes étaient de véritables larmes d'amour. Malgré tout, toutes les questions qu'il se posait à présent ne demandaient que des réponses.

— Tu finis enfin par me parler... Tu me fais vraiment employer des méthodes pas sympas. Pourquoi faut-il que tu me pousses à bout tout le temps ?

Il ferma les yeux un instant, puis s'allongea à côté d'elle. Il rabattit une nouvelle fois la couverture sur eux et ne bougea plus, la laissant à sa souffrance. Il regarda son dos pris par les soubresauts de ses pleurs en se demandant s'il pouvait la prendre dans ses bras. Réaction complètement bizarre pour lui qui ne devait pas consoler. Il reconnaissait que la méthode pour la faire parler n'était pas la plus judicieuse, sachant ce qu'elle venait de vivre, mais parfois les électrochocs étaient bien plus efficaces que n'importe quelle gentille parole. Il le savait.

La délivrance en expiant la souffrance par une autre souffrance...

Il se toucha le torse en repensant à sa souffrance, à la délivrance qui s'en est suivie. Son passé la rongeait. Il fallait qu'elle l'évacue, qu'elle trouve un écho jusqu'à lui. Il savait aussi que la solitude n'était pas une amie. Il avait su s'entourer de personnes sur qui il pouvait compter. Kaya était désespérément seule, mais il était là. Il fallait qu'elle le comprenne.

Finalement, il se contenta de lui caresser le dos du bout du doigt, mais elle s'écarta de lui. Il soupira. Elle pouvait lui en vouloir, il ne lui en voudrait pas. Mais il devait savoir. Quoi qu'il puisse arriver par la suite, il aurait ses réponses.

— Raconte-moi... Qu'est-ce qui s'est passé ? Pourquoi dis-tu que tu l'as tué ? Comment est-il mort ? Kaya...

— Je dois de l'argent... finit-elle par avouer sèchement. Beaucoup.

Sa voix était ferme, preuve qu'elle était vraiment fâchée contre lui, mais fatiguée de devoir rendre des comptes. Il ne s'en formalisa toutefois pas.

— Combien ?

— La dette était de deux cent mille euros. Adam et moi l'avons réduite à cent cinquante mille. Voilà, tu es content. Maintenant, dégage de chez moi ! Je veux être seule ! Je ne veux plus voir personne. Je veux qu'on m'oublie... finit-elle par un nouveau sanglot.

Ethan bafouilla en voulant répéter le montant énoncé. Ce n'était pas une petite somme. C'était même énorme. Sa dernière requête passa comme un coup de vent. Partir était loin d'être son envie. Il restait plutôt bloqué sur les zéros qui s'alignaient derrière les premiers chiffres.

— Comment as-tu fait pour en arriver là !? s'agaça-t-il sans vraiment le vouloir. On ne dépense pas autant d'argent comme ça ! Les crédits à la consommation, ce sont des cercles vicieux à ne surtout pas cumuler. Tu te rends compte : deux cent mille euros ! Comment as-tu pu être si inconsciente ?!

Kaya reprit plus fort ses sanglots. Ethan soupira. L'accabler n'était pas la meilleure façon de lui répondre.

— OK... Pardon... Ma remarque était déplacée. Tu n'es effectivement pas prête à tout rembourser. Je comprends aussi pourquoi tu vis dans un tel état de pauvreté...

Il voulut une nouvelle fois la toucher, mais se rétracta.

— Pardon, je me rends compte que je suis un idiot. J'ai manqué de clairvoyance à ton égard. J'aurais dû comprendre ta situation vraiment précaire...

Il soupira de désarroi et se contenta de lui caresser la pointe de ses cheveux complètement décoiffés.

— Ce que je ne comprends pas, continua-t-il doucement, c'est qui sont ces types. Des agents de recouvrement ne se conduisent pas comme ça. Pour qui travaillent-ils ? Tu ne me dis pas tout, pas vrai ?

Kaya continua de pleurer. Elle secoua la tête négativement, mais son silence ensuite lui montra qu'elle refusait d'en dire plus. Elle lui en voulait. Son agressivité à vouloir la faire parler avait eu raison de toute sa bonne volonté à tenir debout et l'entêtement d'Ethan à rester près d'elle avec ses questions lui devenait insupportable. Elle était psychologiquement épuisée.

— Kaya... dit-il menaçant. Je n'ai pas envie de recommencer à te contraindre de quelque manière que ce soit. Écoute, je ne serais jamais allé jusqu'au bout. Je voulais juste te faire parler parce que tu ne veux rien me dire. Je reconnais que je n'aurais pas dû employer de telles méthodes après ce que tu viens de vivre. Te faire peur comme ça était nul. Pardon. Et puis de toute façon, ce n'est pas si grave, ma bouche connaît déjà ton téton, marmonna-t-il pour lui-même, sachant très bien qu'elle avait zappé deux ou trois détails lors de la soirée chez Laurens. Mais... j'ai besoin de savoir. Ça me fout en rogne que tu ne me dises rien ! Je suis sûr que je peux t'aider, merde ! Aie confiance. Ton idée de me protéger est inutile, car j'en ai vu d'autres, crois-moi ! De toute évidence, je ne partirai pas tant que je n'aurai pas des réponses !

Kaya renifla encore et encore. Ethan se sentit affligé par son entêtement à vouloir le tenir à distance, mais aussi agacé par cette impasse. À lui souffler le chaud et le froid, elle en avait fini par refermer sa coquille une bonne fois pour toutes. Il regrettait toute cette soirée. S'il ne l'avait prise avec lui pour aller faire du sport, elle ne serait pas dans cet état. Sa patience lui faisait défaut. Sa colère commençait à le ronger. Colère contre lui-même d'être arrivé trop tard, de ne pas être un exemple d'intégrité, au point de profiter de sa faiblesse et de lui faire faire des choses dont il savait que ce n'était pas la bonne solution. Cindy, sa mère adoptive, lui avait déjà dit que le sexe n'était pas une solution primordiale au réconfort. Mais que pouvait-il faire d'autre, sans y laisser des regrets et son cœur au passage ?

Il était aussi en colère contre elle. Il savait qu'il ne devait pas s'énerver, mais il supportait de moins en moins son manque de reconnaissance. Il était là, mais sa présence ne suffisait pas. Elle le mettait encore à l'écart de ses problèmes. Il pouvait quelque part la comprendre. Lui-même ne lui disait pas tout de sa vie quand elle le lui demandait. Il était un connard, après tout. Ils étaient deux étrangers dont les intérêts se réunissaient fortuitement dans ce contrat avec Laurens. Et après ? Il n'était pas son ami. Comment pouvait-il se revendiquer confident ? Que pouvait-il espérer ? Pourtant, une certaine complicité était née ces quelques jours. Certainement pas une amitié indestructible, mais il pouvait admettre qu'il avait partagé certaines choses qu'il ne se serait même pas permis avec une autre femme. C'était sans doute ce qui le blessait le plus. Il s'était un peu ouvert à elle, mais elle l'ignorait. Elle ne se rendait pas compte des efforts qu'il avait déjà faits, même si d'un point de vue extérieur, cela pouvait paraître normal, logique. Elle ne voyait pas la légitimité de sa demande.

— Bordel Kaya ! Réponds-moi ! Ne me laisse pas avec toutes ces interrogations ! Je suis majeur et vacciné. En signant, on s'est mis d'accord pour s'accommoder des contraintes de l'autre. Sauf que là, je subis au lieu d'agir en conséquence. Je reste passif au lieu de pouvoir chercher des solutions !

— Il n'y a pas de solutions au problème ! lui cria-t-elle aux abois, tout en se retournant pour lui montrer qu'elle ne plaisantait pas, qu'elle avait fait le tour de toutes les options. Je dois cent cinquante mille euros, j'ai des impayés partout. Où crois-tu trouver une solution ?

Ethan la dévisagea, agacé par l'impuissance face à laquelle elle le confrontait. Certes, il ne pouvait pas lui donner l'argent qu'il lui manquait. Il n'avait aucune raison de le faire, même s'il en avait la capacité... Mais il était là. Il était à ses côtés, en dépit de tout.

— Ne me prends pas pour un idiot ! lui rétorqua-t-il sur un ton menaçant, ne souhaitant pas se laisser déstabiliser par son ton agressif. J'ai toujours trouvé une solution à mes problèmes. Raconte-moi ce que tu as fait avec Adam et après on analysera.

Kaya le considéra un instant. Était-il fou ? Inconscient ? Ou carrément crétin ?

Il lui caressa alors le visage. Un geste qui radoucit instantanément la tension entre eux deux. Un geste qui l'exhortait à s'ouvrir à lui, à cesser leur haussement de ton. Kaya plongea son regard dans ses prunelles chocolat et put y lire sa colère, sa tristesse, son besoin de savoir, mais aussi son inquiétude. Elle se mordit la lèvre et ferma les yeux. Ethan put apercevoir que son esprit luttait, qu'elle hésitait.

— Je ne suis pas idiot, Kaya... lui répéta-t-il plus doucement. J'ai juste besoin de savoir pour mieux réagir en fonction. Je ne romprai pas le contrat que j'ai avec toi. Tiens-toi-le pour dit ! J'ai besoin de ce contrat avec Laurens. Par conséquent, il va falloir composer avec moi, que tu le veuilles ou non. Tu ne te débarrasseras pas de moi comme ça, aussi facilement. Je ne partirai pas. Je suis un dur à cuire ! Je crains que tu n'aies pas d'autres choix, Princesse...

Kaya baissa la tête. Elle savait qu'il pouvait se montrer têtu. Elle savait qu'il était capable de bien des choses pour obtenir gain de cause. Elle agrippa le pull d'Ethan dans un geste de rage. Elle lui en voulait de s'obstiner ainsi. Elle le détestait encore plus à toujours vouloir s'imposer à elle, telle une évidence. Elle ne voulait pas le mettre en danger, mais sa façon si particulière de ne pas lui laisser d'autre alternative possible lui faisait aussi du bien, car elle ne se sentait plus seule. On la remarquait enfin et on voulait l'aider. Il comblait un vide qui la suivait depuis un moment : ne plus être abandonnée.

— Ton contrat avec Richard ne vaut pas tous les risques qui peuvent découler de moi... lui murmura-t-elle.

Ethan prit une grande bouffée d'air pour trouver encore un peu de force, de courage ; elle s'obstinait dans sa crainte, mais elle lui répondait. Ses larmes s'estompaient et elle lui parlait, du moins elle n'était pas totalement hermétique à ses paroles. La façon dont elle se raccrochait à lui le rassurait, même s'il y voyait de la rage par les veines qui ressortaient de ses mains. Comme si elle luttait pour que sa colère garde encore un bien-fondé alors qu'elle ne voulait pas qu'il parte, alors qu'elle appréciait quand même sa présence.

— J'ai un côté tête brûlée, tu sais !

Il lui sourit gentiment, comme si cette confidence était la solution à son dilemme. Son côté suicidaire était une marque de garantie.

— Dis-moi Kaya, confie-toi à moi. Je ne suis pas Adam. Je ne compte pas mourir sans avoir décroché ce foutu contrat, alors parle. S'il te plaît.

Contre toute attente, Kaya s'esclaffa. Son entêtement à vouloir à tout prix son contrat avec Laurens la fit sourire. Comme si tout le reste n'était que peccadilles, des petits aléas sans gravité qu'il écrasait sur son passage, tel un bulldozer. Toujours atteindre ses objectifs... Ethan se mit à sourire en voyant le sien. La tension s'estompait, sa colère disparaissait, l'ambiance se radoucissait.

— Bah au moins, j'ai retrouvé ton sourire dans tout ça !

— Idiot ! lui dit-elle tandis qu'elle tentait de se montrer moins amusée.

Ethan se réajusta un peu plus à sa hauteur sur le matelas pour mieux voir son visage, bouffi par la fatigue et les larmes. Kaya regarda alors le visage d'Ethan, à nouveau un brin espiègle face à elle. Il posa sa tête sur son coude replié, pour se mettre à son aise, comme s'il était sur son canapé en train de regarder la télé. Elle ne put s'empêcher de sourire. Par moments, son détachement face aux choses graves l'épatait. Il réussissait en un regard, un sourire, une position, à dédramatiser la pire situation, à vous faire relativiser sur n'importe quel point.

— Tu veux vraiment savoir toute mon histoire ? lui demanda-t-elle par capitulation.

Il secoua la tête affirmativement, ravi de voir enfin sa requête entendue. Elle voyait presque un enfant attendant son conte avant de s'endormir, la lueur de la bougie aidant bien à l'atmosphère.

— Vraiment toute ? Ça va être long, tu sais !

— Tu vas me faire croire que ta vie est un feuilleton aussi !? Tant que tu ne commences pas à la naissance...

— Non ! Ça commence à mes trois ans !

Ethan se mit à rire. Même dans les moments durs, ils retrouvaient toujours un moment de légèreté. Ils arrivaient toujours à retomber sur une petite plaisanterie. Il en venait à chérir ces moments, au point de vouloir l'embrasser sur la bouche tellement il aimait ces badinages avec elle. Il se contenta de l'attraper avec son autre bras et la ramener près de lui. Dans de telles situations, seul le fait de devoir combler la distance l'importait. Retrouver leur bulle, leur jardin secret. Juste être seuls au monde, aussi invraisemblable que soit cette envie, cette situation. Kaya se laissa faire sans rien dire. Elle retrouva sa quiétude, elle retrouva cette proximité avec lui qui l'avait bercée un peu plus tôt quand il l'avait gardée un moment dans ses bras. Ce petit moment où tout leur petit monde n'existait plus, où leurs tracas et leurs querelles étaient oubliés et où seule la présence de l'autre suffisait.

— Tu es obligée de remonter aussi loin ?

— C'est à cet âge que j'ai connu Adam...

Le cœur d'Ethan rata un battement. Il s'attendait à tout sauf à ça. Il avait pensé à une idylle à sa période adulte, une rencontre estudiantine classique ou un hasard comme avec lui, mais cette première révélation fut bien plus perturbante : ils avaient donc grandi ensemble.

— Nous nous sommes connus à la maternelle... commença-t-elle. On n'arrêtait pas de s'embêter. Il me piquait mes crayons, je gribouillais ses dessins. Ma mère l'appelait « le fiancé ! ». Elle l'aimait beaucoup et aimait bien me taquiner avec ça. Comme je te l'ai dit, ma mère est morte d'un cancer à mes six ans. Je n'ai pas beaucoup de souvenirs d'elle, mais je sais qu'on parlait souvent d'Adam quand elle venait me récupérer à l'école le soir... Ça l'amusait ! Le visage de Kaya s'illuminait à ce souvenir, ce qui agaça un peu Ethan.

« Le fiancé », et puis quoi encore ! Comme si à trois ans on pouvait se marier !

Qu'elle ait de si vieux souvenirs d'Adam l'énervait. Il avait donc bien grandi avec elle. Il pouvait deviner qu'ils se connaissaient donc par cœur, chose qui était loin d'être son cas. Quant à sa mère, il enviait un peu cette lueur à la fois triste et heureuse dans ses prunelles à son évocation. Il ne pouvait pas vraiment dire qu'il avait éprouvé le même bonheur qu'elle. Sa vraie mère n'était jamais à l'heure à la sortie des classes et ses camarades de classe ne cessaient de se moquer de lui et de sa maman « chelou ».

— Quand ma mère est morte, ce fut très dur. Mon père n'a cessé de pleurer pendant des mois. Il se retrouvait à devoir me gérer seul, en plus de son deuil. Il n'a pas été très présent pour me consoler, lui-même incapable de trouver la force pour sécher ses larmes le soir. Je n'avais plus de grands-parents chez qui me réfugier ou trouver des réponses à la disparition de ma mère. Je n'avais que l'école pour me distraire, je n'avais qu'Adam. Il a tout fait pour que je ne pleure pas, pour que je sourie. Il le faisait de façon détournée, mais je savais que c'était lui. Le temps a passé et j'ai composé avec ma tristesse. J'aimais l'école. Je crois que mon amour pour Adam a commencé vraiment à ce moment-là. Il me tardait d'être le lendemain pour le voir. Certains jours, on s'ignorait, mais d'autres, nos regards se croisaient, on se bousculait plus ou moins volontairement à la cantine, ou il faisait exprès de faire tomber son stylo ou sa gomme pour venir près de moi. On trouvait toujours une excuse pour s'interpeller, pour signifier à l'autre qu'on était là. C'était un merveilleux ami. Mon meilleur ami.

À ses aveux, une boule se forma dans la gorge d'Ethan. Plus il en apprenait sur celui qu'il voyait un peu comme un rival, plus il réalisait qu'il était loin de l'égaler. Lui qui se croyait proche d'elle était bien ridicule par rapport à ce qu'elle avait connu.

— Tout bascula au collège. L'entreprise dans laquelle travaillait mon père fit faillite. Il se retrouva donc au chômage. Il enchaîna les petits boulots, mais il ne parvint pas à trouver une stabilité et les loyers et la nourriture venaient en fonction de ses rentrées d'argent. Le quotidien devint plus... difficile. Nous avons été obligés de déménager. Faute d'argent, mon père trouva un logement plus petit, mais dans un arrondissement plus lointain, ce qui nous obligea pour des raisons pratiques à changer aussi le lieu de ma scolarité. Ce fut terrible pour moi. Je perdais Adam. Je n'avais plus mon ami, mon confident, mon exutoire. J'ai commencé à me renfermer sur moi-même. Mon père, quant à lui, travaillait de moins en moins et commença à boire.

Kaya fit une pause dans son histoire. Ethan put remarquer que son visage s'assombrissait. Son sourire à l'évocation d'Adam venait de s'effacer.

— C'est à partir de là que les choses se sont gâtées. J'ai retrouvé Adam au lycée, en seconde. C'était le seul établissement enseignant le dessin, alors j'y suis allée. J'aimais beaucoup dessiner. Ça me calmait. Retrouver Adam dans mon nouvel établissement fut un choc. Si j'avais l'air moins pétillante qu'avant, lui aussi avait beaucoup changé en quelques années. Il traînait avec une bande de jeunes très bizarres. Il fumait, ce qu'il ne faisait pas auparavant. Il s'habillait comme un junkie. Il n'était plus le garçon que je connaissais. Quand il m'a vue la première fois, j'ai pu constater sa surprise. Il avait lui aussi sans doute du mal à me reconnaître. Mes vêtements étaient vieux, usés. Je ne me maquillais pas, je gardais ma tignasse en vrac. Rien de bien attrayant, je dois le reconnaître. En même temps, je n'avais aucune raison de faire cet effort. Je n'étais plus que l'ombre de moi-même. Mais ce fut bien pire quand il tourna la tête pour m'ignorer complètement ; il signa ma fin quand il se tourna vers une fille de la bande pour l'embrasser... La pire trahison qu'il pouvait me faire... Je ne l'intéressais plus. Il en aimait une autre. Notre séparation de quelques années avait eu raison de nous. Les mois ont passé dans l'indifférence totale. Je passais tous les jours devant sa bande et lui pour rentrer chez moi. Je ne mangeais plus. J'étais squelettique. Ses copains se moquaient de moi et il ne disait rien. Avec le temps, je n'arrivais même plus à lui en vouloir. Je le comprenais. Je n'étais pas une fille intéressante, ni même mignonne. Je n'avais rien à voir avec sa petite amie du moment. Comment rivaliser quand on n'en a pas la possibilité ? Je n'avais plus goût à rien. La maison devenait un dépotoir de bouteilles vides et l'école un supplice permanent pour mon cœur. J'allais au lycée en traînant des pieds, je rentrais chez moi en traînant des pieds...

    Kaya fit une pause. Ce souvenir semblait rester encore difficile à accepter, au vu de ses yeux tristes.
    — Puis un jour, il m'accosta par surprise. Il m'a dit : « Je ne t'aime pas comme ça. Fais un effort ! » puis il est reparti. Je n'avais jamais été si heureuse de toute ma vie !
    Kaya se mit à rire en repensant à sa remarque. Ses pupilles brillaient de bonheur à cet instant. Ethan fut frappé par le changement soudain d'émotion en une fraction de seconde. Adam était vraiment une source de bonheur pour elle. Il n'y avait pas de doutes.
    — Je suis rentrée et j'ai foncé dans ma chambre. J'ai trié mes affaires, cherché dans mes économies de quoi m'acheter du maquillage – ce ne fut qu'un crayon khôl au final, mais mon tout

premier – et me suis amusée à me trouver toutes sortes de nouvelles coiffures. Le lendemain, un nouveau moi s'affichait devant lui, la tête haute !

Ethan s'imagina sans mal la scène et ce que put penser Adam à ce moment-là. Il se mit à sourire en découvrant son côté midinette avec plaisir. Kaya ne lui en tint pas rigueur.

— Adam se mit alors à rire devant tout le monde comme un idiot, sans que ses copains ou sa petite amie n'en comprennent la raison. Ce fut le début de notre réconciliation. On se croisait dans les couloirs et il m'effleurait la main. Tout le monde ignorait notre passé commun et ce fut un amusement entre nous encore plus appréciable, car il fallait « garder le secret ». Il largua très vite sa copine. Mon premier baiser avec lui fut maladroit et fougueux, mais le plus beau des baisers et nous nous retrouvâmes au bout du compte à nous bécoter au détour d'un escalier pendant l'interclasse le plus souvent possible. Je retrouvais ma moitié. Nous passions nos journées en dehors de l'école ensemble. Il laissa tomber son blouson en cuir et s'éloigna de sa bande de potes. Il arrêta aussi de fumer à cause de ma cicatrice sur ma main.

Ethan sourit à cette anecdote qu'il pouvait maintenant resituer dans son contexte. Cette fameuse cicatrice qui lui avait valu sa sortie théâtrale du fast-food.

— Le secret ne tint pas longtemps dans le lycée ; on ne se quittait plus et nous étions de moins en moins discrets. Il me raccompagnait, main dans la main, et venait me chercher le lendemain matin. J'étais folle de lui. Nous avons eu nos diplômes et avons commencé l'université. Mon père, quant à lui, vivotait en jouant au casino. Au départ, il rentrait ravi. Il revenait avec de l'argent et buvait moins. Mais ce ne fut qu'un mirage. Les jours de disette, il reprenait sa vieille habitude. Une fois, pour une raison que j'ignore encore, il m'en a collé une devant Adam. Adam fut choqué, mais surtout inquiet de me laisser avec lui. Nous avons donc décidé de vivre ensemble. Ce fut très difficile. Je n'aimais pas l'idée de laisser mon père seul. Je l'abandonnais alors que lui, avait continué tant bien que mal à rester près de moi depuis la mort de ma mère. Je n'avais pas d'argent et les parents d'Adam voyaient d'un très mauvais œil notre relation, mais ils acceptèrent de nous aider. Je n'étais pas la fille qu'il lui fallait selon eux, mais Adam fut persuasif. Nous avons commencé à vivre comme un couple. Nous étions surexcités. Je travaillais le soir après les cours pour aider au loyer et aux charges de l'appartement. Nous avions pris nos habitudes jusqu'à ce que mon père vienne me demander de l'argent... Au début, c'était de petites sommes. Puis j'ai eu des promesses, des fleurs et des « tu es merveilleuse ma fille... », mais il revenait toujours pour me demander au bout du compte de l'argent. Ce fut comme ça jusqu'à ce qu'on le tabasse un soir, car il venait de perdre.

Kaya serra un peu plus le pull d'Ethan. Il voyait que les révélations montaient crescendo en souffrance, que son bonheur devenait de plus en plus éphémère, que la tristesse se marquait à nouveau sur son visage.

— En l'emmenant à l'hôpital, les docteurs lui ont diagnostiqué un cancer du foie en phase terminale. Sans doute des années d'alcool qui ne l'ont pas aidé. Il crachait par moments du sang, mais s'était abstenu de me le dire. Avec Adam, nous avons pris mon père en charge. Je refusais de le laisser mourir à petit feu seul et Adam refusait de me voir malheureuse, même si cela lui demandait des sacrifices. Mon père a donc commencé à vivre avec nous. Mais avec lui, d'autres ennuis ont commencé aussi. Phil et Al ont trouvé notre appartement et ont commencé à exiger leur dû. Ses pertes au casino étaient bien trop importantes pour qu'ils en fassent l'impasse.

Les mots commencèrent à sortir plus difficilement de la bouche de la jeune femme. Son effort à poursuivre les révélations se faisaient sentir. Ethan posa alors sa main sur celle de Kaya lui tenant son pull, devinant que la mort de son père allait suivre.

— Mais les frais d'hospitalisation devinrent importants. Tout ne pouvait être couvert par nos petites assurances et cotisations. Adam chercha alors un job, en complément de ses études, lui aussi. Au début, nous y arrivions, mais j'avais du mal à tout concilier entre la fac, mon père et le boulot. Alors, je pris la décision d'arrêter mes études. Adam était évidemment contre, mais le cancer de mon père prenait trop d'ampleur et je devais être à son chevet. Il mourut au printemps de mes 23 ans. Je fus triste, mais en même temps soulagée. Soulagée de ne plus le voir souffrir, soulagée de ne plus imposer cette vie à Adam qui fut si patient pour moi, soulagée de pouvoir reprendre le cours de ma vie tout simplement.

Kaya fit une pause. Son regard se chargea d'amertume alors.

— Ce soulagement ne dura pas. Ma vie paisible et heureuse avec Adam ne commença pas. Phil et Al revinrent quelque temps plus tard toquer à la porte de chez nous, malgré la mort de mon père, décrétant que nous étions maintenant les héritiers de sa dette. Adam ne voulut pas l'entendre de cette manière, et ils finirent par le tabasser. J'ai donc accepté le deal. Sauf qu'en plus du versement habituel, ils réclamèrent aussi ceux utilisés pour les frais d'hospitalisation maintenant économisés, plus une hausse pour avoir refusé d'obtempérer dès le début. La menace en cas de rébellion était évidente pour moi, en voyant déjà ce qu'ils avaient pu faire à mon père puis à Adam. Je fus contrainte d'accepter. Je dus travailler alors comme une folle. Adam devenait dingue. Il n'aimait pas son impuissance, il n'aimait pas ma mine fatiguée, il n'aimait pas ce qu'était devenue notre vie qu'on voulait parfaite. Ses parents acceptaient de moins en moins qu'il travaille pour m'aider, en plus de ses études qu'il avait de plus en plus de mal à suivre. Ils lui posèrent un ultimatum : leur aide pour ses études ou moi. Adam se refusait de me quitter et je refusais que ses parents cessent de financer ses études. Il ne me demanda pas mon avis et décida de tout arrêter, se mettant à dos ses parents au passage. J'étais en colère. J'ai donc voulu rompre avec lui et... il me demanda en mariage !

Kaya lâcha un sanglot amusé. Son chagrin la frappait à nouveau. Elle était partagée entre l'impétuosité irresponsable d'Adam pouvant faire rire et la tristesse qui en avait suivi. Elle serra un peu plus le pull d'Ethan, posa son front contre son torse et baissa sa tête pour lui cacher ses larmes. Ethan prit sur lui pour ne pas la repousser en la sentant contre sa poitrine, mais aussi pour pouvoir garder sa jalousie à l'abri du regard de la jeune femme. Il n'avait plus de doutes sur le fait qu'Adam la méritait. Bien plus que lui. Il se sentait si minable en comparaison. Tous ses efforts pour devenir un homme bien jusque-là lui paraissaient superficiels.

Il aimait jouer avec elle, il aimait se battre avec elle, il aimait ces moments plus personnels où tout d'un coup tout basculait dans une intimité qui le laissait pantois au final. Il aimait cette façon qu'elle avait de le surprendre constamment, son sourire et ses yeux pétillants quand elle appréciait quelque chose de rare. Kaya le sortait de son quotidien. Elle l'obligeait à se dévoiler, à montrer ses faiblesses. Tantôt il s'en accommodait, tantôt il ne le supportait pas. Mais elle avait le mérite de le bousculer, de susciter son intérêt. Il n'en était pas de même pour lui. Lui, qui était si souvent convoité par les femmes, lui qui ne laissait jamais indifférents les gens qu'il côtoyait, car l'indifférence c'était comme perdre, se retrouvait ignoré.

Il ne voyait pas comment faire mieux. Il ne pouvait le prétendre. Effectivement, il n'était pas Adam, il était loin de l'être. Effectivement, elle ne pouvait que l'ignorer en comparaison de son fiancé. Il ne faisait pas le poids. Il ne ferait jamais le poids. Se faire remarquer par cette femme relevait du défi insurmontable. Croire qu'il pourrait chambouler son amour pour son fiancé à coup de vannes et querelles était ridicule. Croire qu'il pourrait faire mieux que lui et lui prouver qu'elle avait tort était une bêtise.

— Ce fut le plus beau jour de ma vie. Malgré l'adversité, j'étais heureuse. Tant qu'il était là, je n'avais pas peur de l'avenir... continua-t-elle en pleurant contre lui.

Ethan serra les dents de colère. Il ne devait pas se sentir si mal à l'aise devant ses aveux et pourtant, il se sentait bouillir intérieurement. Il sentait son impuissance chambouler tous ses fondements qu'il avait dû reconstruire en lui pour devenir fort. Il ne contrôlait finalement rien. Ni en lui, ni autour de lui. Depuis le début, il était échec et mat. Il le comprenait ce soir. Il ne maitrisait ni ses sentiments, ni ses démons, ni même ce qui faisait de lui cet homme fier. Et il ne contrôlait pas non plus les sentiments de Kaya. Il pensait pouvoir la faire flancher, il pensait qu'elle avait craqué à deux reprises, mais ce n'était que de la poudre aux yeux. Elle le mettait à genoux rien que par ses mots. Il pouvait essayer de déplacer toutes les montagnes du monde, cela ne remplacerait pas cet homme aux yeux de Kaya.

Elle l'aimait de cet amour unique et merveilleux qu'on lui chantait depuis des lustres et dont il doutait connaître un jour la teneur. Il comprenait maintenant le discours qu'elle donna à Simon et Barney sur l'après, lorsque sa moitié meurt. Il comprenait que lui, n'avait jamais réellement aimé. Sa mère n'était pas un ange, elle ne l'avait en fin de compte jamais rendu heureux.

« On ne peut aimer une personne qui ne vous estime pas comme il le faudrait. »

Les paroles de Cindy prenaient un peu plus de sens.

« Ne mélange pas tout Ethan, un jour tu comprendras ce qu'est le sentiment amoureux. C'est avant tout un sentiment

qui se partage, pour être pleinement heureux, mais c'est aussi un sentiment que tu partages différemment selon les personnes... »

Il enviait Adam. Il enviait cet homme qui, à son inverse, avait vraiment eu ce retour. Kaya le lui rendait encore aujourd'hui. S'il avait été là pour elle, elle-même demeurait là pour lui. Toute sa vie, elle n'avait pensé qu'à lui. Et lui ? Avait-on pensé à lui comme ça ?

Il ignorait où était sa mère, ce qu'elle faisait. Était-elle encore avec Stan ? Sans doute était-elle morte d'une overdose... Il avait toujours refusé de la revoir. La cassure avait été nette, comme les deux cicatrices qui séparaient son torse en deux et qui, au passage, avaient mis son cœur en charpie.

À l'entendre, à la voir, à imaginer Kaya avec lui, il en devenait jaloux. Un sentiment qu'il n'avait jamais vraiment ressenti jusqu'à maintenant non plus. La jalousie va de pair avec l'amour. Sans amour, pas de jalousie. Envier les autres lui était étranger jusqu'à maintenant. Il ne regardait que ses propres objectifs.

Son tableau des réussites... Symbole de toute sa façon d'être. Ce tableau qu'il remplissait et suivait à la lettre. Ce tableau qui le suivait partout. C'était Charles, son père adoptif, qui en avait eu l'idée : une colonne pour ce que l'on veut, une colonne indiquant les moyens pour y parvenir. Nos actes font ce que nous sommes. Chaque acte donne un résultat. On se construit soi-même, on ne doit rien à personne. Devenir pragmatique pour être plus fort. C'était ainsi qu'il avait évolué, qu'il avait avancé. Il l'avait sur son téléphone portable pour pouvoir garder ses objectifs constamment en tête, n'importe où où il irait.

Aussi, ressentir un tel sentiment d'envie le mettait en colère. Il avait l'impression de plonger dans l'inconnu. Les actes ne serviraient à rien avec elle. Lui, l'homme d'action, était battu. Son tableau était inutile avec Kaya. Il pouvait écrire dessus : « je la veux », qu'il n'en déterminerait pas les objectifs pour l'obtenir. Les biens matériels ne changeraient pas la donne des sentiments. C'était une guerre des sentiments qu'il devait lui déclarer. Lui montrer que son Adam n'était pas un amour infaillible en lui prouvant qu'elle pouvait éprouver d'autres sentiments en d'autres circonstances avec d'autres hommes. Utiliser les sentiments pour pouvoir percer le mystère de cette femme, c'était juste impensable. Être remarqué par cette femme en usant de paroles mielleuses était juste impossible pour lui. Il ne pouvait prendre ce risque, il ne voulait pas que son cœur saigne à nouveau. Comment le concret pouvait-il vaincre face au temps passé ? Face aux sentiments qu'Adam lui avait donnés et que lui-même était incapable d'exprimer ? Il était dans une impasse.

Que pouvait-il donc faire à part être spectateur ? Rester là, impuissant ? Rester invisible à ses yeux ? Se contenter d'oublier d'élucider l'énigme Kaya et passer son chemin ?

Kaya trouva un nouvel élan de courage pour continuer.

— Suite à sa rupture avec ses parents, Adam commença alors à travailler à plein temps. Nous finissions par nous croiser. Le seul but était d'en finir rapidement, mais Phil et Al devinrent de plus en plus gourmands en voyant que nous arrivions à tenir nos engagements et à continuer de vivre. Ils nous étranglaient de plus en plus avec l'augmentation du montant de leurs versements. L'année dernière, Adam décida de prendre un second job. Je ne voulais pas. C'était donné une occasion à Phil et Al d'en demander encore plus. Nous avions de plus en plus de mal à relever la tête. On payait le loyer, mais les charges devenaient un continuel casse-tête. Devant l'évidence, je finis par céder et il entama un boulot le soir... Noël arriva. Notre repas de réveillon fut rapide. Nous nous étions contentés d'un bon steak avec des pommes noisette. Adam gardait le sourire, mais je voyais bien que le cœur n'y était pas. Il se sentait désolé, en colère, impuissant. Il ne disait rien de cette lassitude de notre vie, mais elle transparaissait sur son visage. Notre couple en pâtissait. Cela nous rendait nerveux. Nous n'avions plus de projets, plus de moments à nous et le peu que nous avions nous mettait mal à l'aise. On devenait de parfaits inconnus. Non, j'ai craqué. J'ai balancé les assiettes loin de la table et j'ai craqué. Adam m'a regardé péter mon câble. Nous n'étions même pas fichus de passer un réveillon de Noël heureux. Il ne me répondit rien. Il n'y avait rien à dire. Il m'a prise dans ses bras et m'a bercée toute la nuit. Le lendemain, nous sommes restés au lit toute la journée. Adam tenait absolument à passer du temps pour nous retrouver, pour ne pas oublier l'essentiel. Puis, il est reparti au travail le soir.

Kaya se tut quelques secondes. Elle agrippa le pull d'Ethan avec sa seconde main.

— Le lendemain matin, à sept heures, on frappa à ma porte. C'était un policier. Il venait m'annoncer que... qu'on avait retrouvé une voiture accidentée contre un arbre, sans doute à cause du verglas ou de la fatigue, et qu'Adam n'avait pas survécu.

Les mains de Kaya se mirent à tirer simultanément sur le pull d'Ethan. Son chagrin reprit de plus belle, mais maintenant il pouvait comprendre pourquoi elle s'en voulait. Pourquoi elle se sentait coupable. Pourquoi la mort d'Adam l'avait profondément marquée. Il soupira et la serra dans ses bras. Kaya passa les siens autour de sa taille pour pouvoir se laisser aller contre son pull. Il voulait lui dire des mots réconfortants, mais ne savait pas lesquels. Il voulait alléger sa peine par une blague, mais il ne trouvait pas.

— Tu ne dois pas rester, Ethan. Si tu me détestes suffisamment, alors va-t-en ! lui lança-t-elle dans un dernier espoir.

Ethan se mit à rire.
Si je te déteste suffisamment ?

Il ne put s'empêcher de rire amèrement. La détester. Il la détestait, mais il ne pouvait partir. Outre son contrat, il ne voulait pas en finir avec elle comme ça. C'était plus fort que lui. Il détestait cette sensation d'avilissement qu'elle exerçait involontairement sur lui. Il détestait cette impression agréable dès que leurs deux corps étaient trop proches. Il détestait être la cinquième roue de son carrosse de bois. Il détestait de ne plus détester être avec elle.

— Je t'ai dit ma réponse, Princesse butée.

— Ils vont te retrouver et te menacer. Ils ne vont pas te lâcher !

— Et bien on verra, s'ils ont du cran. Dans tous les cas, ça ne change rien à nous et notre accord.

Kaya le regarda alors, stupéfaite. Il souriait de façon détendue, comme si son long discours n'avait pas émaillé son assurance.

— As-tu entendu ce que je viens de te dire ?

— Oui oui, lui dit-il de façon lasse. Une histoire de Barbie avec son Ken. Rien de bien fantastique.

Kaya loucha sur lui, ne sachant si elle devait s'en vexer ou le prendre avec humour.

— Tu te fous de moi ?

Il la sonda quelques secondes, puis lui afficha son sourire entendu.

— Pas de quoi fouetter un chat ! Ton Adam, même pas capable de conduire une voiture ! Sans dec, ça craint ! Il ne vaut pas tous ces tourments.

Kaya le repoussa, blessée par ses propos.

— Tu ne le connais pas et mes tourments ne regardent que moi, alors arrête de te la jouer sup...

Kaya n'eut le temps de finir sa phrase, Ethan la rattrapa pour la ramener contre lui et posa son nez contre le sien. Kaya se sentit rougir, affolée pour une raison que même son cœur n'arrivait pas à comprendre.

— Je suis bien mieux que lui ! Pour preuve, je sais me battre ! Ma cicatrice sur mon arcade en est la preuve. Je me la suis faite en me battant contre Eddy, il y a trèèèès longtemps ! Il ne m'arrive pas à la cheville, ton Adam.

Kaya se décolla un peu de son visage pour observer sa cicatrice. Cette fameuse cicatrice dont il refusait de lui en dire la cause au fast-food.

— Eddy... Ton ami-espion ?

— Lui-même ! dit-il en riant devant le surnom de son ami.

Elle leva la main pour toucher du bout du doigt la marque sur son arcade sourcilière. Ethan en fut surpris et se sentit subitement mal à l'aise. Son cœur s'emballait juste par ce simple contact. Il avait pourtant connu pire, mais un simple geste venant d'elle et c'était tout son corps qui s'alarmait et réagissait en de délicieux picotements. Elle la caressa légèrement puis le regarda. Il se mit à rougir, bouleversé par ce geste pourtant anodin.

— Coup de poing ?

Il hocha la tête sans réussir à décrocher son regard obnubilé par sa cicatrice.

— Trois points de suture... mais j'en ai pris un aussi là, fait aujourd'hui même, lui dit-il en montrant sa mâchoire un peu rouge, en lui rappelant le coup qu'il venait de recevoir.

— Un vrai bad boy ! s'amusa-t-elle à dire.

— Tu te rends compte.... tu as un bad boy connard de petit ami ! Tu es gâtée...

Il lui sourit, mais n'attendait finalement qu'une chose. Son cœur n'en pouvait plus de tambouriner dans sa poitrine.

Kaya... console-moi...

Selon sa réponse, il ne se retiendrait plus.

— Tu les alignes effectivement. Tu comptes obtenir toutes les nuances de connard possibles ? Tu es plutôt bien parti, mais je préférerais être prévenue avant que tu m'en sortes une nouvelle, que je me prépare au pire ! Parce qu'entre le connard pervers, le connard intelligent, le connard king size, le connard dominateur, je commence à franchement m'inquiéter. Ça fait beaucoup pour une seule et même personne ! Et encore, je n'ai pas tout dit !

Ethan se mit à rire. Il ne s'attendait pas à cette réponse. Encore une fois, elle le prenait au dépourvu.

— Tu devrais alors t'accrocher dès maintenant, car j'ai une nuance de connard qui est en train de naître et qui ne va pas te plaire !

Vas-y, Princesse ! Dis-moi « quoi donc ? » que je t'embrasse comme un fou ! Putain Kaya, dis-le, que je te sorte la version connard fougueux !

— Et bien, retiens-la au fond de toi ! Tant qu'à faire, j'ai été assez bousculée psychologiquement ce soir, donc je préférerais m'en passer ! Tu es un homme trop compliqué à cerner et je n'ai pas besoin de nouvelles surprises pour le moment.

Kaya se redressa et chercha ses affaires. Ethan la regarda, scotché. Une claque n'aurait pas eu pire effet. Il pouvait ravaler son baiser et tout espoir avec. Même pas eu le temps de comprendre qu'il venait encore une fois de se prendre une douche froide. Elle se rhabilla sans même le regarder.

S'il était un connard, nul doute qu'elle était une princesse sans pitié.

Il sourit cependant. Il venait de retrouver la femme de défi qu'il connaissait. Il sentait que ça lui prenait aux tripes... Il attrapa son téléphone portable dans sa poche et ouvrir l'application où se trouvait son tableau des objectifs. Dans la colonne « ce que je veux » il inscrivit en gros « KAYA », dans celle des moyens pour y parvenir, il se contenta d'un seul mot : « Tous ». Il se releva au bout d'une minute et ramassa la bougie au sol. Il souffla dessus et déclara pour lui-même :

— Ce n'est que partie remise, Princesse...

12
Loser

Kaya se réveilla tard. Sa nuit avait été agitée. Elle n'avait cessé de ressasser ce qui lui était arrivé depuis aussi longtemps qu'elle s'en souvenait. Elle ne devait pas en vouloir à son père, pourtant cette nuit elle l'avait détesté. Tout était de sa faute, même si elle avait toujours admis qu'il avait dû être difficile de subvenir aux besoins de sa fille et de lui-même. Malgré cela, sa vie avait radicalement changé quand il avait commencé à sombrer dans l'alcool et les jeux. Leur famille n'était plus qu'illusion. Le fait d'avoir une fille : un détail qui n'était plus sa source de bonheur, le fruit de son union avec sa mère, mais bien une charge dont il se serait passé. Oui, cette nuit, elle l'avait détesté plus que certains jours. Bien plus que le jour où il l'avait frappé devant Adam après avoir bu, bien plus que la fois où il avait dépensé l'argent qu'elle avait si durement gagné pour jouer au casino. Elle l'avait détesté bien plus encore que lorsque la police lui avait annoncé la mort d'Adam. Oui, tout était de sa faute. Il était à l'origine de tous ses maux. Et cette nuit, elle n'avait pas trouvé la force de lui pardonner. Malgré tout l'amour qu'une fille pouvait porter à son père, cette fois-ci, elle ne pouvait plus accepter ses circonstances atténuantes.

Si Ethan n'avait pas été là, qui sait comment elle se serait réveillée ce matin ? Tout cela à cause de lui, son père. Si Ethan n'avait pas fait fuir aussi efficacement Phil et Al, qui sait ce qui aurait pu être signalé ce matin : un meurtre ? Doublé d'un viol ? Si

Je te veux ! T2 – Chapitre 12

Ethan n'avait pas été là...

Elle sortit de sa chambre et alla machinalement vers la cuisine. Ses yeux s'écarquillèrent en remarquant le comptoir. Des croissants avec un verre de jus d'orange et une rose se trouvaient sur un plateau. Un post-it accompagné l'ensemble. Elle se saisit du mot et le lut.

« Je rentrerai tard, ce soir. Ne m'attends pas. Par contre, tu as mon téléphone. Si tu as un souci ou que ça ne va pas, tu peux m'envoyer un message. Je t'envoie de quoi te rassurer... Ethan »

— De quoi me rassurer ?

Perplexe, Kaya prit la rose dans sa main et en huma le parfum. Elle pouvait le maudire si facilement d'ordinaire, mais devant ces croissants, elle sourit. Il faisait preuve de beaucoup d'attention à son égard depuis la veille, depuis son agression et cela lui faisait du bien. Comme si la hache de guerre était provisoirement enterrée et qu'une pause s'était instaurée pour qu'elle ne soit plus aussi affectée par sa vie chaotique. Depuis le début, Ethan lui apportait bizarrement cette touche de sérénité, de douceur dont elle avait besoin pour se relever, pour faire face et croire que le malheur n'était pas devenu une habitude. Même si son caractère laissait à désirer, elle ne pouvait se plaindre de sa vie avec lui. Il lui redonnait envie de vivre, de savourer ce qu'elle n'avait plus la possibilité de goûter. Des petits détails comme du confort, de la bonne bouffe ou des soirées entourées de monde qu'elle s'obligeait à oublier pour ne pas en souffrir. Ethan lui rappelait qu'elle pouvait y avoir droit, elle aussi... Y avoir droit... Pouvait-elle vraiment le croire ? Combien de temps ces petits bonheurs allaient-ils encore réellement durer ?

Elle se saisit d'un croissant et croqua dedans. Elle repensa alors à la veille et ses souvenirs bifurquèrent sur la façon dont il l'avait consolée. Elle se mit à rougir instinctivement. Son cœur se serra. Elle pouvait encore sentir son souffle dans son cou quand il murmurait « ce n'est rien, je suis là... ». Ses mains sur ses cuisses, ses fesses, ses seins qui effaçaient lentement le dégoût qui s'était incrusté sur sa peau. Le souvenir de cette parenthèse lui fit battre son cœur plus fort. Elle posa son croissant et s'attrapa les bras pour s'apaiser, se bercer. Un geste qu'elle pensait efficace, mais qui ne faisait que confirmer son besoin d'être une nouvelle fois dans les bras d'un homme. Elle grogna de déplaisir.

Kaya, tu ne vas pas te faire avoir et tomber dans ses bras à la moindre excuse quand même ! Ressaisis-toi ! Tu peux te passer de lui ! Tu as bien réussi jusque-là !

Elle soupira, son regard lorgnant son croissant. Un petit déjeuner auquel elle n'avait jamais songé. Des croissants... Une éternité qu'elle n'en avait pas mangés. Elle caressa les pétales de la rose doucement. Pourquoi Ethan se montrait-il si prévenant ? Pourquoi la rose ? Pourquoi pas uniquement le petit déjeuner ? Il avait dû se lever encore plus tôt pour acheter tout cela. Pourquoi faisait-il tous ces efforts ? Il en avait déjà fait suffisamment.

Le contact duveteux des pétales la laissa songeuse. Un contact qui lui rappela la douceur d'Ethan malgré les apparences trompeuses. Ses doigts sur sa peau. Un effleurement léger, vaporeux, mais redoutable d'efficacité. Elle pouvait encore ressentir ses touches suaves et sensuelles sur ses tétons d'abord, puis sur son ventre, sur ses hanches... jusqu'à ce qu'elles deviennent aussi piquantes que les épines de cette rose. Se remémorer la façon dont il avait saisi sa poitrine la perturba. Douce puis si emportée. Contre toute attente, elle avait aussi aimé cette brutalité sur la fin. Cette étreinte violente avait réveillé en elle son besoin de sentir un homme près d'elle. Elle avait toujours vécu avec Adam. Son absence ne faisait que confirmer qu'elle n'aimait pas être seule, qu'elle avait besoin d'être accompagnée dans sa vie, d'être cajolée, d'être l'objet de toutes les attentions d'un homme. Elle ne savait pas vivre seule.

Elle attrapa son croissant et arracha un morceau de ses dents avec agacement. Elle se sentait soudainement fébrile et devait revenir à la réalité. Ne pas se conforter de la présence d'Ethan à ses côtés. Malgré tout, la suite inévitable lui vint à l'esprit. Sa langue indécente sur sa vulve, la léchant de façon à la fois câline et redoutable, dévastant au passage les doigts crasseux de Phil pour lui laisser une sensation plaisante, voluptueuse. Elle posa ses mains sur ses joues. Elle avait chaud et ne doutait pas d'être rouge cramoisi de honte en y repensant. Elle n'était pas du genre farouche. Avec Adam, elle avait appris à se libérer de toute gêne, à accepter ses désirs et sa sensualité. Elle pouvait devenir impudique, provocatrice, même dévergondée. Elle se mit à sourire à cette idée. Elle repensa à Adam et tout ce qu'elle avait été prête à faire pour lui. Elle repensa à son sourire polisson quand elle lui faisait une surprise coquine. Son regard libidineux et cette façon dont il se jetait sur elle pour satisfaire ses instincts bestiaux. Leurs heures passées au lit à se caresser, s'embrasser, s'unir de façon plus ou moins inconvenante.

Kaya pouffa. Encore aujourd'hui, elle s'étonnait de ce dont elle était capable de faire pour lui... Elle s'étonna aussi de ce qu'elle avait pu faire la veille avec Ethan. Tout cela n'avait ni queue, ni tête. Comment avaient-ils pu en arriver là ? Comment avait-elle pu se toucher de la sorte ?

Une première fois...

Elle resta songeuse quelques secondes. Après presque un an de deuil, jamais elle n'en avait éprouvé le besoin et Ethan le lui avait suggéré avec une telle facilité, une telle évidence, comme si cela coulait de source. Elle se cacha les yeux de ses mains. Repenser à ça la marquait plus qu'elle ne le voulait. Se permettre de telles choses avec lui relevait de l'inimaginable et pourtant... Avec Ethan, les choses étaient bien compliquées. Pas de sentiments, mais il se voulait rassurant. Pas d'amour, mais il avait pu se montrer doux.

Pas de promesses d'affection entre eux et malgré cela, elle avait réussi à ne penser qu'à lui et à personne d'autre pendant plusieurs minutes. Adam ne comptait plus pourvu qu'il arrive à rassasier sa soif de réconfort. Il avait même réussi à lui faire oublier l'unique homme de sa vie et ses promesses d'amour. Ethan était un homme mystérieusement incroyable.

Kaya rigola ironiquement de cette situation. Il l'avait marquée de ses doigts, de ses lèvres avec une facilité déconcertante. Elle l'avait laissé faire, allant au-delà de toute logique. Il avait raison : elle en avait besoin. Besoin de prévenance, d'égards, de sérénité. Juste se vider la tête un peu et se laisser aller. Même Adam, par moments, lui paraissait comme un poids. Son amour pour lui ne faisait que ressasser ces échecs, ses pertes, sa vie si médiocre. Ethan lui avait donné un second souffle dont elle ne pensait pas avoir besoin. Juste oublier un peu et ne penser qu'à elle. Il avait cette capacité déroutante de vous mener par le bout du nez, de vous faire faire des choses que vous n'auriez jamais pensé faire. Il l'avait sauvée au-delà de son altercation avec Phil et Al. Il l'avait secourue d'elle-même. Même si elle avait encore de l'amertume en elle à cause de son père, elle pouvait reconnaître qu'elle n'était pas triste. Elle ne se sentait pas pour autant dévastée. Toute femme aurait dû l'être après une telle agression ; ce n'était pas vraiment son cas. Même si tout était encore trouble dans sa tête, il avait anesthésié ses craintes. Elle attrapa à nouveau son post-it pour le relire tout en buvant son jus d'orange.

— Je t'envoie de quoi te rassurer... Qu'est-ce qu'il mijote ?

La sonnette retentit à ce moment-là. Kaya fixa la porte avec surprise. Elle regarda une nouvelle fois le message sur son bout de papier et instinctivement se méfia. Elle n'était pas sur son 31. Son long t-shirt d'Adam de basket à l'effigie des Chicago Bulls, les cheveux en bataille, des cernes sous les yeux sans nul doute. Elle soupira quand la sonnette résonna une seconde fois dans l'appartement. Elle quitta le comptoir de la cuisine nonchalamment et examina la porte d'entrée avec attention.

Et si c'était Al et Phil ?

Lentement, elle regarda discrètement dans le judas, puis considéra un instant la situation. Ni l'un ni l'autre. Un homme au crâne rasé avec un gros tatouage dans le cou attendait devant sa porte.

Qui cela peut-il bien être ? Un complice de Phil et Al m'ayant retrouvé ?

Elle déglutit, sentant sa poitrine se gonfler d'angoisse. La sonnette retentit une troisième fois, mais avec plus d'insistance.

Si cela avait été un des sbires du Patron, il aurait sans doute défoncé la porte...

Doucement, elle attrapa la poignée de la porte et ouvrit en s'assurant que le loquet était bien attaché avant. Kaya put voir dans l'entrebâillement un homme dont le physique ne lui indiquait rien de bon. À son crâne rasé et son tatouage qu'elle pouvait identifier comme étant une tête de loup fait en symbole tribal, s'ajoutait une tenue pour le moins particulière, dont une mère aurait pu vivement s'inquiéter. Veste en cuir, pull noir, treillis kaki, rangers pleins de terre. Des tatouages sur les doigts que même ses grosses bagues ne cachaient pas. Un loubard made in « bienvenue dans ma rave party ! » se tenait devant elle. Le type louche la toisa un instant de façon sévère.

— Kaya Lévy ? Tu es bien Kaya Lévy ?

Kaya fixa intensément son regard pour tenter de comprendre ses intentions. Son allure et le fait qu'il sache son nom ne la rassurèrent pas.

— Désolée, vous vous êtes trompé d'adresse.

Aussi vite que possible, elle referma la porte, mais l'un des rangers du type s'interposa entre la porte et l'encadrement.

— Oh non ! L'adresse, j'en suis certain ! Pas de doute ! Il m'avait dit que tu avais un caractère de chien. Vu ce regard plein de défi maintenant, nul doute que c'est toi !

Kaya l'inspecta une nouvelle fois de la tête au pied, tentant de comprendre et de deviner qui était cet homme.

— Je suis Eddy. Enchanté... dit-il en voyant sa perplexité. C'est Ethan qui m'envoie !

Kaya se figea à l'écoute de ses présentations.

— L'ami-espion d'Ethan ?!

— J'espère que tu as une bonne raison pour me faire venir si tôt ici ! lança Eddy tout en s'avachissant sur le siège qui faisait face à Ethan.

— J'ai besoin de toi pour une mission bien particulière.

— OK, je t'écoute.

— Je voudrais que tu surveilles quelqu'un.

— Ça ne change pas de d'habitude, ça.

— Je voudrais que tu la protèges.

— Que je la protège ? De quoi ???

— C'est une longue histoire... souffla Ethan. Je vis avec une femme en ce moment qui a des problèmes.

— Pardon !?

La stupéfaction qu'Ethan put lire sur le visage d'Eddy le fatigua d'avance.

— Oui, je sais. Depuis quand je vis avec une femme ? Aussi incroyable que cela puisse paraître, j'ai signé un contrat avec elle pour qu'elle m'aide à signer un contrat juteux avec un investisseur qui l'aime bien. Suite à un quiproquo, nous devons jouer le couple merveilleux. Mais elle a eu des soucis hier qui font que j'ai besoin que tu la surveilles.

Je te veux ! T2 – Chapitre 12

— Ooookay ! répondit-il, perplexe devant cet aveu. Quels genres de soucis ?

Ethan passa sa main dans les cheveux et repoussa les dossiers sur son bureau.

— Elle s'est fait agresser hier soir. J'ai pu intervenir avant qu'il n'y ait pire, mais elle a été sensiblement bousculée. Je voudrais aussi que tu vérifies si elle va bien.

— Quelle bienveillance de ta part ? Je crois que c'est bien la première fois que je te vois t'inquiéter autant pour une femme. Tu tiens vraiment à ce contrat ? Au point de faire la concession de jouer les amoureux avec elle et de m'envoyer la surveiller ?

— Oui, j'y tiens. Il s'agit de beaucoup d'argent. Et à côté de cela, Kaya n'est pas comme toutes les autres femmes. Elle...

La phrase d'Ethan se perdit dans ses pensées. Eddy hocha la tête de côté.

Je rêve où mon ami est vraiment affecté par ce que peut lui procurer cette femme ?!

— Bref ! coupa court Ethan, pour ne pas se trahir devant son ami. Tu acceptes ?

Eddy put voir son ami tracassé. Mais au-delà de cela, il s'interrogea sur son rapport avec cette femme. Il n'était pas dupe. Il semblait troublé en l'évoquant. L'espace d'un bref instant, il avait même cru le voir sourire. C'était léger, mais il avait souri en pensant à elle.

Ai-je bien Ethan devant moi ? Quelle mouche l'a piqué ?

Eddy fixa Ethan sérieusement. Tout cela le rendait de plus en plus curieux.

— Elle s'appelle Kaya. OK. Kaya comment ?

— Kaya Lévy. Châtain clair, des yeux marron-vert et un caractère de chien. Tu verras, c'est... une princesse rebelle ! fit-il avec un sourire attendri qui surprit encore plus Eddy.

Là, pas de doute ! C'était bien un sourire heureux, pas amer !

Merde, il est malade !?
— Elle est chez toi depuis longtemps ? Tu semblcs bien la connaître.

Ethan tiqua sur sa remarque.

— Non. Seulement quatre jours... répondit-il en s'esclaffant, gêné. Qu'est-ce qui te fait dire ça ?

Eddy le fixa, droit dans les yeux.

— Pourquoi te sens-tu si mal à l'aise tout à coup ? Aurais-je touché un point sensible ?

— Pas du tout ! répondit Ethan tout en commençant à gesticuler sur son fauteuil de PDG. Il n'y a rien avec cette femme. Rien du tout ! Elle est juste imprévisible, on s'engueule tout le temps. On se déteste. Voilà ce que je sais d'elle et ça me suffit ! Pas besoin de décortiquer sa vie !

— Mais tu veux que je la protège...

Ethan fronça les sourcils. Eddy était un fin observateur et son plus vieil ami. Il pouvait difficilement gruger avec lui, mais ne voulait pas se justifier. Il avait assez à faire avec Sam et Oliver.

— Oui, je veux que tu la protèges. Je sers mes intérêts, comme d'habitude.

— OK...

Eddy se leva comme pour partir, mais finalement se pencha au-dessus de son bureau soudainement.

— Avoue que tu as couché avec elle ! Ce sera plus simple.

Ethan se leva, ne souhaitant pas se laisser intimider.

— Je n'ai pas couché avec elle.

— Redis-le-moi dans les yeux pour voir.

Ethan se sentit confus, mais s'exécuta. Il s'avança aussi au-dessus de son bureau et approcha son visage de celui de son ami, puis le fixa.

— Je n'ai pas couché avec elle.

— Mais il y a quelque chose... Tu es tendu.

— Tu m'énerves. Sans doute pour ça.
— Je t'énerve parce que j'ai raison. Tu es perturbé. Dis-moi ce qui te tracasse. Et ce n'est pas que cette agression.
— Dis-moi seulement que tu acceptes ma mission... s'il te plaît.

Eddy se recula. Ethan était un homme peu expansif en paroles. Il gardait souvent tout pour lui. Il le savait. Et l'entendre dire « s'il te plaît » était juste trop anormal pour quelqu'un de sa trempe, aussi doué dans son poste d'exécutif, de PDG. Eddy n'eut plus de doutes.
— Très bien. J'y vais. Mais c'est bien parce que je vois qu'il y a quelque chose de louche dans tout ça et que je compte trouver mes réponses grâce à elle. Sur ce...

Eddy sortit du bureau sans attendre les représailles de son ami. Ethan se rassit dans son fauteuil, posa ses coudes contre le bureau et s'attrapa la tête de ses mains. Il n'arrivait pas à se concentrer, alors qu'il devait finir les préparatifs du gala de présentation de sa nouvelle gamme de maquillage. Il ne cessait de ressasser leur soirée. Ils étaient rentrés sans un mot à l'appartement. Elle était restée longtemps sous la douche, sans doute par nécessité de se retrouver. Il s'était posté derrière la porte, impuissant, ne sachant quoi faire de plus. Elle avait encore pleuré. Était-ce uniquement à cause de l'agression ? Avait-elle pleuré aussi à cause de lui et de sa fâcheuse façon de consoler ? Puis, elle était sortie de la salle de bain et lui avait dit « bonne nuit » sans rien ajouter de plus. En repensant à tout cela, il regrettait vraiment d'avoir posé ses mains sur elle. Il l'avait sans doute plus perturbée qu'il ne l'avait voulu.

Consoler... non, il ne savait toujours pas ce que cela signifiait.

Kaya se frotta la tête un instant. Elle portait encore le t-shirt d'Adam qui lui servait de chemise de nuit, son esprit était encore un peu embrumé par toutes les émotions par lesquelles elle était passée depuis la veille et le spectacle qu'elle avait sous les yeux lui faisait songer qu'elle devait être toujours dans son lit en train de dormir. Eddy était avachi sur le canapé, les chaussures pleines de terre sur la table du salon, en train de zapper les chaînes de la télévision sans un mot. Pas une seule explication n'était sortie de sa bouche.

— Vas-y ! Fais comme chez toi surtout !

— T'inquiètes, je connais la maison comme ma poche !

Devant l'apathie d'Eddy, Kaya s'insurgea. Ce n'était pas lui qui allait gâcher le peu de bonne humeur qu'elle avait encore.

— Et tu as l'habitude de poser tes godasses pleines de merde sur la table du salon !? Tu vas me dire qu'Ethan accepte cela ?

— Tu as été engagée comme femme de ménage ? Remarque, cela pourrait expliquer pourquoi il te garde chez lui ! En ce moment, il n'a pas le temps de s'amuser à jouer les fées du logis au vu du boulot qu'il amasse. Tu savais qu'il était un maniaque du rangement ? Mais c'est que tu pourrais presque être son épouse à ce stade !

Kaya croisa les bras, franchement agacée. Ce type lui paraissait d'entrée antipathique. Son allure et sa nonchalance apparente le classaient d'office dans la catégorie « boulet parasite ».

— Pourquoi tu es là ? lui demanda-t-elle sèchement.

Eddy soupira et jeta la télécommande à côté de lui.

— Je suis là parce qu'il me l'a demandé. Maintenant, cela ne me plaît pas forcément non plus de jouer les baby-sitters.

— Tu veux dire que.... c'est toi le « de quoi me rassurer » ?

Eddy l'observa en cherchant à comprendre. Kaya s'esclaffa de dépit.

La prochaine fois qu'il a de telles idées, je l'étrangle !

— Tu peux repartir sans souci. Je ne suis pas une gamine.

Eddy se cura l'oreille avec son petit doigt, feignant de ne pas être intéressé par ses propos. Kaya s'offusqua une nouvelle fois de devoir parler dans le vide.

— Tu es sourd ? Tu peux partir et dégueulasser une autre table, ailleurs ! Je n'ai pas besoin de chaperon.

— Combien me paies-tu ?

La stupeur se figea sur le visage de Kaya. Si elle voyait Ethan comme un connard, celui qu'elle avait en face était aussi un beau spécimen.

— Ethan me paie pour te baby-sitter. Il me paie bien pour chaque mission confiée. Crois-tu pouvoir me payer plus ?

Kaya regarda le sol, désolée et impuissante. Elle n'avait pas un rond pour Phil et Al, alors pour Eddy...

— C'est bien ce que je pensais... Mais bon, ne te fais pas de bile, je fais toujours bien mon boulot.

Eddy lui sourit de façon entendue. Kaya leva les yeux, effarée par sa vanité.

— Je viens de comprendre pourquoi Ethan et toi êtes amis. Aussi arrogant, arriviste et connard que lui !

Eddy haussa les épaules, comme si sa remarque ne le choquait pas outre mesure. Kaya souffla.

— Je sens que ma journée va être longue.

— Et moi donc ! lui dit-il, tout aussi las. Il m'aura tout fait faire, ce crétin !

— C'est vrai que tu espionnes pour son compte ?

Eddy sourit.

— Pourquoi ? Tu doutes que je puisse le faire ?

— Et bien, vu ton allure, permets-moi d'en douter. Tu ne passes pas inaperçu !

Eddy se jaugea un instant, surpris.

— Elle a quoi, mon allure ? Je suis en journée off aujourd'hui. Donc, j'en profite pour retrouver mes fondamentaux.

Kaya l'observa, sceptique.

— Tes... fondamentaux ? Autant dire à tout le monde

« Regardez-moi ! Je suis chelou ! » !

Eddy se leva du canapé et se posta devant elle. Il la toisa d'un œil mauvais.

— Je sais me fondre parfaitement dans le décor et mes fondamentaux, personne ne me les change. Pas même une femme maniaque de la propreté !

Kaya releva le menton, peu impressionnée par son air hautain.

— Tes fondamentaux sont moches. Ils manquent de goût. Tu ne ressembles à rien ! Et puis ce tatouage dans le cou te permet de te fondre dans le paysage ? On ne voit que ça. Permets-moi d'en douter !

— Ce tatouage, c'est ma vie. Il a une symbolique importante.

— Une tête de loup tribal ? Une symbolique ?

— Tout à fait. Il représente la famille. Et réfléchis bien à ce que tu vas dire, car Ethan respecte ce tatouage autant que moi !

— Pourquoi ça ? Il a le même ?

— Non, il a toujours refusé de le porter. Il a… d'autres signes distinctifs lui rappelant sa famille… qui lui tiennent plus à cœur.

Kaya tenta de sonder dans ses yeux des éclaircissements, mais comprit qu'il n'en dirait pas plus sur ces signes distinctifs. Faisait-il allusion à ses cicatrices sur son torse ? Elle ne pouvait lui demander. Elle ne savait si Eddy les avait vues et elle avait promis à Ethan de ne rien dire à ce sujet. Elle songea aussi à cette idée de porter le même tatouage…. quelle symbolique avait-il pour que même Ethan soit susceptible de le porter ? Beaucoup de questions dont elle doutait d'avoir les réponses par Eddy.

— Signe distinctif ou pas, ça fait affreux ! reprit-elle pour revenir au vrai sujet.

Un sourcil d'Eddy tressauta, piqué au vif devant son air provocateur et l'insulte qu'elle venait de proférer.

Je te veux ! T2 – Chapitre 12

— Alors, voici donc Kaya Lévy, la femme qui trouble à ce point mon ami. C'est clair, tu es bien une emmerdeuse. Ethan ne s'était pas gouré. Je pensais qu'il exagérait, mais non. Putain, mais qu'est-ce qu'il te trouve ? Tu n'as rien à voir avec son genre de meuf ! Alors pourquoi veut-il que je te protège ? L'argent ne fait pas tout et c'est bien la première fois que je vois Ethan prendre un tel risque pour lui-même avec une femme, rien que pour des thunes qu'il pourrait avoir autrement !

— Je peux te retourner la remarque. Qu'est-ce qu'il fiche avec un type comme toi à ses côtés ? Il n'a rien d'un voyou. Vous n'avez en commun que votre arrogance. Je ne comprends pas. Vous êtes vraiment de deux mondes différents.

— Rien en commun ? Mondes différents ? Visiblement, il ne t'a pas encore tout dit. Quelque part, ça me rassure… Tu es encore loin de devenir son épouse.

— Qui a dit que je voulais être son épouse ! Plutôt mourir ! Être amoureuse d'un connard... jamais de la vie ! Alors, arrête avec ça !

Eddy se mit à sourire. Il lui caressa le haut du crâne de sa main.

— Tu as encore beaucoup à apprendre du « Bleu »... enfin s'il accepte de te raconter sa vie un jour et s'il réussit à te supporter suffisamment longtemps pour en voir l'intérêt.

Kaya se sentit confuse devant ce geste somme toute affectueux, malgré cette impression de leçon d'un grand frère envers sa petite sœur. Elle analysa un instant ses propos.

Ethan aurait tant de points communs que ça avec Eddy ?

Toutes les interrogations possibles germèrent alors dans sa tête. Leur rencontre ? Leur relation ? Leurs affinités ? Que savait-il vraiment sur Ethan ?

Eddy se dirigea alors vers le frigo et attrapa une bière qu'il décapsula avec ses dents.

— Pourquoi l'appelles-tu « le Bleu » ?

Eddy fixa Kaya avec intérêt tout en buvant sa bière.
— Parce qu'il est « le Bleu » et il le restera à mes yeux.
— Pourquoi ? Il est novice en quoi ?
Eddy s'approcha d'elle et la sonda un instant.
— Que t-a-t-il dit sur lui ?
Kaya se sentit prise au dépourvu. Que pouvait-elle dire sur lui ? Il refusait de lui révéler la moindre petite chose. Elle claqua cependant des doigts en se rappelant d'un détail qui pouvait meubler sa demande.
— Que c'était toi qui lui avais fait la cicatrice à son sourcil !
Eddy sourit, plutôt surpris.
— Il t'a dit ça ? Et il ne t'a pas tué après ? Tiens donc... Alors, il a commencé à se confier ? Intéressant...
Eddy but une nouvelle gorgée tout en observant Kaya.
— Très intéressant...
— Il m'a menti ?
— Non. Effectivement, c'est moi qui lui ai défoncé sa gueule de petit con il y a longtemps.
— Défoncé ? Tu veux dire qu'il a perdu ?
Kaya écarquilla les yeux. Imaginer Ethan se prendre une dérouillée lui paraissait difficilement envisageable, au vu des combats auxquels elle avait assisté.
— Qu'a-t-il fait pour mériter ton poing dans la figure ?
Eddy pouffa en se remémorant ce souvenir.
— Il m'a provoqué en duel. Je lui ai laissé un beau souvenir en plus de sa déculottée pour qu'il sache à qui il avait affaire. C'était un jeune présomptueux. Elle lui va bien sa cicatrice, non ?
— C'était... il y a longtemps ? demanda-t-elle curieuse d'en savoir plus et ne voulant répondre à cette question peu pertinente.
Eddy leva les yeux pour retrouver l'année dans sa tête.
— Très longtemps, oui... Il avait quatorze ans.

Kaya sourit. Enfin une information concrète sur lui dont elle pouvait se réjouir. Elle se sentait moins mise à nue. Lui raconter sa vie la veille lui avait laissé une impression de mise à découvert qui la gênait un peu. Eddy rétablissait un peu l'équilibre, même si l'information était mince.

— Quatorze ans ? Et aujourd'hui, il a bien la trentaine. Donc ça fait bien quinze ans que vous vous connaissez...

— Hum... Un truc comme ça... déclara-t-il songeur.

Un silence s'installa entre eux. Eddy repensa à Ethan, à ses réactions et à la description qu'il lui avait faite.

Une nana vraiment inintéressante pour toi, Ethan ? Je suis sûr que tu as creusé bien plus que tu me l'as prétendu...

Il l'observa un instant. Kaya se sentit passée aux rayons X. Lorsqu'il se mit à sourire tout en sirotant sa bière, ses joues s'empourprèrent. Elle baissa instinctivement son T-shirt un peu plus sur ses cuisses pour qu'il cesse de s'imaginer quoi que ce soit.

Plutôt bien foutue... Caractère bien trempé... de quoi t'attirer tout en t'énervant ? De quoi te mettre au pied du mur... J'ai hâte de voir comment tu vas gérer tout ça, mon pote !

— Continue à regarder et tu es un homme mort !

Il posa sa bouteille sur le comptoir et rigola.

— C'est qu'elle mordrait !

— Tu veux tenter pour voir ? J'en connais un qui l'a regretté et qui doit encore s'en souvenir !

— Sauf que tu as devant toi son mentor ! On n'apprend pas à un vieux singe à faire la grimace.

Il contourna alors Kaya et se posta au milieu du salon. Il se tourna alors vers elle et l'invita d'un signe de main à le rejoindre pour mettre en action son avertissement. Celle-ci leva son menton dans un mouvement hautain et se dirigea vers sa chambre, le laissant seul dans le salon. Elle claqua la porte. Eddy se mit à rire.

— On a peur du grand méchant loup ? On ne veut plus se battre ? lui cria-t-il, amusé.
— Je mets une tenue plus appropriée, lui répondit-elle de la chambre.
— J'adore la dentelle rouge pour information.
— Elle est belle, ton amitié avec Ethan. Tu es un homme sans scrupules !
Elle rouvrit la porte et apparut en jean, sweet, baskets.
— Je comprends mieux pourquoi il est comme ça, si c'est toi qui lui as appris certaines choses. Il n'y a pas de quoi être fier, même si tu sembles être un bon mentor. Pervers et connard ! Ah oui, tu lui as bien appris certaines choses. Tes propos indécents pourraient être vraiment choquants, tu sais. Je te rappelle que je suis censée être sa petite amie ! Je ne comprends pas pourquoi il te fait confiance. Il n'y a rien qui m'oblige à en faire autant en tout cas, si ce n'est que j'ai confiance en Ethan.

Tu as confiance en lui ? De plus en plus intéressant... Un connard en qui tu as confiance ? Pourquoi ?

Il s'avança jusqu'à ce que son corps soit à un centimètre de distance de celui de Kaya. Cette dernière ne flancha pas devant cette proximité, elle n'eut même pas un soupçon de méfiance ou d'hésitation. Elle-même s'étonna de son assurance alors que la veille, elle lui avait fait défaut. Sans doute, parce qu'elle avait pu connaître les autres amis d'Ethan et qu'elle les avait appréciés, sans doute parce qu'Ethan lui avait promis qu'il ne lui arriverait plus rien de grave, sans doute parce qu'au-delà de son allure et son comportement, elle voulait laisser le bénéfice du doute à Eddy et que finalement, il l'amusait aussi un peu.

— Tu n'es pas réellement sa petite amie, pas vrai ? Donc dans les faits, je ne dis rien de mal, non ?
— Serais-tu en train de suggérer que tu peux me draguer en conséquence ?

— Voudrais-tu cela ?

— Je tiens à te dire que tu es mal barré. Tu dégueulasses le salon avec tes chaussures boueuses et tu as des « fondamentaux » peu à mon goût.

— Donc si je retire mes rangers et que je me mets à poil, j'ai mes chances ?!

Kaya ouvrit la bouche de surprise.

Vraiment aucune retenue, aucun scrupule ! Incroyable !

Elle se pinça les lèvres, cherchant le meilleur moyen de le remettre à sa place.

— OK. À poil ! dit-elle dans une lueur de défi qui l'amusait déjà.

Eddy haussa un sourcil, perplexe.

Elle s'est vraiment fait agresser la veille ? Non, ça cache autre chose, mais quoi ? Très bien. Jouons !

— Sérieux ?

— Sérieux !

Eddy sourit et retira ses chaussures sur-le-champ, devant le regard taquin de Kaya. Aucun des deux ne lâchait l'autre des yeux. Un sourire accompagnait chaque vêtement qui tombait au sol. C'était à celui qui craquerait en premier et se rétracterait. Eddy put voir que Kaya était bien imprévisible. Il n'aurait jamais cru devoir faire de telles choses pour la tester, pour voir pourquoi son ami était si troublé. Il comprenait à présent qu'elle était vraiment différente des autres femmes qu'il ait connues, à bien des égards. Mais ce jeu l'amusait. Elle avait un tempérament qui lui plaisait. Un tempérament qui ne laissait pas de marbre.

Ethan, tu as touché le gros lot avec elle ? a-t-elle été en plus sexy et tendre devant toi, par moments ?

— Tu veux vraiment que je continue ? lui demanda-t-il, toujours ravi de ce petit jeu entre eux.

Cédera ou cédera pas ?

— Je te préviens... à la fin, je te saute dessus ! Ce sera trop tard !
— Allez, arrête de parler ! Tu saoules ! Le pantalon !

Eddy s'exécuta. Entre défi et désir émoustillé, il retira aussi ses chaussettes. Seul son caleçon demeurait encore sur lui. Kaya se mordit la lèvre d'amusement. Eddy était vraiment un homme atypique. Son torse était recouvert de tatouages. Un piercing sur le téton droit luisait à la lumière du jour.

— Alors ? Ravi de voir un homme ? Un vrai ! lui dit-il, taquin. Ethan, c'est de la gnognotte à côté ! Avoue !

Kaya pouffa devant ses propos.

— Laisse-moi prendre du recul pour admirer la bête ! lui dit-elle, coquine.

Eddy prit la pose, amusé. Il posa les mains sur les hanches et fit ressortir sa musculature. Kaya le scruta sous tous les angles, se retenant de rire devant la scène plus que grotesque.

— Alors ? Je retire le caleçon ? Tu verras comme ça vraiment la bête !

Kaya se mit à rire. Tout à coup, elle sortit de la poche arrière de son jean son téléphone et lui lança :

— Fais un sourire pour Ethan !

Un clic retentit. Les yeux comme des soucoupes, Eddy fonça sur Kaya.

— Sale bourrique ! Tu n'as pas fait ça ! Tu vas me le payer !
— Approche et j'appuie sur « envoyer », et là... adieu l'ami, la paie et la considération !

Elle leva bien haut son téléphone, prête à dégainer, comme si son bouton était le détonateur d'une bombe. Eddy se figea, à l'affût du moindre geste pouvant indiquer sa fin.

Comment se faire piéger en beauté... et merde !

— Donc, tu vas te rhabiller gentiment, poser tes godasses pourries à l'entrée, nettoyer la terre sur la table du salon sans broncher et après on verra…

— Je vois... du chantage. Bien joué. Je dois avouer que tu m'as bien eu. J'attendais ton tour de passe-passe, mais je ne pensais pas que tu irais jusque-là. J'avais du mal à comprendre Ethan ; je suis servi.

Eddy attrapa son téléphone portable dans la poche de son treillis étalé au sol et composa un numéro. Il y eut un silence de quelques secondes, avant qu'il trouve son interlocuteur.

— Ethan... c'est moi ! Oui, ne t'enflamme pas ! Tout se passe bien... enfin, ça dépend sous quel angle on voit les choses... ça va, ça va ! Ne monte pas au créneau. Je t'appelle juste pour te dire que « ta Kaya », c'est officiel : je la déteste.

Kaya le regarda, incrédule sur le coup, puis lui chuchota un « moi aussi » avec un grand sourire sur les lèvres.

— Oui, je t'appelle donc pour t'informer que c'est la première et dernière fois que je fais du baby-sitting pour toi, quelle que soit la somme... Tes problèmes, tu les règleras tout seul !

Eddy raccrocha aussi sec et se rhabilla tout en grommelant.

— Bon, et maintenant, on fait quoi ?

Kaya lui sourit sournoisement tout en lui montrant la table à nettoyer.

13
Gourmand

— On est OK ? Je peux vous laisser gérer ?

Ethan regarda d'un œil interrogateur, mais surtout empressé, ses collègues de travail, assis autour de la table de la salle de réunion.

— Tu abuses, franchement. Le gala est demain et tout ce qui te préoccupe, c'est cette fille ! rétorqua Brigitte, agacée. Je veux bien accepter qu'elle soit le gage d'une signature avec un investisseur, mais là, c'est abusé. Tu vas tout planter. Tu n'as aucune garantie avec elle, tandis que la démonstration de demain, c'est le travail de tout le monde. Ton insouciance me fait peur ; elle ne te ressemble pas.

— Brigitte... déclara Ethan, navré.

— Brigitte, arrête de faire ta jalouse ! déclara Sam. Il a le droit d'être inquiet. Ne te fais pas de bile. Même si Ethan n'est plus célibataire, même s'il est amoureux, moi je serai toujours là pour toi !

À la suite de ses douces paroles, Sam se vautra sur Brigitte en quête d'un câlin qu'elle repoussa en râlant.

— Ce contrat avec cette fille, je ne le sens pas et ce n'est pas de la jalousie. N'interprète pas mal les choses.

— Mais oui BB, l'entreprise avant ses propres intérêts... lui répondit-il, pas dupe.

— Pars tranquille ! fit Abbigail, sa secrétaire. On a tes

instructions et je gérerai le reste.

— Merci Abbi, tu es géniale. Fais-moi penser à t'augmenter ! lui déclara Ethan en l'embrassant sur la joue.

Abbigail se trouva troublée par cet élan affectueux si peu habituel. Cette affaire avec Kaya semblait vraiment lui tenir à cœur pour qu'il se permette de tels gestes avec elle. Il enfila ensuite son manteau en quatrième vitesse et se tourna une dernière fois vers Sam.

— Avant de partir, note bien cela sur ton calepin, Sam : je ne suis pas amoureux de cette fille !

— Ouais, c'est ça ! « L'amour mène à la souffrance »... On connaît la chanson !

Sam jeta son stylo sur la table de façon désabusée. Oliver regarda Ethan un instant, puis sourit.

— Fais-lui un gros câlin de notre part ! lui dit-il de façon entendue.

— Tu ne vas pas t'y mettre aussi ! Pitié ! Pas toi !

— Bah quoi ? Je l'aime bien et je suis sûr que tu n'attends que ce genre d'excuse pour lui en faire un !

Ethan laissa tomber sa tête, dépité.

— Je suis vraiment entouré d'enfoirés ! Vous êtes vraiment des enflures avec moi ! J'aurais dû vous donner plus de boulot encore, pour vous remercier de votre soutien indéfectible envers ma petite personne !

Ethan leur fit alors de gros yeux menaçants, mais aucun de ses amis ne sembla perturbé par la pseudo menace de leur patron.

— Ouais, c'est ça ! Fais-nous ton pauvre Caliméro ! lui répondit Sam. On va te plaindre ! Mais si tu veux, j'y vais à ta place la câliner, moi ! Pas de problème ! Tu restes là à bosser et je vais voir ta petite amie à ta place !

— Même pas en rêve ! lui rétorqua le PDG. Chacun son travail ! Et, oui, je suis une victime ! Vous ne vous rendez pas compte de

ce que je subis, depuis qu'elle est entrée dans ma vie ! C'est fou, ça ! C'est une catastrophe et vous la chouchoutez, tel un ange !
— Si c'est si dur pour toi, pourquoi pars-tu la rejoindre ? Pourquoi n'arrêtes-tu pas tout ce cirque ? le sermonna Brigitte.
— J'aurai mon contrat avec Laurens ! C'est la seule et unique raison qui fait que je serre les dents !
— Et voilà comment Brigitte est devenue cette droguée du boulot ! se mit à rire ironiquement Sam. On a devant nous son mentor avec ses objectifs et ses intérêts ! Vous êtes irrécupérables, autant l'un que l'autre ! Allez, va ! Casse-toi ! Va travailler ton contrat au corps à corps avec Kaya !
— Oui ! J'y vais ! Je vais travailler ! lui lança sèchement Ethan, mais un peu vexé. Mais pas au corps à corps ! Avec elle, c'est plutôt à coups de poing... marmonna-t-il dans sa barbe.

Ethan attrapa son attaché-case et n'attendit même pas la suite des remarques de ses amis. Il se dirigea vers la porte d'un pas ferme, mais contrarié, puis la claqua sans même un regard reconnaissant ou amical.
— Je vous le dis ! Il est accro, l'ami ! se précipita de dire Sam, dès que la porte fut fermée.
— C'est vrai que je l'ai rarement vu si inquiet ou impatient pour une femme... continua Abbigail. D'ordinaire, tout ce qui concerne la gent féminine passe au dernier plan. Et même s'il y a ce contrat à la clé, je trouve sa façon de réfuter qu'elle lui plaît plutôt mignonne. Ça crève pourtant les yeux.
— Je ne suis donc pas la seule à avoir remarqué son comportement plus qu'anormal quand il s'agit de cette fille ! fit remarquer Brigitte. Il n'est pas comme d'habitude. Ne devrait-on pas y mettre un veto dessus ? Après tout, elle le mène peut-être en bateau ? Qui nous dit qu'elle ne profite pas un peu de lui ? Elle nous l'a embobiné, je vous dis ! Rien n'indique que Laurens va

signer grâce à elle. Normalement, ce n'est pas un type aussi influençable que ça.

— T'en penses quoi, Oliver ? demanda Sam, un peu perdu. Perso, je n'ai pas ressenti de mauvaises intentions chez Kaya.

— Dès qu'il s'agit d'une femme, il n'y a toujours que des bonnes intentions de ton point de vue, de toute façon ! s'invectiva Brigitte. Tu n'es pas objectif.

Le ton froid et sarcastique de BB provoqua une grimace chagrine sur le visage de Sam. Une petite pique facile sur son comportement dragueur, mais qu'il lui accorda volontiers.

— Ce que je pense de tout ça a peu d'importance... répondit finalement Oliver. Il a pas besoin ni de moi ni de vous pour faire ce qu'il veut faire. Il est têtu pour tout. Pour ses fréquentations, pour ce qu'il aime, ce qu'il n'aime pas... Il est, je pense, incapable de dire dans quelle case Kaya appartient dans sa vie si cloisonnée, schématisée. Et tant qu'il ne l'aura pas mise dans une case qui lui permettra de dire si elle peut faire partie de sa vie ou non, il continuera à s'acharner jusqu'à ce qu'il trouve sa propre réponse. Il n'y a pas de gris chez lui. C'est ou tout blanc, ou tout noir. Kaya est une nouveauté aussi déstabilisante que mystérieuse à ses yeux. On l'a tous remarqué. Et s'il a orchestré tout ce micmac avec elle, ce n'est pas anodin. Je suis sûr qu'il a en tête bien plus de choses qu'il ne le laisse sous-entendre. Ce n'est pas un démonstratif, mais ça ne l'empêche pas de ressentir, même s'il s'y refuse.

— Oliver... Mon psy préféré ! Tu as vraiment raté une vocation ! s'enthousiasma Sam.

Oliver rit légèrement à sa remarque.

— C'est juste de l'observation et je commence à le connaître par cœur, notre Ethan.

— Tu crois qu'il est réellement intéressé par elle sur un plan plus privé ? demanda Brigitte plus inquiète.

— Je crois qu'elle ne le laisse pas indifférent, c'est certain. Je crois même qu'elle ne laisse aucun homme indifférent et c'est sans doute ça qui fait qu'il ne lâche pas l'affaire. Elle met à mal ses ambitions et objectifs, son caractère autoritaire, exclusif, dominant. Elle joue sur ses habitudes et nuance son pragmatisme. Son côté cartésien est chamboulé par les émotions nouvelles qu'elle peut lui apporter. Sans parler de la façon dont elle monopolise l'attention de son entourage. Moi, je suis très curieux de savoir jusqu'où il est prêt à aller avec elle...

Ethan sauta dans sa voiture précipitamment. Il n'avait pas ressenti une telle impatience pour quelqu'un depuis longtemps. L'appel de son ami l'avait laissé songeur. Eddy la détestait. Qui sait s'il la protégerait comme il le voulait dans ces conditions ? Serait-il vraiment aussi vigilant s'il avait des griefs contre elle ? Comme lui, la première approche fut apparemment un fiasco. Kaya n'avait pas besoin d'une ambiance hostile pour reprendre du poil de la bête. Il devait s'assurer que tout allait bien. Il savait qu'Eddy pouvait devenir mauvais, carrément chiant même, si on le cherchait trop. Il ne la blesserait pas, mais il pouvait lui faire passer la pire journée de sa vie, si tant est qu'il puisse faire mieux que ce qu'elle avait vécu la veille. Depuis qu'il avait quitté l'appartement, il se bouffait les doigts d'angoisse à l'idée de l'avoir laissée seule. Appeler Eddy à la rescousse était son unique option. Lui seul pouvait la protéger si les deux salauds du casino venaient à la retrouver. Même s'il savait qu'Eddy était assez conciliant quand il s'agissait des missions qu'il lui confiait, il savait aussi à quel point Kaya était forte pour faire flancher la plus grande des patiences.

Depuis l'appel téléphonique de son ami, il regrettait finalement ce choix qu'il pensait judicieux à la base. Il avait écumé un travail monstre en quelques heures. Il était sans doute passé pour le pire connard au monde auprès de ses employés, usant de son autorité à outrance pour répondre à cette impatience de la retrouver le plus tôt possible. Il avait pu entendre marmonner dans son dos, se plaindre de son comportement dictatorial, mais il s'en fichait à l'heure actuelle. Une seule idée l'importait : voir Kaya. Elle ne lui avait envoyé aucun message. Même pas un pour le remercier du petit déjeuner. Avait-elle apprécié ? En avait-il trop fait ? En même temps, ce devait bien être la première fois qu'il faisait une telle chose. Quelle était la juste mesure dans ces cas-là ? Ce petit déjeuner improvisé lui avait semblé opportun sur le moment. Un signe lui montrant qu'il n'était pas contre elle aujourd'hui. Sans doute, avait-elle pris cela comme une nouvelle moquerie de sa part, une nouvelle provocation ? Lui en voulait-elle pour ce qui avait pu se passer la veille entre eux ? Avait-elle réfléchi et changé son fusil d'épaule depuis ? Son silence dévorait sa patience, sa compréhension. Plus il regardait son téléphone, plus son supplice augmentait. Pire que tout, il ressentait un besoin indéfinissable de la revoir.

Quelque chose avait changé et ce qui s'était passé entre eux sur le matelas de l'appartement lui avait confirmé qu'ils n'étaient plus les pires ennemis du monde, que sous leurs chamailleries, ils arrivaient enfin à communiquer et à s'apprécier, même s'il lui était encore difficile de savoir par quelle façon. Il ne saurait dire ce qu'ils étaient vraiment devenus à présent : ennemis intimes, amis, faux amants ? Ils s'étaient retrouvés sur un terrain d'entente qu'il appréciait chaque minute de plus en plus... à son grand désarroi. Il ne pouvait plus réellement se voiler la face : la soirée d'hier, malgré l'épisode de son agression, avait été agréable. Il avait aimé en apprendre plus sur elle, il avait aimé la façon dont elle s'était reposée sur lui, contre lui. Il ne devrait pas apprécier d'être cette soupape, ce refuge. C'était prendre un risque trop grand de souffrir à nouveau et pourtant, hier, il avait flanché. Il avait répondu à ses vieilles pulsions et aujourd'hui, bien qu'il doutait de la pertinence de son choix et de ses conséquences, il ne regrettait rien. Ils avaient signé un armistice le temps d'un soir et il avait pu la découvrir à nouveau un peu plus, comme lors de la soirée au Silky Club. Il savourait davantage cette trêve, sachant qu'elle l'avait toujours tenu à distance jusque-là. Une sorte de paix provisoire entre eux qui avait entraîné une paix de son âme, bien plus grande que lorsqu'il s'évertuait à la tenir à distance. Il ne pouvait dire qu'il était comblé, car beaucoup de points les tenaient encore éloignés l'un de l'autre, mais il avait réussi enfin à trouver une petite récompense à force de creuser. Il ne savait trop ce qu'il avait trouvé durant cette soirée si difficile pour Kaya, mais il se sentait bien plus proche d'elle qu'avant, plus impliqué. Cette perspective lui plaisait.

Il y avait songé toute la nuit. Chercher pourquoi elle l'intriguait autant depuis le début. Savoir si à force de creuser, il n'allait pas s'enterrer tout seul au fond du trou. S'imaginer ce qu'il allait trouver en fouillant davantage. Se demander pourquoi toutes sortes d'émotions contradictoires se bousculaient en lui, encore et toujours plus oppressantes, à chaque coup de pioche soulevé. Il s'était tourné et retourné dans son lit des dizaines de fois, grognant de ne pas trouver de solutions valables, lui, le maître des objectifs réalisables. Et c'était sans compter sur cette dette dont il ne trouvait pas de solutions non plus pour le moment.

Il n'aimait pas cette incertitude face à laquelle Kaya le mettait. Il n'aimait pas quand il ne voyait pas de dénouements acceptables. Il avançait en aveugle avec elle et se sentait déconcerté. Son cœur ne cessait de battre de façon anarchique depuis qu'il l'avait rencontrée. Une sensation si désagréable par moments, mais si douce à d'autres.

Ethan râla en tentant de se recentrer sur l'essentiel...

Je te veux ! T2 – Chapitre 13

La gentillesse mène à la douleur. L'amour à la souffrance.

Il se sentait faible en se voyant craquer comme ça dans sa voiture, complètement à la merci du bon vouloir de cette fille, mais il n'arrivait pas à se raccrocher à son dogme, à sa philosophie qu'il s'était démené à suivre jusqu'à présent. Il appuya sur l'accélérateur sans tenir compte de ce qui l'entourait. Seul le visage de Kaya apparaissait dans son pare-brise. Son seul objectif, sa tranquillité. Il gara la corvette au bout d'un quart d'heure dans un crissement de pneus dans le parking de son immeuble. Il ne prit pas la peine d'attendre l'ascenseur menant à l'étage de son appartement et claqua la porte des escaliers de secours, puis monta les marches trois par trois. Quand il arriva enfin à l'étage, il se sentit plus soulagé ; il allait enfin la retrouver. Un soulagement à la fois amer, mais heureux. Il se posta devant la porte d'entrée, rajusta ses vêtements et sa tignasse le temps de reprendre son souffle, puis toussota pour s'éclaircir la voix. Il colla l'oreille contre la porte et put y entendre de la musique. Il regarda un instant sa porte d'entrée, surpris. Il ne savait pas trop à quoi s'attendre en arrivant, mais il n'aurait jamais pensé à y entendre de la musique.

Il saisit la poignée et entra dans l'appartement. Son assurance retrouvée fut balayée instantanément. S'il avait pensé faire une entrée remarquée, il n'en était rien. S'il pensait retrouver un champ de bataille, il n'en était rien non plus. Eddy et Kaya étaient dans le salon, musique en fond, en train de danser. Si voir Eddy bouger son bassin sur du Shakira était de l'ordre du cauchemar, voir Kaya se déhancher relevait du rêve éveillé. Ses yeux ne pouvaient se détacher de son derrière. Il n'aurait jamais pensé qu'elle puisse être aussi libérée quand elle dansait. Ses mouvements étaient maladroits, pas forcément en rythme, mais son sourire et ses cris emplissaient la pièce d'une joie communicative et Ethan en fut directement la cible. Il la trouvait touchante et drôle, admirablement belle. Elle faisait n'importe quoi. Ses pas de danse ne ressemblaient à rien de connu, mais elle semblait complètement détendue. Une façon d'être qui semblait avoir eu aussi raison d'Eddy qu'il voyait danser pour la première fois de sa vie. Un exploit en somme. Il était tout aussi piètre danseur qu'elle, mais à eux deux, ils formaient un sacré duo de bras cassés et apportaient une touche comique qui faisait du bien au moral inquiet d'Ethan. Pour autant, il regrettait de ne pas en être l'instigateur. Il se sentait ridicule à côté. Elle ne souriait pas autant avec lui. Elle ne s'était jamais libérée ainsi en sa présence. Son inquiétude se transforma en une sombre jalousie. Elle le rongeait, mais il n'arrivait pas à la repousser et son sourire se transforma en quelque chose de plus froid, plus sévère.

Ce fut Eddy qui remarqua en premier sa présence. Sa bonne humeur tomba aussi vite que son délire. Pris entre la honte et le flagrant délit, il se stoppa net, se frottant les mains contre son pantalon qui avait retrouvé ses jambes, pour tenter de se dédouaner. Il toussota, mais Kaya continuait de sauter comme un cabri tout en remuant son derrière. Elle l'exhorta à continuer, mais devant son changement brutal de comportement, elle s'interrogea jusqu'à ce qu'il lui fasse comprendre d'un regard que la cause était au niveau de la porte d'entrée. Elle se tourna alors et remarqua Ethan. Elle déglutit comme si le grand méchant loup venait de la trouver, puis se précipita vers la chaîne hi-fi pour l'éteindre.

Pas un bruit ne retentit pendant plusieurs secondes jusqu'à ce qu'Eddy tente d'établir un dialogue.
— Hello man ! Déjà rentré ?!
Ethan retira son manteau et s'approcha sans un mot. Il n'avait en tête que son échec à la rendre plus heureuse alors que son ami avait réussi un tour de force dont il ignorait toujours les subtilités. Il se posta ensuite devant elle et la fixa, la mâchoire serrée. Il aurait dû être rassuré qu'elle aille bien, mais il avait l'impression que ce

n'était pas grâce à lui. Pire, il s'en voulait d'être si faible, de se laisser ronger par une inquiétude que lui seul semblait ressentir.

— Je ne savais pas que tu pouvais détester des personnes de la sorte Eddy... déclara alors Ethan, toujours en fixant Kaya du regard avant de lui attraper la main. Tu as un drôle de comportement avec tes ennemis.

Sa main si douce qu'il tenait enfin le rassura. Il la caressa de son pouce tout en continuant de la sonder. Un geste tendre, mais surprenant qui fit sourire Kaya.

— Tu veux danser avec nous ? lui dit-elle avec malice.

— Merci Eddy... répondit-il sans même lui faire face et ignorant la demande de sa partenaire. Je prends le relais.

Eddy soupira, mais comprit qu'Ethan marquait à sa manière son territoire. Une réaction à la fois surprenante de sa part, mais qu'il pouvait comprendre à présent. Il alla alors jusqu'à la porte d'entrée et enfila ses chaussures, puis se tourna une dernière fois vers eux.

— Tu as intérêt à garder notre secret, secret, Kaya ! lui fit-il avec un clin d'œil.

Ethan continuait de fixer Kaya tout en lui caressant la main tandis que celle-ci lui fit un au revoir de sa main libre avec un sourire complice.

— Au fait, ce que je viens de faire avec elle à l'instant, c'est un peu comme toi Ethan, et ta façon de la détester en lui caressant la main avec ton pouce ! Tu n'es pas mieux !

Ethan écarquilla les yeux et se rua vers la porte d'entrée en criant « espèce d'enfoiré », mais Eddy claqua la porte dans un éclat de rire et sortit.

— C'est ça ! Barre-toi, connard ! Fous-toi de ma gueule ! ET TU PEUX TE BROSSER POUR TA PAIE, BATARD !

Kaya rigola légèrement. Ethan rougit. Eddy venait de le prendre en traître et révéler une certaine vérité qui a présent le mettait mal

à l'aise.
— N'écoute pas un mot de ce qu'il dit, toi ! Et arrête de rire ! s'énerva Ethan, confus.

Kaya se pinça les lèvres pour tenter de réprimer son fou rire et faire l'innocente, mais de toute évidence, cela se finissait par des pouffements de sa part. Ethan râla pour la forme.
— Mais vas-y ! Continue ! Je vois que c'est la pêche !
Kaya reprit ses rires de plus belle. Ethan fit alors un geste du bras d'agacement, et alla retirer ses chaussures à l'entrée.
— Je pensais que demander à Eddy de te surveiller était une bonne idée, mais là, j'ai de sérieux doutes...
Il revint vers elle en soupirant.
— Tu m'énerves ! Je te déteste. Comment peux-tu me faire tourner en bourrique comme ça ?

Kaya tiqua devant sa remarque, ne comprenant pas où elle s'était montrée désobligeante. Ethan la fixa un instant, dépité, puis glissa ses bras sous ceux de Kaya et la colla contre lui. Cette dernière se figea. Ce câlin impromptu la laissa perplexe. Elle ne savait si elle devait le repousser vivement ou le laisser faire. Où devait-elle poser ses mains ? Était-il vraiment inquiet pour elle ?
— Comment vas-tu ? lui souffla-t-il doucement dans son cou.
— Ça va... Tout va bien.
— Sûr ?

Elle posa ses mains sur ses épaules et le frotta doucement pour le rassurer. Elle ferma les yeux un instant, savourant sa chaleur. Il était vraiment inquiet pour elle. Le petit déjeuner de ce matin était bien un signe indiquant qu'il avait été réellement touché par sa détresse. Elle ne pouvait le laisser dans cette angoisse. C'était ni dans l'obligation de son rôle ni dans son tempérament. Ils étaient plutôt du genre à se bagarrer, plutôt qu'à se câliner.
— Sûr ! Le début a été un peu difficile avec Eddy, mais nous avons fini par trouver un... accord !

Ethan releva sa tête et la fixa, intrigué.

— J'ai dû user de stratégie avec lui... un peu comme avec toi !

— C'est-à-dire ?

— Nous avons pactisé un arrangement ! Il m'a dit être ton mentor. Donc, si vous êtes si similaires, j'ai opté pour le même fonctionnement.

— Tu as signé un contrat avec lui ?! lui demanda-t-il encore plus surpris.

— Pas besoin de signer... Disons que nous avons...

— Un secret ! C'est ça ? Sa remarque avant de partir !

Kaya lui sourit pour confirmer.

— Et je suppose que tu ne m'en diras pas plus.

— C'est évident !

Ethan fit une moue agacée. Il n'aimait pas qu'on lui cache des choses. Et encore plus quand c'était avec ce filou d'Eddy !

Tu ne perds rien pour attendre mon pote !

— Rassuré ? lui dit-elle alors amusée. Tu peux me lâcher ?

Ethan examina la situation un instant. Il était bien ainsi et ne voulait pas la lâcher comme ça. Même si elle pouvait interpréter les choses de façon inappropriée, il se sentait plus serein depuis.

— Tu es sûre que tu vas bien ? Et là, je ne parle pas de ton rapport avec Eddy, mais bien de toi. Tu... as le moral ?

Kaya ne put s'empêcher de le regarder tendrement. Même si c'était inhabituel de sa part, elle trouvait ça touchant.

— Je vais bien ! Contre toute attente, ça va. Je n'ai même pas pleuré !

Ethan chercha dans ses prunelles la vérité ou le mensonge. Kaya sentit sur elle son examen approfondi et fut tout à coup mal à l'aise, comme s'il cherchait à creuser et trouver les morceaux blessés de son cœur. Elle baissa les yeux pour qu'il n'aille pas plus loin.

— Arrête de me scruter comme ça ! J'ai l'impression de passer sous rayons X ! Tu... as été là et aujourd'hui, je dois bien avouer que je n'ai pas eu trop le temps de cogiter avec Eddy. On peut dire que dans un certain sens, il a été efficace, car je n'ai pas ruminé. Sa présence m'a fait du bien.

— Plus que moi ? lui souffla Ethan, avec une pointe de tristesse que Kaya ne savait trop comment interpréter. Tu ne m'as même pas envoyé un message pour me dire si tout allait bien. Tu as... vu mon petit déjeuner ?

Kaya se mit à sourire. Ethan sentit son cœur revivre tout à coup avec ce sourire rien que pour lui. Sensation complètement débile dont il ne comprenait même pas pourquoi cela lui faisait tant d'effet, mais pourtant...

— C'était une superbe surprise ! Je n'avais pas mangé de croissant depuis des lustres. Je me suis même demandé si tu allais bien !

Elle se mit à rire un peu. Ethan se sentit idiot. Effectivement, cela ne lui ressemblait pas du tout.

À croire que tu me fais faire vraiment des trucs sans queue ni tête. Évite que cela se reproduise, veux-tu ? Je te laisse un répit, mais ne crois pas que ça va durer ! Demain, on reprend les vieilles habitudes !

Il se détacha alors d'elle et se dirigea vers la cuisine. Il ouvrit un placard pour se saisir d'un verre et sortit une bouteille de Coca-Cola. Il s'en versa un peu.

— Très bien... déclara Kaya, aucunement inquiète par son petit avertissement. Alors, profite bien de mon gâteau aujourd'hui, car demain, tu n'y auras plus droit !

Ethan laissa son geste en suspens, tentant de réaliser ses propos. Il posa la bouteille, son verre seulement à moitié plein.

— Ton gâteau ? Tu as fait un gâteau ?

— Oui ! Tu m'avais dit que tu n'aimais pas les gâteaux au chocolat alors.... j'en ai fait un aux pommes.

Kaya baissa les yeux, un peu gênée.

—... C'est pour te remercier... d'avoir été là hier.... et pour les croissants... et... la rose.

Ethan déglutit. Il la regarda tout en se demandant s'il ne rêvait pas.

— Tu as fait un gâteau pour moi ? répéta-t-il complètement sceptique et stupéfait.

— J'ai dû me battre pour qu'Eddy n'y touche pas, mais... oui, il est tout pour toi ! finit-elle par dire avec un petit sourire.

Ethan réfléchit aux fois où on lui avait cuisiné des repas. Cindy était une reine des fourneaux. Sans nul doute, il adorait sa cuisine. Mais, même si sa relation parentale avec elle était particulière, elle restait sa mère adoptive et en soi, ses petites attentions relevaient d'une certaine normalité. Il y avait eu aussi quelques unes de ses conquêtes. Certaines pensant qu'en « achetant son ventre », elles attraperaient son cœur. Peine perdue, car il refusait catégoriquement les repas de n'importe quelle femme. Autant lui dire que les vilaines sorcières voulaient l'empoisonner. Il lui avait fallu un moment pour accepter de manger un repas de Cindy, alors manger le repas de femmes aussi vénales que superficielles, c'était impensable.

— J'espère que tu aimes les pommes... Eddy m'a dit que oui. J'espère qu'il ne m'a pas menti.

Elle passa alors à côté de lui et sortit d'un coin de l'établi de cuisine, un plat sous un papier aluminium. Elle retira le papier et lui montra son joli gâteau, fière de son travail.

— J'espère qu'il va être bon, ça fait longtemps que je n'en avais pas fait.

Ethan regarda le gâteau complètement incrédule. Il était beau, appétissant. Un peu de sucre glace sur le dessus avec des morceaux de pommes. Il pouvait sentir son parfum lui chatouiller les narines et aiguiser sa gourmandise.

— Tu veux y goûter ? lui demanda-t-elle, satisfaite du résultat.

Ethan la regarda, complètement ahuri.
— Tu m'as fait un gâteau ?
— C'est ce que j'ai dit, oui.
— C'est bien ce que je pensais...

D'un geste vif, il la reprit dans ses bras, la serra contre lui et l'obligea à poser ses bras autour de son cou. Il l'invita ensuite à poser sa tête sur son épaule.

— Tu ne vas pas bien ! Attends... TU M'AS FAIT UN GÂTEAU ! Moi, le connard de service ! Ça ne va pas du tout !

Kaya fut à nouveau surprise par cet élan affectueux de sa part.
— Mais qu'est-ce que tu fais ? Je vais bien, je te dis !
— Je ne te lâche pas tant que tu ne me dis pas ce qui ne va pas !
— Mais arrête ! Cela devient ridicule !
— Tout à fait ! Depuis quand tu es gentille avec moi !? Parle !

Kaya s'esclaffa, déconcertée. Elle pensait qu'il serait content, que sa surprise lui ferait plaisir et monsieur se la jouait incrédule et inquiet.

— Lâche-moi, je te dis que ça va ! Je ne suis pas non plus idiote et sans cœur ! Je peux reconnaître que parfois... en de très très rares occasions, tu peux être attentionné ! En quoi est-ce mal ?

Ethan se détacha légèrement d'elle et posa sa main sur son front.
— Tu dois avoir de la fièvre. Oui... c'est ça ! Maintenant, tu me complimentes !

Kaya rejeta sa main d'un geste agacé.
— Ça suffit ! Si tu ne veux pas de mon gâteau, dis-le tout simplement ! Eddy en fera son affaire !

Ethan la lâcha et se précipita sur le gâteau.
— C'est mon gâteau ! Pas touche ! Il n'y a que moi qui ai le droit de décider de ce que je vais en faire !

Kaya croisa les bras.
Qu'est-ce qu'il peut être agaçant par moments !
— Oui, tu as raison ! Je vais même te faire une suggestion !

Étouffe-toi avec ! Tu m'énerves !

Kaya passa devant lui, agacée. Sa surprise n'avait pas eu l'effet escompté.

Crétin !

Ethan regarda le gâteau un instant et se mordit la lèvre. Il leva les yeux, blasé, et lui attrapa le poignet pour l'empêcher de suspendre leur discussion par un départ qu'il ne voulait pas.

— Cuisinière ! Coupes-en moi un morceau !

Kaya regarda son poignet, encerclé par les doigts d'Ethan.

— Coupe-le toi, toi-même !

— Si tu veux faire les choses bien, fais-les jusqu'au bout ! Sers-en moi une part.

Kaya tapa du pied et souffla. Elle fit finalement demi-tour et se saisit d'un couteau, d'une cuillère et d'une assiette, sous le regard plus rassuré d'Ethan qui finalement s'amusa de tout ça. Elle découpa le gâteau d'un geste sec, précis, puis en posa une part dans l'assiette et lui jeta le tout sous son nez sans ménagement.

— Voilà ! Monsieur est servi ! Mauvais appétit !

Kaya contourna une nouvelle fois Ethan pour quitter la cuisine, mais celui-ci lui attrapa une nouvelle fois le bras.

— Goûte-le avant ! On ne sait jamais !

Kaya ouvrit grand la bouche de stupéfaction.

— Tu insinues quoi là ? Que je pourrais t'empoisonner ?

Ethan lui montra du regard l'assiette, tel un ordre. Kaya grommela et finit par en porter un morceau à sa bouche, qu'elle mâcha mécaniquement, sans même lui signifier par un sourire son goût. Elle avala le tout et lui fit un signe de tête lui disant un « satisfait ? », puis croisa les bras. Ethan sourit. Il se retenait même de rire. Il ouvrit grand sa bouche et lui fit un « aaaah » plein d'attente. Kaya se liquéfia.

— T'es pas sérieux ? Je ne vais quand même pas te donner la becquée !

Ethan insista en s'approchant un peu plus d'elle et ouvrant une nouvelle fois sa bouche, ses yeux pleins de malice. Kaya décroisa ses bras et s'esclaffa une nouvelle fois de dépit. Elle attrapa la fourchette et en coupa un morceau. Ethan attrapa alors soudainement la fourchette, sous le regard interrogateur de Kaya.

— Fais-le avec tes doigts ! lui dit-il encore plus amusé.
— Ethaaann !!! s'offusqua-t-elle.

Ethan se mit à rire, mais ouvrit une nouvelle fois la bouche. Kaya s'étonna de sa dentition parfaite au passage.

Évidemment, pas une carie pour corner sa parfaite gueule d'ange démoniaque !

Elle attrapa un morceau de gâteau et le porta finalement à sa bouche. Ethan s'en saisit, amusé, et le goûta. Il mâcha lentement, tout en la fixant avec jubilation. Son visage enchanté fit décrocher un sourire contre toute attente à Kaya qui ne put s'empêcher de trouver cette situation ridicule. Ethan ouvrit à nouveau grand sa bouche, vide de toute nourriture et à nouveau quémandeuse. Elle soupira, ne voulant être son esclave.

— Encore ! lui dit-il, telle une évidence.
— Dois-je en déduire que c'est bon ?
— Il faut que je goûte à nouveau pour pouvoir émettre un jugement.

Kaya attrapa un nouveau morceau, peu convaincue par ses arguments et le porta à sa bouche. Ethan le croqua en plusieurs fois. Le morceau était plus gros et Kaya passa sa main sous sa bouche pour récupérer les miettes. Elle se mit à rire quand elle vit les joues de hamster d'Ethan. Elle retira sa main pleine de sucre glace, mais Ethan attrapa son poignet subitement. Il mâcha comme il put son morceau, puis l'avala.

— On ne gâche pas, mademoiselle Lévy !

Il la regarda alors avec un regard plein de défi et porta sa main à sa bouche. Il commença à lécher les doigts pleins de sucre glace, sous le regard médusé de Kaya qui se sentit rougir outrageusement. Elle tenta de lui faire lâcher prise, mais ce fut peine perdue ; Ethan ne comptait pas abandonner ses doigts pour autant. Son regard devenait de plus en plus sérieux, de plus en plus insistant. Comme s'il voulait la transpercer et toucher ce qu'il y avait de plus sensible en elle. Sa langue caressait ses doigts lentement, délicatement. Chaque nouvelle attaque était accompagnée d'un coup d'œil vérifiant les réactions qu'il provoquait chez elle. Elle pouvait voir qu'il s'en amusait, mais aussi qu'il s'en délectait vraiment. Il ferma alors les yeux quand son index et son majeur entrèrent dans sa bouche. Un geste tellement indécent qu'elle sentit tout son corps vriller sous l'humidité de sa salive sur ses doigts. Son cœur ne cessait de battre dans sa poitrine. Elle se sentait hypnotisée par chacun de ses mouvements sur ses doigts qui trouvèrent un écho sur son bas-ventre. Quand il rouvrit les yeux, ses deux prunelles chocolat intense la fixèrent avec désir. Elle se sentit minuscule tout à coup, devant son emprise. Si ridicule devant son charisme. Complètement happée par son regard brûlant. Il lui sourit une nouvelle fois avec cette pointe de provocation qui lui était si typique. Il allait encore faire quelque chose qui allait l'agacer ; elle le savait.

Kaya ouvrit légèrement sa bouche quand il retira ses doigts. Elle inspira, l'air bloqué dans sa poitrine par sa déception, à l'idée que cette sensation si puissante de vouloir qu'il continue ne trouve pas d'écho.
Alors, voilà où il voulait en venir. Me faire regretter que ça ne dure pas... Connard ! Il m'énerve ! Et moi qui espère qu'il continue ? Mais effectivement, ça ne va pas ! Faut que t'arrêtes, ma pauvre !
Ethan passa alors soudainement son bras autour de sa taille et la ramena d'un geste sec contre lui, avant de se saisir de sa nuque

de son autre main pour poser ses lèvres sur les siennes. D'abord surprise, Kaya posa ses mains sur ses épaules pour tenter de le tenir à distance. Tentative vaine, il la serrait trop fermement contre lui pour qu'elle puisse lui échapper. Il lui caressa alors les lèvres avec les siennes, tout en ne cessant de la fixer. Son regard était direct, franc, sans détour, mais surtout teinté d'une assurance qui pouvait faire flancher n'importe quelle femme. Il attrapa sa lèvre inférieure et la tira vers lui, puis fonça à nouveau sur ses lèvres pour un baiser appuyé. Kaya ne trouva même plus la force de résister, tentant tant bien que mal de ne pas complètement succomber à tous ses assauts chargés un coup de douceur, puis de férocité. Son cœur s'affolait, mais finalement, elle se languissait de cette suite. Ethan apprivoisait ses lèvres avec dextérité, ponctuant chaque tentative par des caresses du bout de son nez contre le sien ou par des regards qui se faisaient de plus en plus pressants, comme si sa vie se jouait sur ces baisers. La chaleur de son étreinte et son emportement eurent raison du bon sens de celle-ci et elle ne résista pas longtemps. La langue d'Ethan trouva vite la sienne. Il soupira alors d'aise, ravi de pouvoir la retrouver, soulagé d'enfin pouvoir la sentir contre ses lèvres. Comme dans l'ascenseur, très vite, le plaisir les gagna. Leurs yeux se fermèrent pour mieux savourer cette danse dans laquelle Kaya se laissait porter. Ethan n'hésita pas cette fois-ci à faire des pauses pour apprécier davantage chaque nouveau baiser. Il voulait s'en imprégner encore et encore. Pouvoir en cerner leur douceur, leur tendresse. Sentir son cœur battre de façon incontrôlable au point de se poser la question d'une éventuelle explosion dans sa poitrine si ces foutus battements ne cessaient pas, de mourir s'il quittait les lèvres de Kaya. Quant à cette dernière, elle prenait de plein fouet la fougue d'Ethan, insatiable. Prise au piège, mais bizarrement aussi heureuse d'être à sa merci. Il lui faisait du bien. Elle se rendait compte qu'elle commençait à apprécier vraiment sa présence contre elle. Il lui

Je te veux ! T2 – Chapitre 13

attrapa la langue pour la mordre légèrement dans un sourire taquin, puis la lâcha à nouveau pour presser aussi vite ses lèvres contre les siennes. Kaya s'étonna qu'il prenne de telles aises avec elle et s'en amusa légèrement. Un sourire qui combla de joie Ethan qui ne se priva pas de continuer de jouer avec elle, entre petites poussées du bout de son nez contre le sien ou contre ses lèvres, ou par une succession de petits baisers appuyés.

— Ethan... murmura-t-elle dès qu'il lui en laissa la possibilité.
— Hummm...
— Tu n'as aucune raison de m'embrasser... arriva-t-elle à prononcer alors qu'il écrasait une nouvelle fois ses lèvres contre les siennes.
— Ah ? prononça-t-il rapidement avant de plonger une nouvelle fois sa langue dans sa bouche pour renforcer son emprise sur elle.

Kaya posa ses mains sur ses épaules et serra les vêtements de son faux petit ami. Elle devait reprendre les rênes en main, avant que cela finisse de façon trop impudique. Ethan se détacha à nouveau d'elle pour les laisser reprendre leur souffle, bien que cela ne l'empêchât pas de l'arroser de petits baisers sur ses joues, ses yeux. Kaya sentit un pincement lui saisir le cœur. Si tendre, si volontaire, si adorable, mais si... interdit.

— Il n'y a pas Richard dans la pièce, tu n'as aucune raison de m'embrasser ! lui dit-elle dans un seul souffle. Tu dévies du contrat !

Ethan s'arrêta aussitôt et sonda son regard qu'il vit plus ferme, moins asservi que quelques secondes auparavant.

— Vraiment ? lui demanda-t-il, surpris.
— Les objectifs, Ethan ! Un contrat est un contrat. Tu ne dois m'embrasser pour justifier que je suis ta petite amie que devant des personnes pouvant en douter. Ici, il n'y a personne.

Le visage d'Ethan se ferma instantanément. Kaya remettait cette distance entre eux volontairement. S'il avait pu être heureux d'avoir signé ce contrat avec elle dans certaines occasions, en cet instant il souhaitait le déchirer sous ses yeux. Tout n'était qu'un contrat. Un accord servant ses foutus objectifs. Objectifs si chers à ses yeux, si importants pour se construire, qu'elle venait de lui renvoyer en pleine figure avec aplomb. Pour la première fois, il détesta avoir des objectifs. Il détesta ce contrat. Il détesta Laurens et tout ce cinéma autour.

— Et alors ? Je fais ce que je veux. Je suis chez moi !

La réponse fut ferme, cinglante, comme si devant le roi, il ne fallait que s'incliner et ne surtout pas rétorquer. Il se détacha aussitôt d'elle et tourna les talons.

— Je voulais juste vérifier si ton gâteau était aussi bon chez toi que chez moi.

Il se frotta la tête, nonchalamment.

— Mouais... pas si top que ça.

Kaya fit des yeux ronds. Il se moquait d'elle. Il tournait ce qu'il venait de se passer en un fait anodin, sans grande importance, sans teneur. Monsieur le Général qui s'amusait avec son petit soldat. Rien de bien faramineux en ce bas monde. Elle serra les poings.

Monsieur est blessé dans sa fierté et il joue le mec détaché ? Connard ! Connard ! Connard !

— Je ne suis pas un jouet que tu peux utiliser comme bon te semble !

Il tourna légèrement la tête vers elle, le visage neutre.

— Vraiment ?

Il quitta alors le comptoir de la cuisine pour aller dans le salon.

Faites-lui un gâteau et il vous le rendra !

Telle était la leçon que Kaya pouvait retenir de la part d'Ethan ou comment faire d'un moment tendre un véritable cauchemar. En même temps, elle aurait dû se douter qu'avec lui, rien n'était rose.

Je te veux ! T2 – Chapitre 13

Les bisounours n'existaient pas chez lui. Il avait le don de balayer les détails ennuyeux ou agaçants devant sa porte d'un coup de pied.

Et regardez-le-moi en train de se tenir droit, tel un mur infranchissable ! Tu vas voir ce que je vais en faire de ce mur, moi !

Kaya se précipita alors sur lui et lui sauta sur le dos. Ethan la vit débouler sur lui, mais ne put réagir à temps.

La voilà de nouveau sur mon dos ! Ça faisait longtemps !

Kaya serra ses bras aussi fort qu'elle put autour de son cou, encouragée par la colère qu'il avait une nouvelle fois fait naître en elle.

— Qu'est-ce que tu fous ?! Ça ne va pas la tête ! lui cria-t-il tout en tentant de se défaire de ses bras encombrants.

— Je ne suis pas un jouet !

— Et c'est une raison pour me sauter dessus !

— Excuse-toi !

— Quoi ?!

— Excuse-toi !

Ethan se mit à sourire, tandis qu'elle exerçait une pression plus forte avec son bras pour l'étrangler. Bientôt il s'étouffa, sentant qu'elle broyait vraiment sa gorge sans ménagement. Il regarda rapidement le canapé et attrapa de ses deux mains les deux jambes de Kaya, accrochées à sa taille, puis fonça sur le sofa. Kaya poussa un cri apeuré quand il sauta dessus et l'écrasa de tout son poids. Elle relâcha instantanément la pression alors qu'il reprenait son souffle. Il se tourna sur elle et lui attrapa brusquement ses poignets pour les coincer au-dessus de sa tête.

— Que je m'excuse ? C'est toi qui viens de m'agresser et qui devrais t'excuser !

— Quoi ?! Tu plaisantes ! Mes lèvres ne sont pas un terrain de jeu. Ce n'est pas parce qu'on est chez toi que tout t'est permis !

— Tes lèvres en tout cas étaient plutôt heureuses de trouver les miennes... sans parler de cette petite langue indécente qui s'enroulait dans la mienne...
— Indécente ? Indécente ! Pas du tout ! s'offusqua la jeune femme.
Ethan se mit à loucher sur les lèvres de Kaya en gémissant à l'idée de ne pouvoir les retrouver. Elles étaient le pire supplice qu'il ait pu vivre jusque-là. Kaya se mit à rougir. Elle paniquait devant cette vérité qui la mettait mal à l'aise. La nouvelle proximité de leurs corps, allongés sur le canapé, la déstabilisait et le regard qu'il posait sur ses lèvres ne la rassurait pas.
— Kaya... lui souffla-t-il alors. Tu dois te faire pardonner de cet tentative d'étranglement... Méchante princesse. Comment peux-tu me faire si mal ?
Si mal ? Comme si je l'avais ouvert au couteau ! Il exagère là !
Le regard d'Ethan se fit plus suppliant, plus tendre. Ses prunelles chocolat reflétaient une attente qui se répercutait sur le ton si pressant de sa demande. Une impatience qu'il ne put contenir longtemps.
— S'il te plait, Kaya... Console-moi.
Il écrasa ses lèvres une nouvelle fois sur les siennes. Elles étaient un appel à la dérive, un péché qu'il ne pouvait vaincre. La poitrine de Kaya se gonfla de panique, mais aussi de désir. Elle avait envie de répondre à cette demande, mais ne pouvait se le permettre. Elle ne pouvait que subir, faisant abstraction de son désir. Elle devait penser à Adam et rien d'autre.
— On peut garder notre contrat... continua-t-il tout en l'embrassant légèrement encore et encore. Pas de sentiments. Pas de promesses. Mais juste... une option à rajouter à cela. Faisons-nous du bien.
Kaya ferma les yeux, redoutant sa proposition, tandis que ses lèvres migraient vers son cou. Chaque assaut mettait à mal ses

résolutions vis-à-vis d'Adam. Chaque geste d'Ethan lui rappelait ce qu'elle avait vécu la veille avec lui et ce qui pourrait advenir si elle se laissait aller entièrement contre lui.

— Consolons-nous mutuellement, Kaya.

À suivre…

Je te veux !

-3-

… contre moi

« Consolons-nous mutuellement, Kaya. »
Telle fut la proposition d'Ethan pour le moins aussi surprenante qu'inconcevable. Pourtant, Kaya n'y reste pas indifférente. La cohabitation avec lui, bien que mouvementée et détestable par moments, peut parfois s'avérer réconfortante, et c'est bien là son plus grand souci ! Il est hors de question de se laisser séduire par les manigances d'un connard !

Mais toutes ces considérations n'ont que peu d'importance… Le grand gala annonçant la sortie de la gamme de maquillage « *Magnificence* » arrive à grands pas et il est temps de mettre les petits plats dans les grands pour signer le contrat avec Richard Laurens !

Postface

Et de deux !

Oui, je sais… Ce n'est pas trop tôt ! Il a été long à venir. Comme certains le savent via ma page Facebook, Twitter ou mon site web, l'écriture du tome 2 a pris du temps et pour cause : il faisait à la base le double du tome 1 en termes de pages. Ce tome 2 a donc été scindé en deux et vous avez la première partie dans les mains. L'autre moitié sera le tome 3 et arrivera donc normalement plus vite que celui-ci dans vos bibliothèques. Cette coupure me permettra aussi de gagner du temps pour écrire le tome 4.

Cette longue période de disette pour vous a été aussi une incroyable période pour moi. Je tenais d'abord à vous remercier d'avoir été si nombreux à lire ce premier tome. J'ai été heureuse de voir qu'il a plu majoritairement. Pour un premier livre, il n'y a rien de plus gratifiant. Aussi, j'ai évidemment une pression énorme sur les épaules pour ce tome 2. Vous a-t-il plu ? Vous a-t-il déçu ? L'avez-vous dévoré ou n'avez-vous pas pu le finir ? L'auteur a des choix à faire dans son histoire qui plaisent ou non. Il n'y a pas pire interrogation que de se demander si nous avons fait le bon choix, nous les fabricants d'histoires. En même temps, je ne pense pas que vous auriez ce second tome sous les yeux si je n'en étais pas satisfaite. J'ai fait des choix risqués, mais des choix qui permettent aussi de développer une vraie psychologie autour des personnages. Cela peut déplaire à certains, en offusquer sans doute. Malgré tout, je ne voulais pas de héros fades, sans profondeur. Je les voulais uniques, et ce, même avec leurs travers et le juste acceptable.

Parfois, on fait des choix bizarres, on réagit de façon disproportionnée ou complètement à côté de ce qu'auraient fait la plupart des gens. On s'interroge, on se surprend de nos réactions sur l'instant. J'aime travailler ces failles, cette complexité, j'aime voir les personnages se faire des nœuds au cerveau là où tout pourrait être si simple. J'aime les doter d'un comportement tantôt agaçant, tantôt attachant. Les gens ne sont pas parfaits. Ils ont tous leurs défauts, leurs caractères, leurs humeurs. Cette histoire est teintée de tous ces états d'âme, de ce qu'ils auraient pu faire et n'ont pas fait, de ce qu'on aurait fait à leur place et pourtant…

Ce tome 2 rentre un peu plus dans la relation entre Kaya et Ethan. Ce n'est que le début d'une relation complexe, mais on sent bien que l'attirance entre eux est là, leur besoin de connaitre l'autre est un moteur pour soulager leurs questionnements. On apprend à connaitre Ethan et son monde. On perçoit aussi la détresse de Kaya, son innocence, mais aussi son authenticité.

Authenticité. Voilà un mot bien bizarre quand on parle de littérature, d'histoire. On l'associe souvent à la vraisemblance. Parmi les retours négatifs que j'ai eus, on m'a reproché ce problème de vraisemblance. Trop de querelles tuent la querelle, trop de situations incongrues tuent la cohérence, etc. D'autres m'ont remercié d'avoir posé la situation à Paris par chauvinisme ou parce que ça fait du bien d'être ancré dans un lieu connu, réel. Que dire, si ce n'est que ce sont des choses qui me passent complètement au-dessus ! Désolée, je suis complètement hors de ces considérations.

Qui a dit que la romance devait s'ancrer dans la réalité ? Je n'ai franchement pas pensé à cela. Cela aurait pu être Singapour, Denver, Bisounoursland ! Qui a dit qu'une histoire d'amour ne pouvait exister sans situations improbables ? Pourquoi vos héros ne pourraient-ils se quereller autant ? Quelle loi régit cela ? Ne vous est-il jamais arrivé de rencontrer quelqu'un que vous ne pouvez même pas voir en peinture ? Non ? Pourtant, je vous assure que c'est possible ! Jusqu'où iriez-vous pour faire taire votre pire ennemi ? C'est bien là, le propre du tome 1.

Pour moi, la romance, c'est du rêve. La romance, c'est même du fantasme. Certes, voir son héroïne se faire enfermer dans un coffre de voiture n'a rien de très romantique. Ça ne fait pas forcément rêver. Pourtant, je pense que c'est ce genre de situation tellement choquante, incongrue ou impensable qui fait cette différence entre la romance de nos livres et la réalité. La réalité est assez linéaire. Pour ne pas dire morne. Métro, boulot, dodo, comme on dit. Les grandes romances dans la réalité sont finalement peu connues et on ne peut dire si sa propre histoire d'amour ferait rêver tout le monde. L'avantage d'écrire de la romance, c'est justement que l'on peut dire que tout est permis. On sort du carcan tant conventionnel d'une histoire d'amour classique pour en faire quelque chose d'incroyable. On peut devenir excessif. On peut s'inspirer de la réalité, mais on peut aussi rêver d'une histoire impossible avec un prince d'un pays n'existant pas dans le globe, ayant des pouvoirs, volant sur un dragon. Pourquoi chercher des histoires *in real life* alors qu'on nous a munis d'un cerveau pour rêver et inventer tant de belles choses ?

Je ne souhaite pas être enfermée dans un style de romance. D'ailleurs, *"Je te veux !"* est à la fois une comédie, de la romance contemporaine et de la romance érotique. Cette saga touche plusieurs genres de romance volontairement. Pourquoi se cantonner à un style alors que le mélange de plusieurs peut devenir sympa ? En fait, si on doit me mettre dans une case, je pense que j'aimerais qu'on me mette dans la case du genre « romance Jordane Cassidy ». Je veux juste créer mon propre genre de romance, loin de toutes ces considérations sur ce qu'est la romance. Est-ce de la prétention ? Pourquoi faut-il en même temps constamment être comparé aux autres ? Tant qu'on se fait plaisir et qu'on rêve… Peu importe la manière… Je veux voyager. Je ne veux pas me priver. Je ne veux pas entrer dans un moule, une mode, un profil. J'écris juste des romances à ma façon. Bienvenue dans mon monde bizarre, bienvenue à tous dans ma romance.

JORDANE CASSIDY
Juillet 2016

Bonus

SIMON

Nom : STAVINSKY
Prénom : SIMON

Age : 32 ans
Taille : 1m70
Poids : 70 kg
Groupe sanguin : B+

Situation professionnelle : gérant de discothèque
Qualités : spontané, optimiste, généreux
Défauts : manque de discernement par moments, un peu trop désinvolte.
Ce qu'il aime : Barney, les sushis, les bisounours
Ce qu'il n'aime pas : passer pour un idiot, même s'il est moins intelligent qu'Ethan
Petites manies : très tactile
Dicton : « Born to be happy ! »
Objet fétiche : Un bisounours de Barney !

BARNEY

Nom : BELMONT
Prénom : BARNABÉ, dit BARNEY

Age : 35 ans
Taille : 1m83
Poids : 76 kg
Groupe sanguin : A+

Situation professionnelle : co-gérant de discothèque avec Simon
Qualités : observateur, discret, pertinent
Défauts : bougon par moment, secret.
Ce qu'il aime : Simon, World of Warcraft, fumer
Ce qu'il n'aime pas : se disputer
Petites manies : remettre les objets correctement, après le passage de Simon.
Dicton : « J'emmerde le peuple! »
Objet fétiche : Un porte-clé que Simon a crée avec des perles : un crocodile !

DE VOUS À MOI

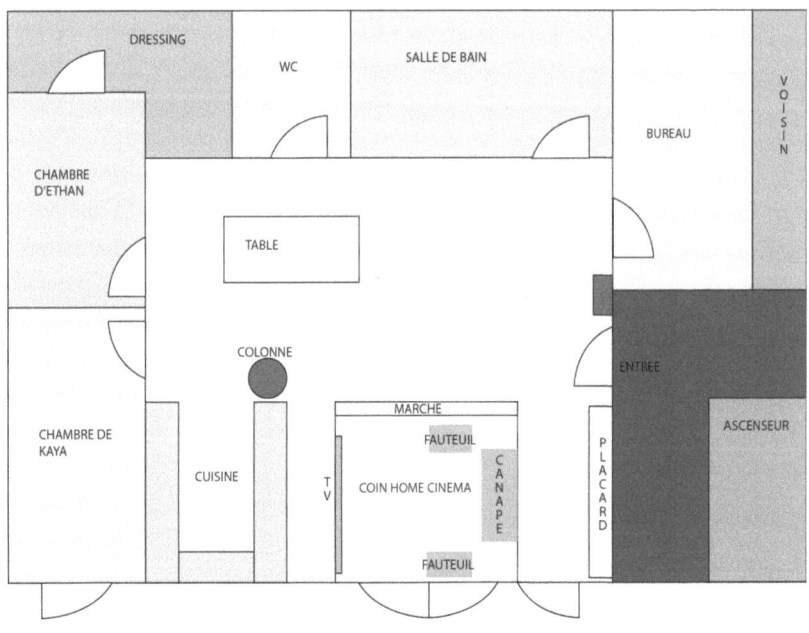

DE VOUS À MOI

Questions / réponses auxquelles vous n'avez pas pensé !

1) Les mangas reviennent à deux ou trois reprises, dans la vie de Kaya avec Adam, mais aussi Ethan qui est fan... je veux des titres ! Voir quelles œuvres les deux kiffent !! Ethan lit des mangas ? Où se les procure-t-il et comment ? Quel genre aime-t-il ? Est-ce qu'Ethan continue d'aller en acheter dans des antres de geek ?

Ethan aime beaucoup Vagabond et Bleach. Des trucs de mecs qui aiment le combat et ont malgré tout des valeurs. Il aime aussi beaucoup Death Note et sa réflexion sur le droit de vie ou de mort d'une personne. Ethan est quelqu'un qui aime réfléchir avec une certaine philosophie sur la vie, la relation entre les êtres, sur les notions de libre arbitre et de dépendance.

Il commande ses livres sur internet, car son temps est restreint. Il ne se considère pas comme geek pour autant. Il voit cela juste comme un loisir et un besoin de satisfaire sa curiosité sur des choses dont il n'a pas pu tester plus jeune. Il peut aussi s'en passer, mais il a un certain attachement à garder ses acquisitions définitivement.

Kaya aime tout lire. Elle n'est pas compliquée. Le seul hic, c'est qu'elle n'avait jamais assez d'argent pour satisfaire ses envies. Avec le temps, son budget s'est restreint et les mangas furent le loisir le moins cher pour elle. Elle lisait d'abord des romances. Puis, avec Adam, ils ont dû trouver des loisirs communs donc ils achetaient des mangas de mecs !

2) On voit au début du tome 2 Ethan dans sa salle de bain. Est-il un homme coquet, lui qui travaille dans les cosmétiques ?

DE VOUS À MOI

Ethan est coquet, oui ! Il sait ce qu'est le manque d'hygiène. Il sait aussi que l'être et le paraître sont pour beaucoup pour vendre. Créant des produits cosmétiques, il ne peut se permettre d'être lui-même négligeant. Pour autant, il ne se rase pas les jambes ou le torse, ne se farde pas de fond de teint. Il aime simplement être propre sur lui.

3) Pourquoi le matelas de Kaya se trouve dans le salon plutôt que dans la chambre, présente dans le plan des bonus du tome 1 ?
À la mort d'Adam, Kaya n'arrivait plus à trouver le sommeil. Elle ne cessait de ressasser ses nuits avec lui dans cette chambre, au point qu'il en découla une hantise le soir, à l'idée d'y dormir. Elle a donc déménagé le matelas dans le salon.

4) Quelles sont leurs tenues préférées ?
Jean-baskets pour les deux ! Kaya n'aime pas porter des jupes à hauts talons et Ethan aime pouvoir sortir de ses sempiternels costumes de travail pour être plus relax.

5) Quels jeux vidéos aiment Ethan ?
Comme pour les livres, Ethan a voulu tout testé et a donc plusieurs consoles. Il aime *world of warcraft,* les jeux de guerre, de sport, moins ceux de plateformes… En fait, il s'éclate avec un rien ! Il profite de ce qu'il n'a pu avoir avant. C'est encore un grand enfant !

CONFIDENCES

ETHAN

Les étoiles... Ces toutes petites lumières dans le ciel pourtant si imposantes en réalité...
J'aime regarder les étoiles. Elles nous rappellent combien nous sommes tous si insignifiants. Les relations humaines sont comme l'espace : une multitude de corps qui gravitent sans trop savoir où ils vont. Quand on se rapproche des gens, qu'on en cerne les contours, on découvre que ce qui brillait au loin n'était pas forcément une étoile qui brille d'elle-même, mais un bout de pierre terne, difforme et décevante, qui profite de la lumière des autres pour exister. Il y a les étoiles, belles, étincelantes, qui suscitent l'admiration et puis il y a ces bouts de roches à côté, illuminés par le soleil ou l'incandescence d'une étoile.
On réalise alors que certaines personnes sont moins insignifiantes quand elles restent loin, quand on les regardait briller sans les connaitre. La distance rend sans doute la vision des choses plus belles. Le savoir, la connaissance effacent la féérie, rendent le mystérieux fade, insipide.
Est-ce pour cela que je me compare souvent à ces bouts de cailloux ? Après tout, même la lune n'est belle que par l'action du soleil sur elle ! Sans, lui, elle redevient qu'un rocher sphérique cabossé terne, abandonné de tous. Je veux être comme la lune, comme ces bouts de roches et rester à distance. Faire croire que la beauté est une donnée insaisissable est bien mieux pour mon salut. Montrer que de loin, même l'horrible peut paraitre beau comme les étoiles dans le ciel. Maquiller la vérité en s'accaparant la lumière, tout en cachant ce qu'on est vraiment par la distance.

CONFIDENCES

La laideur doit rester cachée aux yeux de tous. Ne pas se laisser approcher pour ne pas dévoiler toute La laideur de son être. Je veux être comme la lune. Le rocher difforme que je suis, cabossé par la vie, blessé par les autres, veut plaire tout en restant à des années lumières de portée, pour ne pas décevoir encore une fois, pour laisser croire au rêve, à la beauté et la sympathie et ne pas être soi-même déçu de leurs regards s'ils venaient à savoir ma vraie identité.

Et puis, on nous fait souvent croire qu'un jour, un astronaute viendra à vous pour poser son drapeau, que la chance sourit même aux plus démunis, que la distance est faite pour disparaitre et réunir deux entités. Vous savez, l'être exceptionnel venant d'ailleurs, rare, nouveau, animé de bonnes intentions. Il ne verra pas ce bout de roche difforme perdu dans l'espace. Il verra une identité unique, enfin accessible et sera pressé de vous connaitre. Il creusera en vous, vous étudiera sous toutes les coutures puis sourira. Il vous donnera même un nom pour marquer son affection. Vous ne serez plus ce rocher si insignifiant. Vous serez un astéroïde, une planète, un astre ! Vous deviendrez important aux yeux de cet astronaute qui vous considèrera enfin pour ce que vous êtes vraiment. Est-ce une utopie ? Il y a tellement de bouts de pierre dans l'espace ! Rencontrerai-je un jour un astronaute qui m'acceptera tel que je suis avant d'aller brûler et m'écraser sur une planète perdue ? Ou avant de m'éteindre seul, dans l'indifférence ? J'ai laissé une fois un astronaute planter son drapeau en moi. J'ai cru à sa joie de m'aimer pour ce que je suis. Malheureusement, ma lumière intérieure s'est éteinte…

CONFIDENCES

La vérité est que même l'astronaute est fourbe. Son intérêt est dans son autosatisfaction avant tout. Dénicher le caillou exceptionnel pour se faire valoir. Profiter de tout ce que ce caillou peut lui apporter, puis finir par l'ignorer une fois qu'il en a épuisé toutes ses ressources. Telle est la vérité sur les astronautes. On reste toujours plus difforme et insignifiant au final.

Quel destin un vulgaire caillou, aussi monstrueux qu'insipide peut avoir finalement, à part faire croire que l'on peut être beau de loin ? Quand je regarde Kaya dormir ainsi, étalant tout son corps sur la surface du matelas après sa belle cuite au repas de M. Laurens, je me dis que, ce qui est sûr, c'est que le bout de rocher que je suis, risque de rencontrer pas mal de turbulences, avant de trouver un hypothétique astronaute sincère. Elle est, elle aussi, un terrible astéroïde perdu dans l'espace, comme moi. Deux cailloux abîmés et perdus. Et pourtant, elle n'a pas peur. Elle est même prête à rentrer en collision avec moi, à me désintégrer aussi sec pour avoir été sur son passage ! Puis-je l'éviter ? Et si le bonheur était ailleurs que dans la reconnaissance d'un astronaute ? Est-ce qu'une collision avec un autre astéroïde peut mener à autre chose qu'à une explosion et une disparition ? Peut-être que du chaos naît une nouvelle étoile ? Peut-être que le bout de caillou difforme et insignifiant que nous pourrions former deviendrait une de ces si belles étoiles dans le ciel… Qui sait ?

JORDANE CASSIDY

De formation littéraire, c'est en écrivant des fanfictions pour un manga que Jordane Cassidy s'est essayée à l'écriture. Avoir un cadre déjà défini lui permet alors de prendre confiance et d'acquérir l'engouement de lecteurs saluant son style : entre familier et soutenu, mélangeant humour, amour et action.

Après une pause de quelques années, elle revient sur son clavier, mais cette fois-ci pour écrire une histoire sortant entièrement de son imagination. Une comédie sentimentale érotique en 6 tomes : "Je te veux !", où elle prend le temps de développer les sentiments de ses personnages, entre surprises, déceptions, interrogations, joies, colères, culpabilité, égoïsme, etc. C'est une réussite ! Première sur le classement toutes catégories confondues sur le site MonBestseller.com, elle signe en maison d'édition et confirme le succès.

Aujourd'hui, elle continue d'écrire des romances contemporaines en autoédition.

OÙ LA CONTACTER :

Site web : www.jordanecassidy.fr
Facebook : https://www.facebook.com/JordaneCassidyAuteur/
Twitter : https://twitter.com/JordaneCassidy
Instagram : https://www.instagram.com/jordane.cassidy/

TABLE DES MATIÈRES

CHAPITRE 1 : À découvert ! — 9
CHAPITRE 2 : Pédagogue — 25
CHAPITRE 3 : Embellissant. — 45
CHAPITRE 4 : Déstabilisant — 59
CHAPITRE 5 : Enivrant — 79
CHAPITRE 6 : Changé ? — 99
CHAPITRE 7 : Sportif — 123
CHAPITRE 8 : Affamés — 139
CHAPITRE 9 : Maudite — 165
CHAPITRE 10 : Réconfortant — 189
CHAPITRE 11 : Repentant — 211
CHAPITRE 12 : Loser — 233
CHAPITRE 13 : Gourmand — 253
BONUS — 279

Dépôt légal : Août 2018